MW01611315

ELIZABETH STROUT BEI BTB

Amy & Isabelle. Roman (74249)
Mit Blick aufs Meer. Roman (74203 und 74700)
Das Leben, natürlich. Roman (74840)
Bleib bei mir. Roman (71405 und 71746)
Die Unvollkommenheit der Liebe. Roman (71657)

Elizabeth Strout

Alles ist möglich

Roman

Aus dem Amerikanischen
von Sabine Roth

btb

Dieses Buch ist auch als E-Book erhältlich.

Verlagsgruppe Random House FSC® N001967

1. Auflage
Genehmigte Taschenbuchausgabe Februar 2020
btb Verlag in der Verlagsgruppe Random House GmbH,
Neumarkter Straße 28, 81673 München
Copyright © der Originalausgabe 2017 Elizabeth Strout
Copyright © der deutschsprachigen Ausgabe 2018
Luchterhand Literaturverlag in der
Verlagsgruppe Random House GmbH, München
Umschlaggestaltung: semper smile, München,
nach einem Entwurf von buxdesign | München
Covermotive: Covermotive: Foto oben: © 2008 Holly Day/
Photocase, Foto unten: © plainpicture/Bénédicte Lassalle
Motiv innen: © shutterstock/Michael Shake
Druck und Einband: GGP Media GmbH, Pößneck
CP · Herstellung: sc
Printed in Germany
ISBN 978-3-442-71900-6

www.btb-verlag.de
www.facebook.com/btbverlag

Für meinen Bruder
Jon Strout

Das Zeichen

Tommy Guptill hatte früher ein Milchbetrieb gehört, den er von seinem Vater geerbt hatte, gut zwei Meilen außerhalb von Amgash, Illinois. Das war jetzt viele Jahre her, aber noch heute schreckte Tommy manchmal aus dem Schlaf hoch, wenn ihn wieder die Bilder der Nacht bedrängten, als sein Hof abgebrannt war. Das Haus war mit abgebrannt; der Wind hatte die Funken zum Haus hinübergetragen, das nicht weit von den Ställen stand. Es war seine eigene Schuld gewesen – etwas anderes wäre ihm nie eingefallen –, weil er sich an dem Abend nicht vergewissert hatte, dass die Melkmaschinen alle ordnungsgemäß abgeschaltet waren, und bei den Melkmaschinen war das Feuer ausgebrochen. Und nachdem es einmal ausgebrochen war, hatte es in Windeseile um sich gegriffen. Sie hatten alles verloren, bis auf den Messingrahmen des Wohnzimmerspiegels, den er am nächsten Tag in den Trümmern entdeckt und einfach liegen gelassen hatte. Die Leute sammelten für sie, etliche Wochen gingen seine Kinder in den Kleidern ihrer Klassenkameraden zur Schule, bis er seine Sinne und das wenige Geld, das er besaß, halbwegs beisammenhatte; das Land verkaufte er dem Besitzer der Nachbarfarm, aber viel brachte es nicht ein. Dann kauften er und seine Frau, eine kleine, hübsche Frau namens Shirley, neue Kleider, und er kaufte auch ein Haus; Shirley hatte das alles bewundernswert gut verkraftet. Es reichte nur zu einem Haus in Amgash, einem heruntergewirtschafteten Ort, und seine Kinder mussten die Schule wechseln; zuvor hatten sie die Schule in Carlisle besuchen können, denn die Farm lag genau an der Grenze zwischen den beiden Landkreisen. Tommy nahm eine Stelle als Hausmeister in der Schule an; es war etwas Beständiges an dem Job, das ihm zusagte, und auf der Farm eines anderen hätte er nicht arbeiten können, das hätte er nicht ertragen. Er war zu der Zeit fünfunddreißig Jahre alt.

Die Kinder waren inzwischen erwachsen, sie hatten eigene Kinder, die auch schon erwachsen waren, und er und Shirley lebten noch immer in ihrem Häuschen; Shirley hatte rundherum Blumen gepflanzt, was man in dieser Stadt sonst nicht oft sah. Tommy hatte sich zur Zeit des Feuers große Sorgen um seine Kinder gemacht: Eben noch hatten sie ein Zuhause gehabt, zu dem Schulausflüge unternommen wurden – jedes Frühjahr waren die Fünftklässler aus Carlisle für einen Tag zu ihnen herausgekommen, um auf den Holzbänken draußen ein Picknick zu machen und dann durch die Ställe zu trappeln, wo die Kühe gemolken wurden und wo durchsichtige Plastikschläuche die weiße, schäumende Flüssigkeit zur Decke hinaufpumpten und dort über ihren Köpfen entlangbeförderten –, und nun mussten sie zuschauen, wie ihr Vater, in grauer Hose und einem weißen Hemd, auf dem ein rotes *Tommy* eingestickt war, das »Zauberpulver« wegfegte, das über das Erbrochene gestreut wurde, wenn ein Kind sich im Gang übergeben hatte.

Nun gut. Sie hatten es alle überlebt.

An diesem Vormittag war Tommy nach Carlisle unterwegs, um Besorgungen zu machen; es war ein sonniger Samstag im

Mai, und bis zum zweiundachtzigsten Geburtstag seiner Frau blieben nur noch ein paar Tage. Er fuhr langsam; ringsum breiteten sich Felder aus, der Mais war frisch gepflanzt, die Sojabohnen ebenso. Eine Reihe von Äckern lag noch brach, gepflügt und bereit für die Saat, aber hauptsächlich war da der hohe blaue Himmel mit ein paar vereinzelten weißen Wölkchen nahe dem Horizont. Tommy fuhr an dem Schild an der Stichstraße vorbei, auf der man zu den Bartons kam; SCHNEIDER- UND ÄNDERUNGSARBEITEN stand da immer noch, obwohl die Frau, die das Schneidern und Ändern besorgt hatte, Lydia Barton, schon seit vielen Jahren tot war. Die Bartons waren Ausgestoßene gewesen, selbst in einem Städtchen wie Amgash, was an ihrer extremen Armut und ihrem merkwürdigen Verhalten lag. Das Älteste der Kinder, ein Mann namens Pete, lebte jetzt allein in dem Haus, die mittlere Tochter wohnte zwei Ortschaften weiter, und die Jüngste, Lucy Barton, war vor Jahren schon von hier geflohen und schließlich in New York gelandet. Tommy hatte viel über Lucy nachdenken müssen. Sie war nach dem Unterricht immer in der Schule geblieben, allein in einem der Klassenzimmer, von der Vierten bis in ihr Abschlussjahr; es hatte mehrere Jahre gedauert, bis sie ihm auch nur ins Gesicht schauen konnte.

Aber jetzt näherte sich Tommy der Stelle, wo früher sein Hof gestanden hatte – nur noch Äcker jetzt, nichts deutete mehr auf die Farm hin –, und dachte, wie so oft, an sein damaliges Leben. Es war ein gutes Leben gewesen, aber er bedauerte nicht, was geschehen war. Es lag nicht in Tommys Wesen, Vergangenem nachzutrauern, und in der Nacht des Feuers – inmitten seiner wahnsinnigen Angst – hatte er begriffen, dass alles, was auf dieser Welt zählte, seine Frau und die Kinder waren, und er dachte, dass andere ihr ganzes Leben lebten, ohne sich dessen so klar und so konstant bewusst zu sein wie er. Insgeheim sah er das Feuer als Gottes Zeichen an ihn, dieses Geschenk gut zu hüten. Insgeheim, denn er wollte nicht als der Typ Mensch dastehen, der sich eine Tragödie schönredete, und niemand, nicht einmal seine innig geliebte Frau, sollte solche Anwandlungen bei ihm vermuten. Aber während seine Frau in jener Nacht mit den Kindern vorn bei der Straße stand – er hatte sie alle aus dem Haus gescheucht, sowie er das Feuer im Stall entdeckte – und er die gewaltigen Flammen in den Nachthimmel emporschlagen sah und dann das furchtbare Brüllen der darin gefangenen Kühe hörte, da hatte er alles Mögliche gefühlt, doch in der Sekunde, als das Dach des Wohnhauses einstürzte, einfach in das Haus selbst stürzte, in ihre Schlafzimmer und in das Wohnzimmer darunter mit all den Fotos seiner Kinder und seiner Eltern, in dieser Sekunde hatte er etwas gespürt, unbestreitbar, das er nur als die Nähe Gottes begreifen konnte, und er hatte plötzlich gewusst, warum Engel immer mit Flügeln dargestellt wurden, denn genauso hatte es sich angefühlt, wie ein Rauschen von Schwingen, und dann war es, als rückte Gott, der kein Gesicht hatte, aber ganz klar Gott war, dicht an ihn heran und übermittelte ihm ohne Worte – so kurz, so flüchtig – eine Botschaft, die Tommy erreichte als: Es ist gut, Tommy. Und da begriff Tommy: Ja, es *war* gut. Es überstieg seine Vernunft, aber es war gut so. Und tatsächlich dachte er später oft, dass seine Kinder vielleicht zu mitfühlenderen Menschen herangewachsen waren, weil ihre Mitschüler aus armen Elternhäusern stammten statt aus solchen, wie sie es selbst einmal gewohnt gewesen waren. Seither hatte er zwar vereinzelt Gottes Gegenwart gespürt, eine Empfindung, als wäre ihm ein goldenes Leuchten sehr nahe, aber nie wieder empfing er eine Botschaft von Gott wie in dieser Nacht, und er wusste nur zu gut, was die Leute dazu sagen würden, weshalb es auch bis an sein Lebensende ein Geheimnis bleiben musste – sein Zeichen von Gott.

Dennoch, an einem Frühlingsmorgen wie diesem erinnerte ihn der Geruch nach Erde an den Geruch seiner Kühe, an ihre feuchten Mäuler und warmen Leiber, seine Ställe (er hatte zwei Ställe gehabt), und er überließ sich ein Weilchen den versprengten Szenen, oder Bruchstücken von Szenen, die ihm durch den Sinn trieben. Vielleicht weil er eben an der Einfahrt der Bartons vorbeigekommen war, fiel ihm der Mann ein, Ken Barton, der Vater dieser armen, unglücklichen Kinder, der ab und zu auf der Farm ausgeholfen hatte, und dann dachte er – wie er es manchmal tat – an Lucy, die aufs College gegangen und zuletzt in New York gelandet war. Sie schrieb jetzt Bücher.

Lucy Barton.

Tommy schüttelte ganz leicht den Kopf beim Fahren. In den mehr als dreißig Jahren, die er in der Schule dort Hausmeister gewesen war, hatte er so einiges mitbekommen. Er wusste von den Schwangerschaften einzelner Schülerinnen, von betrunkenen Müttern und fremdgehenden Vätern, denn er hörte, was die Schüler redeten, wenn sie in Grüppchen vor den Toiletten oder bei der Cafeteria standen; in gewisser Weise war er unsichtbar, das begriff er gut. Aber Lucy Barton hatte ihn am stärksten beschäftigt. Sie und ihre Schwester Vicky und Pete, der Bruder, waren von den anderen Kindern und sogar einigen der Lehrer grausam verspottet worden. Aber da Lucy so viele Jahre hindurch nach dem Unterricht noch geblieben war, schien sie ihm (auch wenn sie selten den Mund aufmachte) am vertrautesten. Einmal, sie war in der Vierten gewesen und er in seinem ersten Jahr an der Schule, hatte er die Tür zu einem der Klassenzimmer geöffnet, und da lag sie auf drei aneinandergeschobenen Stühlen dicht vor der Heizung, ihre Jacke als Decke über sich, fest schlafend. Er hatte sie angestarrt, ihre Brust, die sich leicht hob und senkte, hatte die Schatten unter ihren Augen bemerkt und die Wimpern, die sich auffächerten wie kleine, blinkende Sterne, denn ihre Lider glänzten feucht, als hätte sie vor dem Einschlafen geweint, und dann hatte er sich fortgeschlichen, so leise er nur konnte; es war ihm fast ungehörig vorgekommen, dass er sie so sah.

Aber ein andermal, daran musste er jetzt denken – in der Mittelstufe musste sie damals gewesen sein –, war er ins Klassenzimmer gekommen, und sie stand an der Tafel und malte etwas. Als er eintrat, hörte sie auf. »Lass dich nicht stören«, sagte er. An die Tafel war eine Rebe mit vielen kleinen Blättchen gemalt. Lucy machte einen Schritt von der Tafel weg und öffnete dann plötzlich den Mund. »Ich hab die Kreide zerbrochen«, sagte sie. Nicht schlimm, sagte Tommy. »Mit Absicht«, fügte sie hinzu, und er meinte ein winziges Lächeln aufblitzen zu sehen, bevor sie den Blick abwandte. »Mit Absicht?«, wiederholte er, und sie nickte, wieder mit diesem Anflug eines Lächelns. Also nahm er selbst ein Stück Kreide, ein ganz langes, noch unbenutztes, und brach es mittendurch und zwinkerte ihr zu. In seiner Erinnerung entschlüpfte ihr darauf fast ein Kichern. »Hast du das gemalt?«, fragte er und zeigte auf die Rebe mit den vielen Blättchen. Und sie zuckte die Achseln und drehte sich weg. Aber normalerweise saß sie einfach an einem Pult und las oder machte ihre Hausaufgaben, er konnte sehen, dass es Hausaufgaben waren.

Jetzt hielt er an einem Stoppschild und sagte sich leise seinen kleinen Reim vor: »Lucy, Lucy, Lucy B., wie hast du's raus geschafft hier, wie?«

Er wusste, wie. Im Frühling ihres Abschlussjahres war er ihr nach dem Unterricht auf dem Gang begegnet, und sie hatte zu ihm gesagt, mit staunendem Blick, die Züge plötzlich so offen, so gelöst: »Mr Guptill, ich darf aufs College!« Und er hatte gesagt: »Ach, Lucy. Das ist ja wunderbar.« Und sie hatte die Arme um ihn geworfen, richtig fest hatte sie ihn gehalten, also hatte er sie ebenfalls gedrückt. Er vergaß diese Umarmung nie, weil das Mädchen so dünn war, er konnte die Knochen und den kleinen Busen spüren, und auch weil er sich hinterher gefragt hatte, wie oft – wie selten – dieses Kind in seinem Leben umarmt worden war.

Tommy fuhr wieder an, hier begann Carlisle, und gleich dort vorn war eine Parklücke. Er stellte den Wagen ab, stieg aus und blinzelte gegen die Sonne an. »Tommy Guptill!«, rief eine Männerstimme, und als er sich umdrehte, sah er Griff Johnson mit seinem unverkennbaren Humpeln, denn Griffs eines Bein war kürzer als das andere, so dass selbst der erhöhte Schuh das Hinken nicht ganz verhindern konnte. Griffs Arm war schon ausgestreckt. »Griffith!«, sagte Tommy, und sie schüttelten sich kräftig die Hände, während auf der Main Street langsam die Autos vorbeirollten. Griff war der Versicherungsvertreter hier in Carlisle, und er war Tommy gegenüber enorm fürsorglich gewesen; als er feststellte, dass Tommys Betrieb nicht über die volle Höhe versichert war, hatte er gesagt: »Ich hab Sie zu spät kennengelernt«, und das stimmte. Aber Griff mit seinem freundlichen Gesicht und dem inzwischen doch recht kugeligen Bauch hatte Tommy auch später nach Kräften geholfen, überhaupt kannte Tommy eigentlich keinen einzigen Menschen, der ihm nicht geholfen hätte. Eine kleine Brise wehte um sie herum, während sie einander von ihren Kindern und Enkelkindern berichteten; ein Enkel von Griff war drogenabhängig, was Tommy aufrichtig leidtat, er hörte schweigend zu und nickte und sah hinauf in die Bäume entlang der Main Street mit ihrem glänzenden jungen Laub, und dann erzählte Griff von einem anderen Enkel, der jetzt Medizin studierte, und Tommy sagte: »Mann, das ist ja großartig, Hut ab«, und sie klopften sich noch einmal auf die Schulter und gingen ihrer Wege.

Im Kleidergeschäft mit seinem bimmelnden Glöckchen über der Ladentür traf er Marilyn Macauley, die gerade ein Kleid anprobierte. »Tommy! Was bringt Sie denn hierher?« Marilyn wollte das Kleid zur Taufe ihrer Enkelin in ein paar Wochen tragen, sagte sie, während sie am Rock zupfte. Es war ein beiges Kleid mit einem wirbelnden Muster aus roten Rosen; sie hatte die Schuhe ausgezogen und stand in Strümpfen da. Natürlich sei das übertriebener Luxus, ein neues Kleid für so einen Anlass, aber irgendwie sei ihr danach. Tommy – der Marilyn seit vielen Jahren kannte, schon als Highschool-Schülerin in Amgash – spürte ihre Verlegenheit und versicherte ihr, dass er es kein bisschen übertrieben fand. Und dann fragte er: »Wenn Sie noch kurz Zeit haben, Marilyn, könnten Sie mir vielleicht helfen, etwas für meine Frau auszusuchen?« Sofort war sie ganz Effizienz und sagte, sehr gern, und verschwand in der Umkleidekabine und kam in ihren normalen Kleidern wieder heraus, schwarzer Rock, blauer Pullover, dazu ihre flachen schwarzen Schuhe, und führte Tommy geradewegs zu den Schals hinüber. »Da«, sagte sie und zog einen roten Schal heraus, der mit einem Muster aus Goldfäden durchwebt war. Tommy nahm ihn, griff aber mit der freien Hand nach einem geblümten. »Oder den hier?«, sagte er. Und Marilyn sagte: »Ja, der passt vielleicht sogar besser zu Shirley«, und da war Tommy klar, dass Marilyn den roten Schal gern selbst gehabt hätte, ihn sich aber niemals leisten würde. Damals, in seinem ersten Jahr als Hausmeister, war Marilyn ein bildhübsches Mädchen gewesen, das Tommy immer mit Namen grüßte, »Hi, Mr Guptill«, und nun war sie eine ältere Frau, nervös, mager, mit vergrämtem Gesicht. Wie alle anderen schob auch Tommy es darauf, dass ihr Mann in Vietnam gekämpft hatte und danach nie wieder der Alte gewesen war. Tommy begegnete Charlie Macauley manchmal in der Stadt, und er wirkte jedes Mal weit weg, der Ärmste, und die arme Marilyn auch. Also behielt Tommy den roten Schal mit den Goldfäden ein Weilchen in der Hand, als würde er ihn in Betracht ziehen, und sagte dann: »Ja, Sie haben recht, der hier passt noch besser zu ihr«, und trug den Blümchenschal zur Kasse und dankte Marilyn sehr für ihre Hilfe.

»Da freut sie sich bestimmt«, sagte Marilyn, und Tommy sagte, ja, das glaube er auch.

Vom Kleidergeschäft ging Tommy weiter in die Buchhandlung. Er dachte, es könnte vielleicht ein Gartenbuch geben, das seiner Frau gefallen würde, und als er sich in dem Raum umsah, erblickte er – ganz zentral aufgestellt – ein eigenes Tischchen mit Lucy Bartons neuestem Buch. Er nahm es in die Hand – vorn auf dem Umschlag war ein Hochhaus abgebildet – und drehte es um zu der Rückseite mit ihrem Foto. Wenn sie ihm heute über den Weg liefe, dachte er, würde er sie wahrscheinlich nicht erkennen, und nur weil er wusste, dass sie es war, entdeckte er in ihren Zügen Spuren von früher, in ihrem Lächeln, in dem noch immer etwas Schüchternes lag. Wieder fiel ihm dieser Nachmittag in der Schule ein, das seltsame kleine Aufblitzen in ihrem Gesicht, als sie sagte, sie habe die Kreide mit Absicht zerbrochen. Sie war jetzt eine nicht mehr junge Frau, das Bild zeigte sie mit zurückgebundenem

Haar, und je länger er es ansah, desto stärker kam das Mädchen von damals zum Vorschein. Tommy machte einer Mutter mit zwei kleinen Kindern Platz, die an ihm vorbeimanövrierte und dabei »'tschuldigung, danke« sagte, und er sagte: »Nichts zu danken«, und dann fragte er sich – wie er es manchmal tat –, wie Lucys Leben wohl verlaufen war, so fern von hier in der großen Stadt New York.

Er stellte ihr Buch zurück auf das Tischchen und ging die Verkäuferin suchen, um sie nach einem Gartenbuch zu fragen. »Da hätte ich was für Sie, das hier haben wir ganz frisch reingekriegt«, und das Mädchen – das natürlich kein Mädchen war, aber heutzutage kamen sie Tommy alle wie Mädchen vor – brachte ihm ein Buch mit Hyazinthen auf dem Einband, und er sagte: »Oh, das sieht fabelhaft aus.« Ob sie es ihm einpacken solle, wollte die Verkäuferin wissen, und er sagte, ja, das wäre wunderbar, und schaute ihr zu, wie sie es in das Silberpapier einschlug, mit ihren blau lackierten Fingernägeln, so konzentriert, dass die Zungenspitze zwischen den Zähnen hervorlugte; sie klebte einen letzten Streifen Tesa auf das Päckchen und streckte es ihm lächelnd hin. »Fabelhaft«, sagte er noch einmal, und beide wünschten sie sich einen schönen Tag. In dem hellen Sonnenschein draußen überquerte er die Straße; er musste Shirley das von Lucys Buch erzählen, dachte er; sie hatte immer großen Anteil an Lucys Schicksal genommen, weil Tommy Anteil daran nahm. Dann stieg er ins Auto, stieß aus der Parklücke und fuhr aus der Stadt hinaus.

Der Johnson-Junge fiel Tommy wieder ein, der nicht von den Drogen loskam, und dann wanderten seine Gedanken zu Marilyn Macauley und ihrem Mann Charlie und von ihnen weiter zu seinem älteren Bruder, der vor ein paar Jahren gestorben war, und er dachte daran, dass sein Bruder – der im

Zweiten Weltkrieg gewesen war, der die Befreiung der Konzentrationslager miterlebt hatte –, er dachte daran, dass auch sein Bruder als ein anderer Mensch aus dem Krieg heimgekehrt war; seine Ehe war zerbrochen, die Kinder hatten sich von ihm abgewandt. Kurz vor seinem Tod hatte er Tommy von den Dingen erzählt, die er im Konzentrationslager gesehen hatte, von den Stadtbewohnern, die er und die anderen Soldaten durch das Lager führen mussten, damit auch sie sahen, was sich in ihrer nächsten Nachbarschaft abgespielt hatte. Einmal hatten sie eine Gruppe von Frauen aus der Stadt durchs Lager geführt, und obwohl einige von ihnen weinten, hätten andere das Kinn vorgereckt und zornig gewirkt, sagte Tommys Bruder, so als dächten sie gar nicht daran, sich schlecht zu fühlen. Das Bild hatte sich Tommy eingeprägt, und er fragte sich, warum es ihm ausgerechnet jetzt in den Sinn kam. Er ließ das Fenster ganz herunter. Ihm schien, je älter er wurde (und langsam wurde er wirklich alt), desto klarer sah er, wie wenig er diesen verwirrenden Widerstreit zwischen Gut und Böse begriff, und vielleicht waren die Menschen ja schlicht nicht dafür gemacht, dass sie die Dinge hier auf Erden begriffen.

Aber als das Schild in Sicht kam, SCHNEIDER- UND ÄNDERUNGSARBEITEN, bremste er und bog in die lange Stichstraße ein, die zum Haus der Bartons führte. Nach dem Tod von Ken – Petes Vater – hatte Tommy es sich angewöhnt, dann und wann nach Pete zu schauen, der inzwischen natürlich kein Kind mehr war, sondern ein älterer Mann. Pete war allein in dem Haus wohnen geblieben, und Tommy hatte ihn mehrere Monate nicht mehr gesehen.

Die Straße zog sich, es war einsam hier draußen, darüber hatten Shirley und er im Lauf der Jahre immer wieder gesprochen, eine solche Abgeschiedenheit tat Kindern nicht gut.

Nach der einen Seite hin wuchsen Sojabohnen, nach der anderen Mais. Den einsamen Baum, der inmitten der Maisfelder stand – riesig –, hatte vor einigen Jahren der Blitz getroffen, er lag jetzt auf der Seite, seine langen Äste, kahl und geborsten, ragten zum Himmel hinauf.

Der Pick-up war da, neben dem kleinen Haus, das so viele Jahre nicht mehr gestrichen worden war, dass es verwaschen aussah, die Schindeln ausgebleicht, lückenhaft. Die Rollos waren heruntergelassen wie immer, und Tommy stieg aus und klopfte an die Tür. Während er in der Sonne wartete, musste er wieder an Lucy Barton denken, wie dünn sie immer gewesen war, erschreckend dünn, mit langen blonden Haaren, und so gut wie nie erwiderte sie seinen Blick. Einmal, mein Gott, wie klein sie da noch gewesen war, kam er nach der Schule in ein Klassenzimmer, wo sie saß und las, und sie fuhr hoch – sprang richtiggehend in die Höhe vor Angst –, als die Tür aufging. Er sagte hastig: »Nein, nein, alles gut.« Aber dieser Anblick – das Aufspringen, die nackte Angst in ihrem Gesicht – machte ihm zum ersten Mal klar, dass sie daheim geschlagen wurde. Es konnte nicht anders sein, warum sonst sollte das Aufgehen einer Tür sie dermaßen in Furcht versetzen. Von da an beobachtete er sie genauer, und an manchen Tagen meinte er einen Bluterguss, gelblich oder bläulich, an ihrem Hals oder einem Arm auszumachen. Er erzählte es seiner Frau, und Shirley sagte: »Oh, Tommy, was können wir nur tun?« Und er grübelte, und sie grübelte, und sie kamen zu dem Schluss, dass sie sich heraushalten mussten. Aber bei dieser Gelegenheit erzählte Tommy seiner Frau auch, wobei er Ken Barton, Lucys Vater, ertappt hatte, Jahre zuvor, als es die Farm noch gab und Ken ihm manchmal etwas an den Maschinen reparierte. Tommy war um einen der Ställe herumgegangen, und da stand Ken

Barton, die Hose um die Knöchel, und fummelte an sich rum, fluchend – was für eine Vorstellung, einen Menschen bei so etwas zu erwischen! Tommy sagte: »Das lassen wir hier schön bleiben, Ken«, worauf sich der Mann umdrehte und mit seinem Pick-up wegfuhr und sich eine Woche lang nicht mehr blicken ließ.

»Tommy, warum hast du mir das nie gesagt?« Shirleys blaue Augen starrten ihn schreckgeweitet an.

Und Tommy sagte, er sei selbst zu schockiert gewesen.

»Tommy, wir müssen etwas tun«, sagte seine Frau wieder. Und sie sprachen es nochmals durch und kamen erneut zu dem Schluss, dass es nichts gab, was sie tun konnten.

Das Rollo wackelte ganz leicht, und dann ging die Tür auf, und Pete Barton stand da. »Tag, Tommy«, sagte er. Pete trat hinaus ins Sonnenlicht, zog die Tür hinter sich zu und stellte sich neben Tommy, und Tommy wurde klar, dass der andere ihn nicht im Haus haben wollte; schon jetzt drang Tommy ein dumpfer Geruch entgegen, vielleicht von Pete selbst.

»Ich war zufällig in der Nähe und wollte kurz schauen, wie's dir geht.« Tommys Tonfall war beiläufig.

»Danke, alles in Ordnung. Danke dir.« In dem hellen Sonnenschein wirkte Petes Gesicht blass, und sein Haar war inzwischen fast vollständig grau, aber es war ein fahles Grau, passend zu den ausgebleichten Schindeln der Hauswand.

»Du arbeitest zurzeit drüben bei den Darrs, oder?«, fragte Tommy.

»Im Moment schon noch«, sagte Pete, wobei er dort so gut wie fertig war, aber danach wartete bereits der nächste Auftrag in Hanston auf ihn.

»Sehr gut.« Tommy blinzelte zum Horizont hin, nichts als

Sojabohnenfelder vor ihm, ihr Grün leuchtend vor dem Braun des Bodens. Ganz hinten am Horizont zeichnete sich Pedersons Scheune ab.

Sie unterhielten sich über verschiedene Landmaschinen und dann über den Windpark, der vor einiger Zeit zwischen Hanston und Carlisle entstanden war. »Man muss sich wohl einfach an den Anblick gewöhnen«, sagte Tommy. Und Pete sagte, da habe Tommy wahrscheinlich recht. Der eine Baum, der neben der Einfahrt wuchs, trieb schon kleine Blätter, und die Zweige schwankten einen Moment lang im Wind.

Pete lehnte sich an Tommys Auto, die Arme vor der Brust verschränkt. Er war ein großer Mann, aber so mager, dass sein Brustkasten fast eingedellt schien. »Warst du im Krieg, Tommy?«

Die Frage überraschte Tommy. »Nein«, sagte er. »Nein, ich war zu jung, ganz knapp nur. Aber meinen älteren Bruder haben sie eingezogen.« Auf und ab wippten die Zweige des Baums, einmal nur, als hätte der Baum einen Windzug gespürt, den Tommy nicht spürte.

»Wo war er?«

Tommy zögerte. Dann sagte er: »Er war für die Konzentrationslager eingeteilt, bei Kriegsende, er war bei der Einheit, die nach Buchenwald kam.« Tommy blinzelte in den Himmel hinauf, griff dann in die Tasche und setzte die Sonnenbrille auf. »Es hat ihn verändert. Ich kann nicht sagen, wie, aber danach war er nicht mehr derselbe.« Er lehnte sich neben Pete an sein Auto.

Nach einem Augenblick drehte sich Pete ihm zu. Ohne eine Spur von Kampflust in der Stimme, eher leicht entschuldigend, sagte er: »Hör mal, Tommy, mir wär's lieber, wenn du nicht mehr herkommst.« Petes Lippen waren blass und rissig, und er fuhr sich mit der Zunge darüber, den Blick zu Boden gerichtet. Im ersten Moment war sich Tommy nicht sicher, ob er sich nicht verhört hatte. »Ich wollte nur …«, setzte er an, aber Pete streifte ihn mit einem Blick und sagte dann: »Du machst das, um mich zu quälen, und ich finde, inzwischen ist genug Zeit vergangen.«

Tommy stieß sich von seinem Wagen ab und stellte sich vor Pete hin, musterte ihn durch die Sonnenbrille hindurch. »Um dich zu quälen?«, fragte er. »Pete, ich komme doch nicht, um dich zu quälen!«

Ein kleiner Windstoß fuhr über die Straße und blies den Staub um ihre Füße zu winzigen Wirbeln auf. Tommy setzte die Sonnenbrille ab, damit Pete seine Augen sehen konnte, die Betroffenheit in seinem Blick.

»Tut mir leid, vergiss es.« Pete zog den Kopf ein.

»Ich schau zwischendurch ganz gern mal nach dir«, sagte Tommy. »Von Nachbar zu Nachbar. Du wohnst ganz allein hier draußen. Da schaut man als Nachbar einfach manchmal vorbei, finde ich.«

Pete verzog den Mund und sagte: »Da bist du aber der Einzige, der das findet.« Er lachte; es klang unfroh.

So standen sie voreinander, Tommy jetzt mit hängenden Armen; er steckte die Hände in die Taschen, Pete ebenso. Pete kickte einen Stein, dann schaute er über das Feld hinaus. »Dass die Pedersons diesen Baum da nicht endlich mal wegschaffen, keine Ahnung, worauf die warten. Um ihn rumpflügen, als er noch stand, war schon nervig genug, aber jetzt ist es echt saublöd.«

»Sie haben's vor, das haben sie neulich erst wieder gesagt.« Tommy war ratlos, ein Gefühl, das er bei sich sonst nicht kannte.

Den Blick noch immer auf den umgestürzten Baum gerich-
sagte Pete: »Mein Vater war im Krieg. Und er ist daran zerbrochen.« Jetzt drehte er sich zu Tommy um, die Augen gegen
die Sonne zusammengekniffen. »Er lag schon im Sterben, als
er mir zum ersten Mal davon erzählt hat. Von all den grauenvollen Dingen, die ihm passiert sind, und dann … dann hat er
diese beiden Deutschen erschossen, keine Soldaten, das konnte er sehen, sie waren fast noch Kinder, aber danach hat er an
jedem Tag seines Lebens gedacht, zum Ausgleich hätte er sich
selbst auch erschießen müssen.«

Tommy, die Hand mit der Brille immer noch in der Hosen-
tasche, ließ den Jungen – den Mann – nicht aus den Augen.
»Das tut mir leid«, sagte er. »Ich wusste gar nicht, dass dein
Vater im Krieg war.«

»Mein Vater« – Pete kamen die Tränen, Tommy sah es deutlich –, »mein Vater war ein anständiger Mensch, Tommy.«

Tommy nickte langsam.

»Er hatte manchmal diese Zwänge, gegen die er nicht an-
konnte. Und deshalb ist er …« Pete drehte sich weg und gleich
darauf wieder halb zu Tommy hin: »Und deshalb ist er in der
Nacht damals rüber und hat die Melkmaschinen angeschaltet,
so dass alles abgebrannt ist, und ich hab's nie aus dem Kopf bekommen, Tommy, nie, ich hab *gewusst*, dass er das war. Und
du weißt es auch, das weiß ich.«

Tommys ganzer Kopf überzog sich mit einer Gänsehaut, er
spürte, wie überall die kleinen Huckel hervorbrachen. Obwohl
die Sonne hell am Himmel stand, schien sie als Punktstrahler
auf ihn allein gerichtet. Nach einer Pause sagte er: »Junge« –
ganz unwillkürlich –, »so etwas darfst du nicht denken.«

»Schau …«, Petes Gesicht hatte ein wenig Farbe bekommen,
»er wusste, dass die Melkmaschinen Probleme verursachen

konnten, das hab ich ihn sagen hören. Es wäre kein besonders hochwertiges System, meinte er, sie könnten sehr schnell überhitzen.«

Tommy sagte: »Da hatte er recht.«

»Er hatte eine Wut auf dich. Er hatte immer eine Wut auf irgendwen, aber zu der Zeit warst du es. Warum genau, weiß ich nicht, aber er hatte bei dir auf der Farm gearbeitet, und dann ging er plötzlich nicht mehr hin. Irgendwann dann doch wieder, glaube ich, aber ab da hatte er ein Problem mit dir.«

Tommy setzte die Sonnenbrille wieder auf. Bedächtig sagte er: »Ich hab ihn erwischt, wie er an sich rumgespielt hat, Pete, an sich rumgefummelt hat er, hinter den Ställen, und ich hab ihm gesagt, dass ich so was bei mir nicht dulde.«

»Ach, Scheiße.« Pete wischte sich über die Nase. »Scheiße.« Er sah zum Himmel hinauf. Dann warf er einen Blick zu Tommy hinüber und sagte: »Auf jeden Fall hatte er irgendwie was gegen dich. Und am Abend vor dem Feuer, da ist er losgezogen, das hat er manchmal gemacht, spät noch losziehen, er war kein Trinker, aber manchmal ist er einfach raus und irgendwo hingefahren, und an dem Abend damals fuhr er los und kam gegen Mitternacht zurück, das weiß ich, weil meine Schwester nicht einschlafen konnte, ihr war zu kalt zum Schlafen, und meine Mutter …« Pete unterbrach sich, als müsste er Atem holen. »Ja, also meine Mutter war auch noch wach, und ich weiß noch, wie sie sagte: ›Lucy, schlaf endlich, es ist Mitternacht.‹ Und da kam mein Vater heim. Und am nächsten Tag in der Schule … alle haben über das Feuer geredet. Und da wusste ich es einfach.«

Tommy stützte sich mit einer Hand am Auto ab. Er schwieg.

»Und du wusstest es auch«, sagte Pete nach kurzem Warten. »Und deshalb kommst du hier immer vorbei, um mich zu quälen.«

Eine Zeitlang sprach keiner. Der Wind hatte aufgefrischt, er zerrte an den Ärmeln von Tommys Hemd. Schließlich drehte Pete sich um und ging zur Tür, die knarzte, als er sie aufzog. »Pete«, rief ihm Tommy nach. »Pete, hör mir zu. Ich komme nicht her, um dich zu quälen. Und was du mir gerade erzählt hast – ich glaube nicht unbedingt, dass das wahr ist.«

Pete blieb stehen, drückte nach kurzem Zögern die Tür wieder zu und kam zu Tommy zurück. Seine Augen waren feucht, aber das konnte auch der Wind sein, der jetzt heftig blies. Mit müder Stimme sagte er: »Ich wollte es dir einfach sagen, Tommy. Niemand sollte solche Sachen machen müssen, wie er sie im Krieg machen musste. Ein Mensch sollte keine anderen Menschen umbringen müssen. Und er hat es getan, er hat grauenvolle Dinge getan, und ihm sind grauenvolle Dinge angetan worden, und er konnte nicht mehr *leben* mit sich, Tommy. Verstehst du? Andere Männer konnten das, aber er nicht, er ist daran zerbrochen, und …«

»Und deine Mutter?«, fragte Tommy unvermittelt.

Petes Ausdruck veränderte sich, in seine Züge trat eine Leere. »Wie, meine Mutter?«

»Wie war das alles für sie?«

Die Frage schien Pete zu überfordern. Er schüttelte den Kopf, langsam. »Ich weiß es nicht«, sagte er. »Ich weiß nicht, was für ein Mensch meine Mutter war.«

»Ich hab sie gar nicht richtig gekannt«, sagte Tommy. »Ich bin ihr nur immer mal auf der Straße begegnet.« Aber jetzt wurde ihm klar: Er hatte die Frau nie lächeln sehen.

Pete zuckte die Achseln, den Blick gesenkt. »Über meine Mutter kann ich nichts sagen.«

Tommys Gedanken, die wild im Kreis gewirbelt waren, kamen jetzt allmählich zur Ruhe; er fand zu sich selbst zurück.

»Hör zu, Pete. Ich bin froh, dass du mir das erzählt hast – was dein Vater im Krieg erlebt hat. Ich hab dich verstanden. Er war ein anständiger Mensch, sagst du, und das glaube ich dir.«

»Aber es *stimmt* ja auch!« Das »stimmt« kam fast als Wimmern heraus, Petes blasse Augen starrten beschwörend. »Er hat sich hinterher jedes Mal hundeelend gefühlt, und nach dem Feuer bei euch war er so – so *aufgewühlt*, Tommy, wochenlang ging das, so schlimm hatten wir es vorher noch nie erlebt.«

»Lass gut sein, Pete.«

»Das kann ich nicht!«

»Doch, das kannst du«, sagte Tommy fest. Er trat zu Pete und legte ihm einen Moment lang die Hand auf den Arm. Dann fügte er hinzu: »Außerdem glaube ich nach wie vor nicht, dass er es war. Ich glaube, dass ich an dem Abend die Maschinen nicht richtig abgestellt hatte, und dein Vater war wütend auf mich, und wahrscheinlich hatte er nach allem, was passiert war, ein schlechtes Gefühl. Er hat dir nie gesagt, dass er es war, oder? Als er im Sterben lag und dir von diesen Männern erzählt hat, die er im Krieg getötet hat, da hat er nichts davon gesagt, dass er meine Ställe niedergebrannt hat. Oder?«

Pete schüttelte den Kopf.

»Dann würde ich sagen, du vergisst es einfach, Pete. Ihr hattet auch so schon genug, womit ihr euch herumschlagen musstet.«

Pete strich sich durchs Haar, so dass einzelne Strähnen für einen Moment in die Höhe standen. Ganz verwundert fragte er: »Herumschlagen?«

»Ich hab ja gesehen, wie ihr von den Leuten behandelt worden seid, Pete. Du und deine Schwestern. Das hab ich gesehen, als ich Hausmeister war.« Tommy fühlte sich eine Spur schweratmig.

Pete zuckte kurz die Achseln. »Wenn du meinst«, sagte er dann, immer noch in diesem verwunderten Ton. »Wenn du meinst.«

Einige Augenblicke blieben sie im Wind stehen, dann sagte Tommy, dass es langsam Zeit für ihn wurde. »Sekunde«, sagte Pete. »Nimmst du mich mit bis vor zur Straße? Ich sollte endlich mal dieses Schild von meiner Mutter wegmachen. Das will ich schon eine Ewigkeit, und jetzt mach ich's. Sekunde«, sagte er noch einmal. Tommy wartete neben dem Auto, während Pete im Haus verschwand und gleich darauf mit einem Vorschlaghammer zurückkam. Tommy setzte sich hinters Steuer, Pete auf den Beifahrersitz, und zusammen fuhren sie das Stück bis zur Straße; der muffige Geruch, den Tommy zuvor schon wahrgenommen hatte, war jetzt, wo der Mann neben ihm saß, noch stärker. Im Fahren erinnerte sich Tommy plötzlich daran, wie er einmal einen Vierteldollar neben das Pult gelegt hatte, an dem Lucy sitzen würde; damals war sie in der Mittelstufe gewesen. Sie ging immer in den Klassenraum von Mr Haley, der ein Jahr lang an der Schule Sozialkunde unterrichtet hatte. Danach war er eingezogen worden, aber der Mann musste nett zu Lucy gewesen sein, denn sein ehemaliges Klassenzimmer war es, das Lucy allen anderen vorzog, auch, als es schon längst zum Chemiesaal umfunktioniert worden war. Und so legte Tommy eines Tages einen Vierteldollar in die Nähe des Pults, an dem sie immer saß. Die Schule hatte vor kurzem einen Süßigkeitenautomaten angeschafft, und für einen Vierteldollar bekam man ein Eiskrem-Sandwich, deshalb legte er die Münze so hin, dass Lucy sie sehen musste. Am Abend, nachdem Lucy nach Hause gegangen war, schaute Tommy nach, und der Vierteldollar lag unberührt da.

Fast hätte er Pete nach Lucy gefragt, ob sie Kontakt hatten,

aber da hielt er schon vor dem Schild, auf dem SCHNEIDER-
UND ÄNDERUNGSARBEITEN stand, und so sagte er nur: »Also
dann, Pete. Mach's gut.« Und Pete dankte ihm und stieg aus.

Als Tommy wenige Sekunden später einen Blick in den
Rückspiegel warf, sah er Pete Barton mit dem Vorschlaghammer auf das Schild eindreschen. Etwas an der Art, wie
er zuschlug – die Gewalt –, ließ Tommy aufmerksamer hinschauen. Immer wieder schlug der Junge – der Mann – gegen
das Schild, mit zunehmender Wucht, so schien ihm, und als
das Auto durch eine kleine Straßensenke fuhr, so dass er ihn
kurz aus den Augen verlor, dachte er: Hoppla. Und als die Sen-
ke hinter ihm lag, schaute er wieder in den Rückspiegel und
sah wieder diesen Mann, diesen Jungen, auf das Schild einprü-
geln, mit einer Wut, einer Wildheit, die Tommy verblüffte, es
war nicht zu fassen, mit welcher Wut der Mann über dieses
Schild herfiel. Tommy kam es fast obszön vor, Zeuge eines solchen Ausbruchs zu werden, der in seinem Ingrimm kaum weniger intim anmutete als das, was der Vater des Jungen damals
hinterm Stall getrieben hatte. Und dann fiel es ihm, mitten im
Fahren, wie Schuppen von den Augen: Es muss die Mutter gewesen sein. Die Mutter war es. Die wahrhaft Gefährliche war
sie!

Er bremste, wendete. Pete hatte von seinem Zerstörungs-
werk abgelassen, er trat jetzt mit der Schuhspitze resigniert gegen die Trümmer. Als Tommy herankam, blickte er auf, erstaunt. Tommy ließ das Beifahrerfenster herunter und sagte:
»Steig ein, Pete.« Der andere zögerte. Auf seinem Gesicht glitzerte Schweiß. »Steig ein«, sagte Tommy noch einmal.

Pete gehorchte, und Tommy fuhr die Stichstraße entlang,
zurück zum Haus der Bartons. Er stellte den Motor aus. »Pete,
hör mir jetzt gut zu.«

Ein Erschrecken zuckte über Petes Gesicht, und Tommy legte ihm kurz die Hand aufs Knie. Mit exakt diesem Ausdruck war Lucy hochgeschreckt, als er sie damals in dem Klassenzimmer überrascht hatte. »Ich sage dir jetzt etwas, was ich eigentlich niemandem erzählen wollte, so lange ich lebe. In der Nacht, als die Farm abgebrannt ist …« Und Tommy erzählte ihm, ausführlich, wie ihm in dieser Nacht Gott erschienen war und wie Gott ihm zu verstehen gegeben hatte, dass alles gut war. Als er endete, sah ihn Pete, der stumm zugehört hatte, den Blick manchmal zu Boden gerichtet und manchmal auf Tommy, groß an.

»Und du glaubst da richtig dran?«, fragte er.

»Daran glaube ich nicht«, sagte Tommy, »das weiß ich.«

»Und du hast es nicht mal deiner Frau erzählt?«

»Nein, nie.«

»Aber warum nicht?«

»Weil es einfach Dinge im Leben gibt, die wir keinem Menschen erzählen.«

Pete sah hinab auf seine Hände, und Tommy sah ebenfalls auf sie hinab. Ihr Anblick verblüffte ihn, sie waren kräftig und groß, die Hände eines erwachsenen Mannes.

»Dann sagst du also, dass mein Vater Gottes Werkzeug war?« Pete wiegte zweifelnd den Kopf.

»Nein. Ich sage dir lediglich, was ich in dieser Nacht erlebt habe.«

»Ich weiß. Ich hab gehört, was du sagst.« Pete starrte durch die Windschutzscheibe. »Ich weiß nur nicht, was es zu bedeuten hat.«

Tommy betrachtete den Pick-up, der neben dem Haus geparkt war. Der Kotflügel glänzte in der Sonne. Der Pick-up war alt und graubraun. Er hatte fast den gleichen Farbton wie das Haus. Es schien Tommy, dass er viele Minuten so dasaß und auf Petes Pick-up schaute, der dort stand, Ton in Ton mit Petes Haus.

»Erzähl mir, wie's Lucy geht«, sagte er dann, und die Steinchen auf der Bodenmatte knirschten unter seinen Füßen, als er sie seitwärts stellte. »Ich hab gesehen, dass sie ein neues Buch geschrieben hat.«

»Lucy geht's gut.« Petes Miene hellte sich auf. »Lucy geht's gut, und das Buch ist auch gut, sie hat mir ein Vorabexemplar geschickt. Ich bin echt stolz auf sie.«

Tommy sagte: »Sie hat damals nicht mal den Quarter genommen, den ich ihr extra hingelegt hab«, und er erzählte Pete von dem Geldstück, das unberührt liegen geblieben war.

»Nein, Lucy hätte nie auch nur einen Cent genommen, der ihr nicht gehört«, sagte Pete. Er setzte hinzu: »Meine Schwester Vicky, die hätte da nichts gekannt. Die hätte den Quarter eingesteckt und gleich noch einen haben wollen.« Er schaute zu Tommy hinüber. »Doch. Vicky hätte ihn eingesteckt.«

»Ja, ja – der immerwährende Kampf zwischen Wollen und Sollen.« Tommy versuchte einen scherzhaften Ton anzuschlagen.

Pete sagte: »Was?« Und Tommy wiederholte es.

»Das ist interessant«, sagte Pete, und Tommy überkam plötzlich das Gefühl, ein Kind vor sich zu haben und nicht einen erwachsenen Mann, und er sah wieder auf Petes Hände.

Der Motor tickte leise vor sich hin. »Du hast wegen meiner Mutter gefragt«, sagte Pete, nachdem sie eine Weile geschwiegen hatten. »Mich hat noch nie jemand nach meiner Mutter gefragt. Aber ich könnte dir zum Beispiel nicht sagen, ob meine Mutter uns geliebt hat oder nicht. Irgendwie habe ich bei ihr keine Ahnung.« Er sah Tommy an, und Tommy nickte.

»Mein Vater, der hat uns geliebt«, sagte Pete. »Bei ihm weiß ich's. Er hatte Probleme, o Gott, hatte der Mann Probleme. Aber geliebt hat er uns.«

Tommy nickte wieder.

»Was du da vorhin gesagt hast – wie meinst du das genau?«, fragte Pete.

»Was hab ich vorhin gesagt? Wovon redest du?«

»Der – Kampf, hast du das gesagt? Zwischen dem, was wir wollen, und dem, was wir sollen?«

»Oh.« Tommy sah durch die Windschutzscheibe auf das Haus, das so still und so ausgelaugt in der Maisonne stand, seine heruntergezogenen Rollos wie müde Augendeckel. »Gut, nehmen wir ein eher hochgegriffenes Beispiel.« Und er erzählte Pete, was sein Bruder im Krieg erlebt hatte, von den Frauen, die durchs Konzentrationslager geführt worden waren, und wie manche von ihnen geweint hatten und andere nur verbiestert geschaut und es nicht an sich herangelassen hatten. »Und so ein Kampf, oder vielleicht eher ein Widerstreit, spielt sich ständig ab, scheint es mir. Und Bereuen – imstande zu sein, Reue zu zeigen, Bedauern über das, wodurch wir andere verletzt haben –, das macht uns erst zu Menschen.« Tommy legte die Hand ans Lenkrad. »Wenn du *mich* fragst«, schob er nach.

»Mein Vater hat Reue gezeigt. Er war das, was du gerade gesagt hast, in ein und derselben Person. Der Widerstreit.«

»Da könntest du recht haben.«

Die Sonne stand jetzt so hoch, dass sie vom Auto aus nicht mehr zu sehen war.

»Solche Gespräche führ ich sonst nie«, sagte Pete, und wieder berührte es Tommy ganz seltsam, wie kindlich dieser nicht mehr junge Mensch war. Er spürte einen hauchdünnen Stich physischen Schmerzes tief in der Brust, der direkt an Pete gekoppelt schien.

»Ich bin ein alter Mann«, sagte Tommy. »Ich glaube, wenn wir solche Unterhaltungen führen wollen, sollte ich häufiger herkommen. Wie wär's, wenn ich übernächsten Samstag vorbeischaue?«

Erstaunt sah er, wie Pete die Hände zu Fäusten ballte und sich damit auf die Knie hieb. »Nein«, sagte Pete. »Nein. Das musst du nicht. Nein.«

»Ich möchte es aber«, sagte Tommy, und er dachte – nein, er *wusste* es noch in der Sekunde, als er es sagte –, dass das nicht stimmte. Aber machte das einen Unterschied? Es machte keinen.

»Ich brauch niemand, der mich aus Pflichtgefühl besucht.« Pete sprach sehr leise.

Das hauchdünne Stechen verstärkte sich. »Da kann ich dich verstehen«, sagte Tommy. Es war jetzt warm im Auto, der Geruch schien ihm fast mit Händen greifbar.

Eine Pause, dann sagte Pete: »Gut, ich dachte, du kommst her, um mich zu quälen, und da hatte ich unrecht. Also habe ich vielleicht auch unrecht, wenn ich denke, du würdest nur aus Pflichtgefühl kommen.«

»Allerdings hättest du da unrecht«, sagte Tommy. Aber auch jetzt spürte er deutlich, dass das nicht stimmte. Die Wahrheit war, dass er diesen armen Jungen, Mann, neben ihm am liebsten nie wieder besucht hätte.

Einige Augenblicke saßen sie noch schweigend da, dann drehte sich Pete zu Tommy hin und nickte ihm zu. »Also gut, dann bis dann«, sagte er und stieg aus. »Danke, Tommy«, sagte er, und Tommy sagte: »Danke *dir*.«

Beim Heimfahren überkam Tommy eine merkwürdige Empfindung, wie ein Reifen mit Loch fühlte es sich an, so als wäre
er – sein ganzes Leben – mit einer Luft gefüllt gewesen, die ihn
schützte und trug, und nun entwich diese Luft; immer stärker
regte sich im Fahren eine unklare Angst in ihm. Er verstand es
nicht. Aber er hatte preisgegeben, was er nie hatte preisgeben
wollen – dass ihm in der Nacht des Feuers Gott erschienen
war. Wozu hatte er das getan? Um diesem armen Jungen, der
mit solch wilder Wut das Schild seiner Mutter zertrümmerte,
etwas mit auf den Weg zu geben. Was war so schlimm daran,
dass er es dem Jungen erzählt hatte? Tommy hätte es nicht
sagen können. Trotzdem, ihm war, als hätte er damit einen
Stöpsel gezogen, als hätte er, durch dieses Aussprechen des Un-
aussprechlichen, sich selbst unrettbar beschädigt. Es machte
ihm echte Angst. *Und du glaubst da richtig dran?*, hatte Pete
Barton ihn gefragt.

Er fühlte sich nicht mehr als er selbst.

»O Gott, was hab ich getan?«, sagte er leise. Und er meinte
es wirklich als Frage an Gott. Und dann sagte er: »Wo bist du,
Gott?« Aber das Auto blieb wie zuvor; warm und noch immer
erfüllt mit einem Hauch von Pete-Barton-Mief, tuckerte es auf
der Landstraße dahin.

Er fuhr schneller, als es sonst seine Gewohnheit war. Felder
mit Sojabohnen und Mais zogen an ihm vorbei, hier und da
auch ein brauner Acker, aber er sah sie kaum.

Shirley saß auf der Vordertreppe, ihre Brillengläser funkel-
ten im Sonnenlicht, und sie winkte, als er die schmale Auf-
fahrt herauffuhr. »Shirley«, rief er noch im Aussteigen. »Shirley.« Sie zog sich am Geländer hoch und kam ihm besorgt
entgegen. »Shirley«, sagte er, »ich muss dir ganz dringend etwas
sagen.«

Dann saßen sie in ihrer kleinen Küche an dem klei[nen Kü]chentisch. In einem hohen Wasserglas standen Pfing[st]knospen, Shirley schob es zur Seite. Tommy berichtet[e, was] eben bei den Bartons passiert war, und sie schüttelte d[en Kopf] dazu und schob die Brille mit dem Handrücken ein Stück höher. »Ach, Tommy«, sagte sie. »Ach, der arme Junge.«

»Aber das ist noch gar nicht alles, Shirley. Es kommt noch mehr. Da ist noch etwas, was ich dir erzählen muss.«

Und so schaute Tommy seiner Frau ins Gesicht – in ihre blauen Augen hinter den Brillengläsern, ein matteres Blau jetzt als früher, aber dafür seit ihrer Staroperation mit winzigen glänzenden Einsprengseln durchsetzt – und erzählte ihr, mit der gleichen Ausführlichkeit, mit der er es Pete Barton erzählt hatte, wie ihm in der Nacht des Feuers Gott erschienen war. »Aber inzwischen denke ich, ich muss mir das eingebildet haben«, sagte er. »Es muss Einbildung gewesen sein, so etwas gibt es ja gar nicht.« Und er kehrte die offenen Handflächen nach oben, schüttelte den Kopf.

Einen Moment lang betrachtete seine Frau ihn forschend; er sah ihren Blick, sah, wie ihre Augen sich eine Spur weiteten und von den Rändern her ein weicher Schimmer in sie trat. Sie beugte sich vor, fasste seine Hand und sagte: »Aber, Tommy. Warum soll es das denn nicht geben? Warum soll es nicht genau so gewesen sein, wie du es in der Nacht damals empfunden hast?«

Und da begriff Tommy, dass ihr das, was er ein Leben lang vor ihr geheim gehalten hatte, mühelos einleuchtete und das, was er ihr von nun an verschweigen würde – seine Zweifel (die jähe Gewissheit, dass ihm Gott niemals erschienen war) –, nur wieder ein neues Geheimnis wäre. Er zog seine Hand zurück. »Vielleicht hast du ja recht«, sagte er. Und setzte hinzu, so dürftig wie wahr: »Ich liebe dich, Shirley.« Und dann sah er zur Decke empor; eine Sekunde oder zwei musste er ihrem Blick ausweichen.

Windräder

Es war ein Morgen vor ein paar Jahren gewesen, die Sonne schien in Patty Nicelys Schlafzimmer, wo der Fernseher lief, und so, wie das Licht hereinfiel, konnte man auf dem Bildschirm aus manchen Blickwinkeln nur ein Schimmern sehen. Pattys Mann Sebastian lebte zu der Zeit noch, und sie selbst machte sich für die Arbeit fertig. Zuvor hatte sie alles vorbereitet, damit er für den Tag versorgt war; seine Krankheit war erst im Anfangsstadium, und Patty war sich noch ungewiss – sie beide waren sich noch ungewiss –, wie es ausgehen würde. Im Fernsehen kam das übliche Morgenprogramm, und Patty blieb ab und zu kurz davor stehen, während sie im Schlafzimmer hin und her ging. Sie befestigte gerade einen Perlstecker im Ohrläppchen, als sie die Moderatorin sagen hörte: »Und als Gast im Studio begrüßen wir nach der Pause Lucy Barton.«

Patty trat dichter heran, blinzelnd, und nach ein paar Minuten erschien Lucy Barton – die einen Roman geschrieben hatte – im Bild, und Patty sagte: »Du liebe Güte.« Sie eilte zur Tür und rief: »Sibby?« Sebastian kam ins Schlafzimmer, und Patty sagte: »Ach, Liebling, ach, Sibby.« Sie half ihm ins Bett und strich ihm über die Stirn. Dass ihr das jetzt wieder einfiel – Lucy Bartons Auftritt im Fernsehen –, lag daran, dass sie Sebastian damals von ihr erzählt hatte. Lucy Barton war in bitterer

Armut aufgewachsen, ganz hier in der Nähe, in Amgash, Illinois. »Ich hatte nichts mit ihnen zu tun, weil ich ja in Hanston zur Schule ging, aber sie waren die Sorte Kinder, bei denen die anderen ›Achtung, Läuse!‹ schrien und wegrannten«, erklärte sie ihrem Mann. Patty wusste das deshalb, weil Lucys Mutter Schneiderin war und Pattys Mutter bei ihr hatte nähen lassen; einige Male hatte sie Patty und ihre Schwestern sogar mitgenommen zu den Bartons. Das Haus, in dem sie wohnten, war winzig, und es *stank* darin! Aber hier war Lucy Barton: eine Schriftstellerin, die in New York lebte. »Schau, Liebling«, sagte Patty, »hübsch sieht sie aus.«

Sebastians Interesse war geweckt; sie sah die Anteilnahme, mit der er zuhörte. Er begann selbst Fragen zu stellen, zum Beispiel, ob Lucy anders gewirkt hatte als ihr Bruder und ihre Schwester. Patty konnte es nicht sagen, sie hatte sie ja alle nicht richtig gekannt. Aber – und das war nun wirklich seltsam – Lucys Eltern waren auf der Hochzeit von Pattys ältester Schwester Linda gewesen, was Patty bis heute wunderte. Lucys Vater hatte doch im Zweifel nicht mal einen Anzug besessen, was in aller Welt hatten sie bei der Hochzeit ihrer Schwester gemacht? Sebastian sagte: Vielleicht hatte deine Mutter damals einfach niemanden sonst, der mit ihr geredet hätte, und ihr wurde klar, das war die Antwort. Die Röte schoss ihr ins Gesicht, als ihr das aufging. Schatz, sagte Sebastian und griff nach ihrer Hand.

Wenige Monate später war Sebastian tot. Sie waren erst mit Ende dreißig zusammengekommen, darum hatten sie nur acht gemeinsame Jahre gehabt. Keine Kinder. Patty hatte nie einen besseren Mann gekannt.

Heute musste sie beim Fahren die Klimaanlage voll aufdrehen; ihre zusätzlichen Pfunde brachten Patty sehr schnell ins

Schwitzen, und sie hatten schon Ende Mai und Bilderbuchwetter – alle waren sich einig, dass sie Bilderbuchwetter hatten –, aber für Patty bedeutete das, dass es eigentlich zu heiß
war. Sie fuhr an einem Feld vorbei, auf dem der Mais erst zen-
timeterhoch stand, und als Nächstes an einem Feld voll leuchtend grüner, dicht überm Boden wachsender Sojabohnen. Dahinter begann schon die Stadt, und sie machte den Schlenker
durch die Straße, in der gleich in mehreren Vorgärten explo-
sionsartig die Pfingstrosen blühten – Patty liebte Pfingstrosen –, ehe sie die Schule erreichte, wo sie Beratungslehrerin
für die Oberstufe war. Sie parkte, überprüfte im Rückspiegel
ihren Lippenstift, plusterte mit einer Hand ihre Haare ein bisschen auf und hievte sich aus ihrem Sitz. Am anderen Ende des
Parkplatzes stieg gerade Angelina Mumford aus; sie unterrichtete Sozialkunde in der Mittelstufe und war vor kurzem von
ihrem Mann verlassen worden. Patty reckte die Hand hoch
und winkte, und Angelina winkte zurück.

In Pattys Büro standen eine Menge Ordner und davor eine
Handvoll kleiner gerahmter Fotos von ihren Nichten und
Neffen; auf dem Ablageschrank und dem Schreibtisch waren
die Broschüren der verschiedenen Colleges und Universitäten
ausgelegt. Und hier, gleich vor ihr, lag der Terminkalender. Lila
Lane war zu ihrem gestrigen Termin nicht erschienen. Jetzt
klopfte es an der Tür – die offen war –, und ein großes, hübsches Mädchen stand da. »Nur hereinspaziert«, sagte Patty.
»Lila?«

Zusammen mit dem Mädchen hielt Aggression im Zimmer
Einzug. Sie flegelte sich in ihren Stuhl, und der Blick, mit dem
sie Patty taxierte, machte Patty Angst. Die Haare des Mädchens
waren blond und lang, und als sie sie mit einer Hand nahm
und über die Schulter warf, sah Patty das Tattoo – wie ein klei-

ner Stacheldrahtzaun –, das sich um ihr Handgelenk zog. Patty sagte: »Das ist ein hübscher Name, Lila Lane.« Das Mädchen sagte: »Eigentlich sollte ich nach meiner Tante heißen, aber in letzter Minute hat meine Mutter gesagt, scheiß auf sie.«

Patty bündelte ihre Papiere und stieß die Kanten mehrmals auf die Tischplatte.

Das Mädchen setzte sich aufrecht hin und sagte mit Nachdruck: »Sie ist eine blöde Zicke. Fühlt sich uns haushoch überlegen. Ich *kenn* sie nicht mal.«

»Sie kennen Ihre Tante nicht?«

»Nä. Sie war einmal hier, als ihr Vater gestorben ist, der Vater von meiner Mutter, und dann ist sie wieder abgerauscht, und ich hab sie nicht mal gesehen. Sie wohnt in New York, und sie bildet sich ein, ihre Scheiße stinkt nicht.«

»Also, schauen wir uns Ihre SAT-Ergebnisse an. Sie haben ja ziemlich gut abgeschnitten.« Es störte Patty, wenn die Schüler Kraftausdrücke benutzten, sie fand es respektlos. Sie sah kurz zu dem Mädchen hoch, dann wieder auf ihre Akte. »Ihre Noten sind auch gut«, fügte sie hinzu.

»Ich hab die Dritte übersprungen.« Das Mädchen sagte es aufmüpfig, aber Patty meinte ein Quäntchen Stolz durchzuhören.

»Alle Achtung«, sagte sie. »Dann waren Sie offenbar schon immer eine gute Schülerin. Eine Klasse überspringt man schließlich nicht einfach so.« Sie zog ermunternd die Brauen hoch, aber Lila ließ den Blick durch Pattys Büro wandern, über die College-Broschüren, die Fotos von Pattys Nichten und Neffen, bevor sie für einen langen Moment das Poster an der Wand betrachtete: ein Kätzchen, das mit den Vorderpfoten an einem Ast hing und unter dem in Großbuchstaben ÖFTER MAL EINFACH ABHÄNGEN stand.

»Was?«, sagte sie dann und schaute zurück zu Patty.

»Ich habe gesagt, eine Klasse überspringt man schließlich nicht einfach so«, wiederholte Patty.

»Sag bloß. 'türlich nicht.« Das Mädchen klappte die langen Beine nach der anderen Seite, jetzt wieder nach hinten gefläzt.

»Also.« Patty nickte. »Was sind denn so Ihre Zukunftsvorstellungen? Sie haben gute Noten, ein gutes SAT-Ergebnis …«

»Sind das Ihre Kinder?« Das Mädchen hatte die Augen zusammengekniffen und zeigte gleichgültig in Richtung der Fotos.

»Das sind meine Nichten und Neffen.«

»Ich weiß eh, dass Sie keine Kinder haben«, sagte das Mädchen mit einer abschätzigen kleinen Grimasse. »Wie kommt's?«

Eine ganz schwache Wärme stieg in Pattys Gesicht auf. »Es hat sich einfach nicht ergeben. Also, zu Ihren Berufsvorstellungen.«

»Weil Sie und Ihr Mann nie zusammen in der Kiste waren, stimmt's?« Das Mädchen stieß ein Lachen aus; ihre Zähne waren schlecht. »Das heißt es nämlich über Sie, wussten Sie das? Fatty Patty und ihr Mann waren nie zusammen in der Kiste, und überhaupt hat sie's noch nie mit einem gemacht. Sie sind immer noch Jungfrau, heißt es.«

Patty legte die Papiere flach auf den Tisch. Ihre Wangen brannten wie Feuer. Einen Moment lang verschwamm vor ihren Augen alles, die Wanduhr tickte überlaut. In ihren wildesten Phantasien hätte sie sich die Worte nicht träumen lassen, die jetzt aus ihrem Mund kamen. Sie sah das Mädchen mit hartem Blick an, und sie hörte sich sagen: »Raus hier, du mieses Stück Abschaum.«

Eine Sekunde lang wirkte Lila geschockt, dann sagte sie: »Oh, wow! Volltreffer also. Ich lach mich krank!« Und sie deckte die Hand über den Mund und brach in ein Kichern aus, das Patty immer lauter und greller in den Ohren klang, bis es zwischen den Lippen des Mädchens hervorzuquellen schien wie Galle aus dem Mund einer Horrorfilmfigur. »Sorry«, sagte Lila nach einer Weile. »Sorry.«

Und auf einmal wusste Patty, wer sie war. »Ihre Tante ist Lucy Barton«, sagte Patty. Und dann: »Sie sehen ihr ähnlich.«

Lila stand einfach auf und ging.

Patty schloss die Tür zu ihrem Büro und rief ihre Schwester Linda an, die in der Nähe von Chicago lebte. Schweiß lag als dünner Film auf ihrem Gesicht; ihre Unterarme fühlten sich klebrig an.

»Linda Peterson-Cornell«, meldete sich ihre Schwester.

»Ich bin's«, sagte Patty.

»Dachte ich mir schon. Auf dem Display stand der Name von deiner Schule.«

»Warum sagst du denn dann … Linda, das glaubst du nicht.« Und sie erzählte ihrer Schwester, was gerade passiert war. Es brach alles in einem Schwall aus ihr heraus, nur das, was sie zu dem Mädchen gesagt hatte, ließ sie weg. »Ist das zu fassen?«, fragte sie, als sie fertig war. Sie hörte ihre Schwester seufzen. Nach einer Pause sagte Linda, dass sie noch nie verstanden hatte, wie Patty mit pubertierenden Jugendlichen arbeiten konnte. Patty sagte, darum gehe es nicht.

Linda sagte: »Und ob's darum geht. Lila Lane, Lucy Barton, Lila dies, Lucy das. Als ob die irgendwen interessieren würden.« Als von Patty nichts kam, fuhr Linda fort: »Wirklich, Patty. Dass die Nichte von Lucy Barton ein Luder ist, darf dich doch nicht wundern. Himmel noch mal!«

»Warum sagst du das?«

»Warum wohl. Erinnerst du dich denn nicht? Sie waren *Gesocks*, Patty. Gott, mir fällt gerade wieder ein, dass sie diese – was waren das? Irgendwelche Verwandten von ihnen eben. Der Junge hieß jedenfalls Abel. Grundgütiger, war das ein Früchtchen. Er ist immer in den Müllcontainer hinter Chatwin's Café gestiegen und hat da die Abfälle nach Essensresten durchwühlt. Ich meine, *so* hungrig kann doch kein Mensch sein. Warum macht jemand so was? Aber er hat sich nicht mal geschämt, das weiß ich noch. Und Lucy immer hinter ihm her. Mir ist ganz schlecht geworden bei dem Anblick. Offen gesagt wird mir jetzt noch schlecht. Seine Schwester hieß Dottie. So ein dürres Ding. Dottie und Abel Blaine. Dass ich das überhaupt noch weiß. Aber so was vergisst man wohl nicht. Ich hatte noch nie vorher jemanden im Müll nach Essen suchen sehen. Ein hübscher Junge eigentlich.«

»Du liebe Güte«, sagte Patty. Das Glühen in ihrem Gesicht ließ allmählich nach. Sie fragte: »Waren Lucys Eltern nicht auf deiner Hochzeit? Der ersten?«

»Weiß ich nicht mehr«, sagte Linda.

»Aber sicher weißt du's. Wieso waren sie auf deiner *Hochzeit*?«

»Weil sie sie eingeladen hat, um jemanden zu haben, der mit ihr redet. Himmelherrgott, Patty. Vergiss es einfach. Ich hab's auch vergessen.«

Patty sagte: »Vergessen vielleicht, aber seinen Namen trägst du trotzdem noch. Peterson. Und das, wo ihr gerade mal ein Jahr verheiratet wart.«

»Besser Peterson als Nicely. Das hab ich ja nie verstanden, dass du den Namen behalten hast. Die drei Nicely-Prinzesschen. Wie grauenhaft, dass wir die Nicely-Prinzesschen hießen.«

Patty dachte: Es war nicht grauenhaft.

Linda fügte hinzu: »Apropos, warst du mal wieder bei Unserer-Mutter-Gott-hab-sie-leider-noch-nicht-selig? Was macht ihr Vertrottelungs-Faktor?«

»Ich wollte heute Nachmittag zu ihr. Das letzte Mal ist schon ein paar Tage her. Ich muss schauen, dass sie ihre Medikamente nimmt.«

»Von mir aus kann sie's ruhig bleiben lassen«, sagte Linda, und Patty sagte, das sei ihr schon klar.

Und dann fragte Patty: »Ist dir irgendeine Laus über die Leber gelaufen?«

»Wie kommst du darauf?«, sagte Linda.

Es war Freitag, und am Nachmittag trug Patty ihren Gehaltsscheck zur Bank, und als sie danach an der Buchhandlung vorbeikam, sah sie – ganz vorn im Fenster – ein neues Buch von Lucy Barton. »Du liebe Güte«, sagte Patty. In der Buchhandlung war Charlie Macauley, und am liebsten wäre Patty schnurstracks wieder hinausgelaufen, als sie ihn sah, denn er war der einzige Mann neben Sebastian, den sie liebte. Sie liebte ihn ernsthaft. Sie hatte ihn viele Jahre leiden mögen, ohne ihn näher zu kennen, wie man sich eben in einer Kleinstadt kennt und gleichzeitig nicht kennt. Und als sie sich dann bei Sibbys Begräbnis umgedreht und ihn gesehen hatte, allein in der letzten Reihe, da hatte sie sich – Hals über Kopf – in ihn verliebt und seitdem nie mehr aufgehört, ihn zu lieben. Er hatte seinen Enkel dabei, einen kleinen Jungen im Grundschulalter, und als er aufschaute und Patty bemerkte, öffnete sich sein Gesicht, und er nickte. »Hallo, Charlie«, sagte sie, und dann erkundigte sie sich bei der Buchhändlerin nach dem Buch von Lucy Barton.

Es waren Memoiren.

Memoiren? Patty nahm das Buch und blätterte darin, auch wenn die Wörter auf den Seiten durcheinanderpurzelten, weil Charlie so nahe war. Sie ging mit dem Buch zur Kasse und kaufte es. Im Hinausgehen warf sie einen Blick in seine Richtung, und er winkte kurz. Charlie Macauley hätte ihr Vater sein können, auch wenn er jünger war, als ihr Vater es gewesen wäre, wenn er noch lebte. Aber Charlie war mindestens zwanzig Jahre älter als Patty; er hatte als junger Mann im Vietnamkrieg gekämpft. Woher Patty das wusste, hätte sie nicht sagen können. Seine Frau war eine unscheinbare Person, mager wie ein Skelett.

Pattys Haus lag ein kurzes Stück vom Zentrum entfernt. Es war nicht groß, aber klein war es auch nicht. Sie und Sibby hatten es zusammen gekauft, und es hatte eine Vorder- und eine kleine Seitenveranda. Ihre Pfingstrosen wiegten ihre schweren Köpfe neben der Seitenveranda, und ein paar erste Schwertlilien blühten auch schon. Durchs Küchenfenster konnte sie die Schwertlilien sehen, während sie eine Packung Kekse aus dem Schrank nahm. Es waren Vanille-Waffeln, und die Packung war noch halb voll, und sie trug sie hinüber ins Wohnzimmer und aß sie bis auf den letzten Krümel. Danach ging sie in die Küche zurück und trank ein Glas Milch. Sie rief ihre Mutter an, um ihr zu sagen, dass sie in etwa einer Stunde bei ihr sein würde, und ihre Mutter sagte: »Au *fein!*«

Oben strömte die Sonne zu den Fenstern herein, floss als breite Bahn den Flur entlang und beschien die kleinen Wollmäuse auf dem Boden. »Ach, du je«, sagte Patty. Das sagte sie ein paarmal, auf der Bettkante sitzend. »Ach, du je, ach, du je«, sagte sie.

Bis nach Hanston waren es zwanzig Meilen, und die Sonne stand noch hoch, als Patty zwischen den Feldern dahinfuhr, manche mit jungem Mais bewachsen, manche noch braun; ein Acker wurde gerade gepflügt. Dann kam der Windpark, wohl hundert Windturbinen ragten am Horizont auf, diese riesigen weißen Windräder, die seit bald zehn Jahren überall in der Gegend aufgestellt wurden. Sie faszinierten Patty, immer schon, mit ihren langen weißen Armen, die sich zwar alle im gleichen Tempo, aber ansonsten asynchron drehten. Zurzeit wurde wieder prozessiert, erinnerte sie sich, es kam regelmäßig zu Prozessen wegen der schädlichen Auswirkungen auf Vögel oder Wildtiere oder Farmland, aber Patty mochte die hohen weißen Masten, die ihre schlanken Arme so wirr vor dem Himmel schwangen und dabei Strom erzeugten – und dann blieben sie hinter ihr zurück, und wieder breiteten sich rechts und links nur die kleinen Maispflänzchen und leuchtenden jungen Sojabohnen aus. In diesen Feldern hatte sie sich, wenn der Mais hoch genug stand, mit fünfzehn von den Jungen betatschen lassen, Jungen mit riesenhaft wirkenden, gummigleichen Lippen und unförmig ausgebeultem Hosenstall, und sie hatte kleine Seufzer ausgestoßen und den Hals ihren Mündern dargeboten und das Becken gegen ihres gedrängt, obwohl sie das Ganze – in Wahrheit – doch nur abstoßend fand, abstoßend abstoßend abstoßend.

Patty hatte die Stadt erreicht, die sich seit ihrer Kindheit kaum verändert hatte. Da waren immer noch die altmodischen Straßenlaternen, schwarz und von kleinen Dächlein gekrönt. Da waren die beiden Restaurants, der Souvenirshop, die Investmentfirma, das Kleidergeschäft, alle mit den gleichen grünen Markisen und schwarz-weißen Ladenschildern. Der Weg zu ihrer Mutter führte an dem Haus vorbei, in dem sie auf-

gewachsen war, ein schönes rotes Haus mit schwarzen Fenster-
läden und breiter Veranda, auf der eine Hollywoodschaukel
stand. Auf dieser Schaukel hatte Patty als kleines Mädchen
manchmal stundenlang mit ihrer Mutter gesessen, den Kopf
an ihren Bauch gedrückt, so dass das Kleid ihrer Mutter ganz
krumplig davon wurde, und ihrer lachenden Stimme ge-
lauscht. Ihr Vater war bis zu seinem Tod (ein Jahr vor Sibby) hier wohnen geblieben; jetzt hatte eine Familie mit vielen
Kindern das Haus gekauft, und sooft Patty daran vorbeifuhr –
jedes einzelne Mal –, musste sie den Kopf wegdrehen. Am
anderen Ende der Stadt, eine knappe Meile hinter dem Zentrum, stand das kleine weiße Haus ihrer Mutter. Als Patty in
die Einfahrt einbog, sah sie ihre Mutter schon hinter der Gardine hervorlugen, hörte, während sie die Seitentür aufsperrte,
drinnen den Gehstock über den Boden klöppeln. Ihre Mutter
war im selben Maße geschrumpft, in dem Patty aus dem Leim
gegangen war. Das musste sie jedes Mal denken, wenn sie ihre
Mutter sah. »Na, du«, sagte Patty und beugte sich hinab, um
die Luft neben ihrer Mutter zu küssen. Dann richtete sie sich
wieder auf und sagte: »Ich hab dir was zu essen mitgebracht.«

»Ich brauch kein Essen.« Ihre Mutter trug einen Frottee-
bademantel, an dessen Gürtel sie jetzt zupfte.

Patty packte den Hackbraten und den Kohlsalat und das
Kartoffelpüree aus und stellte alles in den Kühlschrank. »Aber
sicher brauchst du Essen«, sagte sie.

»Allein schmeckt's mir aber nicht. Kannst du nicht bleiben,
und wir essen zusammen?« Ihre Mutter sah durch ihre große
Brille zu ihr hoch, die ihr ein Stück die Nase heruntergerutscht
war. »Bittebittebitte?« Patty schloss kurz die Augen, nickte
dann.

Während Patty den Tisch deckte, saß ihre Mutter auf einem

Stuhl, die Beine unter dem Bademantel gespreizt, und schaute zu Patty hoch. »Ist das schön, dass du dich mal blicken lässt. Ich seh dich fast nie mehr.«

»Ich war doch vor drei Tagen erst hier«, sagte Patty. Das dünne Haar ihrer Mutter – unter dem so viel Kopfhaut hervorschimmerte – blieb Patty vor Augen, als sie sich zur Küchentheke umdrehte, und sie fühlte etwas in ihrem Innern bröckeln. Sie ging zum Tisch zurück, zog einen Stuhl heran und sagte: »Wir müssen darüber reden, ob du nicht im Golden Leaf besser aufgehoben wärst. Erinnerst du dich, dass wir darüber gesprochen haben?« In das Gesicht ihrer Mutter trat ein verwirrter Ausdruck; sie schüttelte zögernd den Kopf. »Hast du dich heute angezogen?«, fragte Patty sie.

Ihre Mutter sah hinab in den Schoß ihres Bademantels, dann wieder auf zu Patty. »Nein«, sagte sie.

Patty hatte ihren Mann während einer Tagung in St. Louis kennengelernt. Bei der Tagung ging es um den Umgang mit Kindern aus sozial schwachen Elternhäusern, aber dafür war Sebastian nicht angereist. Er besuchte eine andere Konferenz und hatte das Hotelzimmer neben Patty; er war Maschinenbauingenieur. »So sieht man sich wieder«, hatte Patty gesagt, als sie beide gleichzeitig aus ihren Zimmern traten. Am Vorabend war er in sein Zimmer gegangen, als sie gerade in ihres ging. Was genau es war, hätte sie nicht klar benennen können, aber sie fühlte sich rundum wohl in seiner Gegenwart; die Antidepressiva machten sich da schon in Pfunden bemerkbar, und einmal hatte sie eine Hochzeit nur Wochen vor dem Termin platzen lassen. Bei ihren ersten Unterhaltungen wich Sebastian ihrem Blick aus. Aber er war ein nett aussehender Mann, groß, dünn, das Gesicht hager, die Haare eher lang als kurz. Seine Augenbrauen waren so dick, dass sie einen durchgehenden Balken zwischen der Stirn und den tiefliegenden Augen bildeten. Er gefiel ihr einfach. Bis zum Ende der Tagung hatte sie ihm seine E-Mail-Adresse entlockt, und den Mailverkehr, der sich danach zwischen ihnen entwickelte, würde sie nie vergessen. Nach nur ein paar Wochen schrieb er: *Es gibt etwas, das du über mich wissen solltest, Patty, wenn wir Freunde sein sollen.* Und wenige Tage später: *Ich habe Erlebnisse gehabt, die entsetzlich für mich waren. Durch sie bin ich anders geworden als andere Leute.* Er kam aus Missouri, und als sie ihn in einer Mail einlud, sie in Carlisle, Illinois, zu besuchen, war sie überrascht, dass er zusagte. Von da an waren sie ein Paar. Wie hatte sie geahnt – aber sie hatte es nicht geahnt –, dass er als Junge zigmal von seinem Stiefvater missbraucht worden war? Nähe war für Sebastian etwas kaum Erträgliches, aber bei Patty dauerte es nicht lange, bis er ihr ins Gesicht sehen und ihr einigermaßen zusammenhängend erzählen konnte, was ihm widerfahren war, und er sagte zu ihr: Patty, ich liebe dich, aber ich kann nicht richtig dein Mann sein. Ich kann das einfach nicht, ich wollte, ich könnte es. Und sie sagte: »Das macht nichts, für mich ist es auch nichts.«

In ihrer Hochzeitsnacht hielten sie sich bei den Händen, aber weiter gingen sie nie. Gerade während der ersten Jahre quälten ihn oft schreckliche Träume, dann trat er gegen die Bettdecke und wimmerte, es waren beängstigende Laute. Sie bemerkte, dass er in diesen Momenten erregt war, und sie gab immer acht, ihn nirgends anders zu berühren als bei den Schultern, bis er ruhiger geworden war. Dann strich sie ihm über die Stirn. »Ist ja gut, Liebling«, sagte sie jedes Mal. Und er starrte zur Zimmerdecke hoch, die Hände zu Fäusten geballt. Danke, sagte er. Und wandte ihr dann das Gesicht zu: Danke, Patty.

»Wie geht's dir, sag schon, schieß los. Los-Kloß.« Ihre Mutter schob sich ein Häppchen Hackbraten in den Mund.

»Mir geht's gut. Ich treffe mich morgen Abend mit Angelina. Ihr Mann hat sie verlassen.« Patty lud sich Kartoffelpüree auf ihre Scheibe Hackbraten, dann Butter auf das Kartoffelpüree.

»Wer ist das? Irgendwer, den ich kenne?« Ihre Mutter legte die Gabel auf den Tisch und sah sie ratsuchend an.

»Angelina, sie ist eins von den Mumford-Mädchen.«

»Hmm.« Ihre Mutter nickte langsam. »Ach ja, jetzt weiß ich's. Mary Mumford, natürlich. So eine Hochgekommene war das.«

»Wen meinst du? Angelina ist ein wunderbarer Mensch. Und ich fand ihre Mutter immer sehr nett.«

»Sicher, nett war sie. Aber eben eine Hochgekommene. Aus Mississippi hergezogen, glaube ich. Sie hat diesen Mumford-Jungen geheiratet, er war reich, und dann hat sie diese ganzen Mädchen bekommen und schwamm nur so im Geld.«

Patty öffnete den Mund. Sie hatte fragen wollen, ob ihre Mutter denn nicht mehr wusste, dass Mary Mumford ihren reichen Ehemann verlassen hatte, vor gar nicht so vielen Jahren, mit über siebzig – wusste sie das nicht mehr? Aber dann schwieg sie doch lieber. Ihre Mutter brauchte nicht zu erfahren, dass es das war, was sie und Angelina zusammengebracht hatte: Mütter, die einfach gingen.

Ich wollte ihn umbringen, hatte Sebastian Patty gestanden. Das wollte ich ganz im Ernst. »Aber ja«, hatte sie gesagt. Und meine Mutter wollte ich auch umbringen, sagte er. Und Patty sagte wieder: »Aber ja.«

Patty ließ den Blick durch die kleine Küche ihrer Mutter wandern. Alles war blitzblank, dank Olga, einer Frau, die etwas älter als Patty war; sie kam zweimal die Woche. Aber das Linoleum der Tischplatte war an den Kanten abgeplatzt, das Blau der Gardinen vor den Fenstern ziemlich verschossen. Und von ihrem Stuhl aus konnte Patty durch den Flur bis zu der Wohnzimmerecke sehen, wo der blaue Knautschsessel stand, von dem sich ihre Mutter nach so vielen Jahren einfach nicht trennen mochte.

Ihre Mutter redete – wie inzwischen so oft – von vergangenen Zeiten. »Diese Tanzabende im Club damals. War das immer ein Spaß!« Und sie brach ab, nickte versunken mit dem Kopf.

Patty ließ noch einen Klumpen Butter auf ihrem Kartoffelpüree schmelzen, aß das Püree auf, schob den Teller weg. »Lucy Barton hat ein Buch mit Memoiren geschrieben«, sagte sie.

Ihre Mutter fragte: »Was hast du gesagt?« Und Patty wiederholte es.

»Ach ja, ich weiß schon«, sagte ihre Mutter. »Erst haben sie in dieser Garage gewohnt, und dann starb der alte Mann – irgendein Verwandter, keine Ahnung –, jedenfalls konnten sie danach rüber ins Haus ziehen.«

»Eine Garage. Das war eine *Garage*, wo du uns manchmal mit hingenommen hast?«

Eine kurze Pause, dann sagte ihre Mutter: »Oder so, keine Ahnung. Sie war jedenfalls spottbillig, deshalb bin ich zu ihr gegangen. Ihre Arbeiten waren wirklich gut, und sie nahm fast gar nichts dafür.« Eine längere Pause, dann: »Lucy hab ich vor ein paar Jahren im Fernsehen gesehen. Kam da ganz groß raus. Hatte ein Buch geschrieben oder so was. Wohnt in New York. New York Kork. Ach so vornehm.«

Patty holte tief und unfrei Luft. Ihre Mutter streckte die Hand nach dem Kohlsalat aus, und als ihr Bademantel ein

Stück aufklaffte, sah Patty – flüchtig – die ausgelaugte kleine Brust unter dem Nachthemd. Nach ein paar Minuten stand Patty auf, räumte den Tisch ab und spülte in rasantem Tempo das Geschirr. »Jetzt noch deine Tabletten«, sagte sie, und ihre Mutter machte eine abfällige Geste. Also ging Patty ins Bad und kontrollierte den Schieber mit den vielen kleinen Unterteilungen und stellte fest, dass ihre Mutter seit ihrem letzten Besuch keine einzige von ihren Pillen genommen hatte. Patty trug den Schieber in die Küche und erklärte ihrer Mutter noch einmal von vorn, wozu jede einzelne Pille gut war, und ihre Mutter sagte: »Wenn du meinst.« Sie nahm die Pillen, die Patty ihr hinschob. »Es ist wichtig, dass du sie einnimmst«, sagte Patty. »Du willst doch keinen Schlaganfall kriegen.« Die Tabletten, die die Demenz aufhalten sollten, ließ sie unerwähnt.

»Ich kriege keinen Schlag. Schlag-Quak.«

»Also dann, ich komm dich bald wieder besuchen.«

»Du bist am besten geraten«, sagte ihre Mutter an der Tür zu ihr. »Ein Jammer, dass deine Glückspillen dich so dick gemacht haben, aber hübsch bist du trotzdem. Musst du wirklich schon los?«

Als sie von der Haustür zu ihrem Wagen ging, sagte Patty ganz laut: »Uff!«

Die Sonne war gerade untergegangen, und als Patty die halbe Strecke zurückgelegt hatte – ein Stück nach dem Windpark –, ging der Vollmond auf. In der Nacht, als ihr Vater starb, war auch Vollmond gewesen, und seitdem hatte Patty bei Vollmond jedes Mal das Gefühl, ihr Vater würde auf sie aufpassen. Sie wackelte mit den Fingern am Lenkrad, ein kleines Winken. Hab dich lieb, Daddy, flüsterte sie. Und sie meinte Sibby gleich mit, denn in gewisser Weise waren die beiden in ihrer

Vorstellung eins geworden. Sie waren da oben und wachten über sie, und sie wusste, dass der Mond nur ein Felsbrocken war – ein Felsbrocken! –, aber sooft sie ihn so rund am Himmel sah, spürte sie die Gewissheit, dass ihre zwei Männer dort oben sein mussten. Wartet auf mich, flüsterte sie. Denn sie war sich ganz sicher – fast sicher jedenfalls –, dass sie, wenn sie starb, wieder zu ihrem Vater und Sibby kommen würde. Danke, flüsterte sie, denn ihr Vater hatte ihr gerade gesagt, dass es lieb von ihr war, sich so um ihre Mutter zu kümmern. In dieser Hinsicht war er milde geworden; der Tod machte ihn mild.

Daheim ließen die Lichter, die sie vor dem Losfahren angeknipst hatte, das Haus gemütlich wirken; immer ein Licht brennen lassen, das gehörte zu den vielen Dingen, die das Alleinsein sie gelehrt hatte. Dennoch schlug, als sie die Handtasche ablegte und durchs Wohnzimmer ging, die ganze Grässlichkeit über ihr zusammen; es war ein scheußlicher Tag gewesen. Die Sache mit Lila Lane war ihr an die Nieren gegangen – und was war, wenn das Mädchen Meldung machte, sich beim Direktor beschwerte, dass Patty sie Abschaum genannt hatte? Dazu war sie imstande, Lila Lane. Dazu war sie absolut imstande. Pattys Schwester war auch keine Hilfe gewesen, bei ihrer anderen Schwester, die in L. A. lebte und sowieso nie Zeit zum Reden hatte, brauchte sie es gar nicht erst zu versuchen, und ihre Mutter – ach, ihre Mutter …

»Fatty Patty.« Patty sagte die Worte laut.

Patty ließ sich aufs Sofa fallen und sah im Zimmer umher; das Haus fühlte sich irgendwie unvertraut an, immer ein schlechtes Zeichen. In ihrem Mund war ein Geschmack nach Hackbraten. »Fatty Patty, mach dich bettfertig«, befahl sie sich, und sie stand auf und reinigte sich die Zähne mit Zahnseide, und dann putzte sie sie, wusch sich das Gesicht und trug ihre Gesichtscreme auf, und danach fühlte sie sich ein klein wenig besser. Als sie ihr Telefon aus der Handtasche holte, fiel ihr das schmale Buch von Lucy Barton in die Hände, das sie am Nachmittag eingesteckt hatte. Sie setzte sich hin und betrachtete das Cover. Es zeigte ein Hochhaus mit brennenden Lichtern vor einem Abendhimmel. Dann begann sie in dem Buch zu lesen. »Ach, du Schreck«, sagte sie nach ein paar Seiten. »Du meine Güte.«

Am nächsten Morgen, Samstag, saugte Patty erst oben und dann unten, sie überzog ihr Bett frisch, stopfte die Wäsche in die Maschine, und danach sah sie die Post durch und warf sämtliche Kataloge und Prospekte weg. Als Nächstes fuhr sie einkaufen, und sie kaufte nicht nur Lebensmittel, sie kaufte sich auch einen Blumenstrauß. Es war lange her, dass sie sich das letzte Mal Blumen gekauft hatte. Und den ganzen Tag hatte sie ein Gefühl, als hätte sie ein dickes gelbfarbenes Bonbon, vielleicht Butterscotch, tief in ihrer Backentasche, und sie wusste, dass diese heimliche Süße von Lucy Bartons Buch ausging. Zwischendurch schüttelte Patty immer wieder den Kopf und sagte laut: »Puh!«

Am Nachmittag rief sie bei ihrer Mutter an, und Olga hob ab. Patty fragte sie, ob sie ab jetzt täglich kommen könne anstatt zweimal die Woche, und Olga sagte, darüber müsse sie erst nachdenken, und Patty sagte, das verstehe sie gut. Dann ließ Patty sich ihre Mutter geben. »Wer ist denn dran?«, fragte ihre Mutter. Und Patty sagte: »Ich bin's, Patty. Deine Tochter. Ich hab dich lieb, Mom.«

Kurze Stille, dann sagte ihre Mutter: »Ja, ich dich auch.«

Hinterher musste Patty sich erst einmal hinlegen. Sie hätte

nicht sagen können, wann sie ihrer Mutter zum letzten Mal gesagt hatte, dass sie sie liebte. Als Kind hatte sie es ununterbrochen gesagt, vielleicht sogar an dem Morgen, als ihre Mutter ihr erlaubt hatte, bei den Pfadfindern aufzuhören. Das war in Pattys erstem Highschool-Jahr gewesen, und ihre Mutter hatte gesagt: »Ach, Patty, ja, warum nicht, du bist jetzt alt genug, selbst zu entscheiden.« Sie hatten in der Küche gestanden, ihre Mutter hatte ihr eine Papiertüte mit ihrer Brotzeit hingestreckt, sie war ganz wie immer gewesen, einfach sie selbst, einfach Pattys Mutter. Und dann, am selben Tag, kam Patty vorzeitig aus der Schule heim, weil sie solche Unterleibskrämpfe hatte – schreckliche Unterleibskrämpfe hatte sie immer gehabt –, also kam sie heim, und aus dem Elternschlafzimmer drangen die bizarrsten Laute. Ihre Mutter winselte, jaulte, japste, und irgendwie klatschte Haut auf Haut, und Patty rannte nach oben und sah ihre Mutter rittlings auf Mr Delaney sitzen – Pattys Spanischlehrer! –, und die Brüste ihrer Mutter schwangen, und dieser Mann schlug sie auf den Hintern, und sein Mund schnappte nach ihrer Brust, und ihre Mutter schrie. Und was Patty nie vergaß, das war dieser Blick in den Augen ihrer Mutter, die Wildheit darin, ihre Mutter konnte ihre Schreie nicht abstellen, so sah Patty sie, mit nackten Brüsten und Augen, die sie *anschauten* – sie schaute Patty an und konnte doch die Laute aus ihrem Mund nicht stoppen.

Patty hatte sich umgedreht und war in ihr Zimmer gerannt. Einige Minuten später hörte sie Mr Delaneys Schritte auf der Treppe, und dann kam ihre Mutter zu ihr herein, einen Hausmantel um sich gewickelt, und ihre Mutter sagte: »Patty, du darfst zu keiner Menschenseele ein Wort sagen, versprich mir das, und wenn du erst älter bist, wirst du mich verstehen.«

Dass die Brüste ihrer Mutter so groß sein sollten – Patty kam nicht darüber hinweg, über diese Brüste, die da entfesselt über Mr Delaney hin und her schwangen.

Innerhalb von Tagen brachen furchtbare Szenen über einen Haushalt herein, der immer so friedlich und normal gewesen war, dass Patty darüber nie nachgedacht hatte. Patty hielt Wort und erzählte niemandem, was sie gesehen hatte – sie hätte keine Sprache dafür gewusst –, aber sie ging nie wieder in Mr Delaneys Kurs, und dann – oh, so unvermittelt! – bezog ihre Mutter, nach einem jäh hervorbrechenden Beichtschwall, eine winzige Wohnung in der Stadt. Patty ging sie dort nur ein einziges Mal besuchen, und in der Ecke stand ein blauer Knautschsessel. Die ganze Stadt redete von der Affäre zwischen ihr und Mr Delaney, und Patty kam es vor, als hätte man ihr den Kopf abgetrennt und Kopf und Körper strebten in entgegengesetzte Richtungen. Es war ein gruseliges Gefühl, und es hörte und hörte nicht auf. Sie und ihre Schwestern sahen ihrem Vater beim Weinen zu. Sie sahen zu, wie er fluchte und wie seine Züge versteinerten. Bisher war er nichts von alledem gewesen, kein Mann, der weinte, keiner, der fluchte oder mit versteinertem Gesicht dasaß. Und jetzt war er all das, und ihre Familie (sie waren alle zusammen unschuldig in einem Boot übers Wasser getrieben, schien ihr nun) war fort, in etwas verwandelt, für das es keinen Begriff gab. Das Gerede riss nicht ab. Patty als die Jüngste war ihm am hilflosesten ausgesetzt. Und als Weihnachten kam, hatte Mr Delaney die Stadt verlassen, und Pattys Mutter war allein.

Als Patty begann, mit den Jungen aus ihrer Klasse in die Maisfelder zu gehen, und auch noch viel später, als sie feste Freunde hatte, mit denen sie ins Bett ging, bekam sie das Bild nicht aus dem Kopf: ihre Mutter, blusenlos, BH-los, wie sie auf diesem Mann ritt, der mit dem Mund nach ihren schwingenden Brüsten schnappte … Nein, für Patty war das alles nichts. Ihre eigene Erregung erfüllte sie jedes einzelne Mal mit einer schrecklichen, beängstigenden Scham.

Angelina hatte noch immer eine schlanke, jugendliche Figur, obwohl sie einige Jahre älter als Patty war. Doch als Patty jetzt in dem Spiegel in Sam's Place einen Blick auf sie beide erhaschte, fand sie, dass sie, Patty, viel jünger aussah – und Angelina abgespannt und verhärmt. Patty hatte Angelina gleich als Erstes von dem Buch von Lucy Barton erzählen wollen. Aber kaum saßen sie, füllten sich Angelinas grüne Augen mit Tränen, und Patty langte über den Tisch und tätschelte ihrer Freundin die Hand. Angelina hielt einen Finger in die Höhe, und nach einer Minute hatte sie sich halbwegs wieder im Griff. »Ich hasse sie alle beide«, sagte sie, und Patty sagte, das könne sie verstehen. »Er hat gesagt, ich würde ihn mit meiner Mutter betrügen, und ich war so platt, Patty, es hat mir richtig die Sprache verschlagen …«

»O Mann!« Patty seufzte, lehnte sich zurück und schüttelte den Kopf.

Einige Jahre zuvor hatte Angelinas Mutter, die damals vierundsiebzig war, die Stadt verlassen – Angelinas Vater verlassen – und war nach Italien gegangen, um dort einen Mann zu heiraten, der fast zwanzig Jahre jünger war als sie. Patty konnte Angelina so gut nachfühlen, wie ihr zumute sein musste. Aber jetzt wollte sie ihr sagen: Hör mir zu! Lucy Bartons Mutter hat sie fürchterlich behandelt, und ihr Vater – lieber Gott, ihr Vater … Aber Lucy hat ihre Eltern *geliebt*, sie hat ihre Mutter geliebt, und ihre Mutter sie auch! Wir sind alle irgendwo verkorkst, Angelina, ganz egal, wie sehr wir uns bemühen, wir lieben *unvollkommen*, Angelina, aber das macht nichts.

Patty hatte es kaum erwarten können, ihrer Freundin das zu sagen, aber jetzt merkte sie, wie läppisch, ja, hirnrissig es klingen musste. Und so ließ sie Angelina von ihren Kindern erzählen, die auf die Highschool gingen und schon bald aus dem Haus sein würden, und von ihrer Mutter in Italien, die sich mit all ihren Töchtern mailte – Angelina hatte vier Schwestern –, und dass Angelina ihre Mutter als Einzige noch nicht besucht hatte, aber sie hatte es vor, vielleicht würde sie diesen Sommer noch fahren, sagte sie.

»Oh, mach das«, sagte Patty. »Mach das. Ich finde, du solltest unbedingt hinfahren. Ich meine, sie ist *alt*, Angelina.«

»Ich weiß.«

Patty merkte, wie fixiert Angelina auf ihre eigenen Themen war, aber das störte sie nicht, es fiel ihr nur auf. Und sie verstand es. Jeder Mensch, das verstand sie, interessierte sich zuallererst und fast ausschließlich für sich selbst. Nur Sibbys Interesse hatte ihr gegolten, und ihres ihm, oh, so sehr. Das war die Hülle, die einen vor der Welt beschützte – die Liebe zu einem anderen Menschen, mit dem man sein Leben teilte.

Etwas später, als sie schon bei ihrem zweiten Weißwein angekommen war, erzählte Patty Angelina von Lila Lane, aber nur das mit Fatty Patty und dass alle dachten, sie wäre noch Jungfrau. Und dann sagte sie: »Wusstest du, dass Lucy Barton ein …«

»Also, das ist ja wohl das Letzte«, sagte Angelina. »Du bist bildhübsch, Patty. Dass du dir das auch nur eine Sekunde angehört hast! Niemand sagt solche Sachen über dich, Patty.«

»Also, vorstellen kann ich's mir.«

»Ich hab so was nie gehört, und ich hör die Kids den ganzen

Tag reden. Patty, du könntest immer noch einen netten Mann kennenlernen. Du siehst so hübsch aus. Ganz im Ernst.«

»Der einzige Mann, der mich interessiert, ist sowieso Charlie Macauley«, sagte Patty. Da sprach der Wein.

»Aber der ist doch uralt, Patty! Und ein psychisches Wrack.«

»Inwiefern ist er ein psychisches Wrack?«

»Ich meine nur, weil er doch damals in Vietnam war und er … Er hat einfach schwere posttraumatische Störungen.«

»Ja?«

Angelina zuckte leicht mit den Schultern. »Das hab ich jedenfalls so gehört. Ich weiß gar nicht mehr, von wem. Aber schon vor einer Ewigkeit. Genau weiß ich es nicht. Seine Frau ist … Also, Chancen hättest du jedenfalls, Patty.«

Patty lachte. »Ich fand seine Frau eigentlich immer sehr nett.«

»Ach komm, dieses verhuschte alte Ding. Doch, das ist *die* Idee, Patty. Angel dir Charlie Macauley.«

Und Patty hätte viel darum gegeben, nichts davon gesagt zu haben.

Aber Angelina schien es nicht zu bemerken. Sie wollte von sich reden – von sich und ihrem Mann. »Neulich am Telefon hab ich ihn direkt darauf angesprochen, willst du die Scheidung einreichen, habe ich ihn gefragt, und er sagte, nein, das nicht. Also habe ich nicht weiter nachgebohrt. Aber warum zieht er aus und will sich dann nicht scheiden lassen? Ach, Patty!«

Auf dem Parkplatz umarmte Angelina Patty, einen Moment lang umarmten sie sich fest. »Danke für alles«, rief ihr Angelina beim Einsteigen noch zu, und Patty sagte: »Und retour!«

Patty fuhr vorsichtig. Der Wein hatte Dinge in ihr aufgerührt – eigentlich durfte sie mit ihren Antidepressiva nichts trinken. Aber jetzt fühlte sich ihr Hirn weit an, und viele Gedanken kamen und gingen. Sie dachte über Sebastian nach, darüber, ob andere ihm wohl angesehen hatten, was sie nicht geahnt hatte, ehe er ihr davon erzählte – all das Unsägliche, das ihm angetan worden war. Nun fragte sie sich, ob es zu merken gewesen war. In irgendeiner Form sicherlich. Ihr fiel wieder die junge Verkäuferin im Kleidergeschäft ein, die ihrer Kollegin einmal, als Patty und Sebastian gingen, hörbar zugeraunt hatte: »Wie ein Hund und sein Frauchen.«

In ihrem Buch sprach Lucy Barton von den Wegen, die die Menschen sich suchten, um auf andere herabblicken zu können, und Patty hatte das Gefühl, dass das stimmte.

Heute Abend stand der Mond fast genau hinter Patty, und sie sah ihn im Rückspiegel und zwinkerte ihm zu. Ihre Schwester Linda kam ihr in den Sinn, Linda, die gesagt hatte, sie begreife nicht, wie Patty mit pubertierenden Jugendlichen arbeiten könne. Patty, beide Hände am Steuer, schüttelte den Kopf. Linda begriff nie irgendetwas. Niemand außer Sebastian hatte je etwas begriffen. Nach Sibbys Tod war Patty zu einer Therapeutin gegangen. Sie hatte sich vorgenommen, ganz offen zu dieser Frau zu sein. Aber die Therapeutin hatte in ihrem marineblauen Blazer hinter ihrem großen Schreibtisch gesessen und von Patty wissen wollen, wie sie sich bei der Scheidung ihrer Eltern gefühlt hatte. Schlecht, hatte Patty gesagt. Patty hatte nicht gewusst, wie sie von dieser Therapeutin wieder wegkommen sollte, und schließlich hatte sie gelogen und behauptet, sie hätte das Geld nicht mehr.

Als Patty nun in ihre Einfahrt bog, als sie vor sich ihr Haus mit den brennenden Lichtern sah, ging ihr plötzlich auf: Lucy Bartons Buch hatte sie verstanden. Das war es – das Buch hatte sie verstanden. Diese Süße wie von einem gelbfarbenen Bonbon füllte ihr immer noch den Mund. Lucy Barton wusste, was Scham hieß, o Gott, wie gut wusste sie das. Und sie hatte diese Scham hinter sich gelassen. »Puh!«, sagte Patty, als sie den Motor abstellte. Und sie blieb noch eine Weile im Auto sitzen, bevor sie schließlich ausstieg und hineinging.

Am Montagmorgen legte Patty der Klassenlehrerin von Lila Lane einen Zettel ins Fach, sie möchte Lila zu ihr ins Büro schicken, aber sie war dennoch überrascht, als das Mädchen in der nächsten Stunde tatsächlich auftauchte. »Lila«, sagte Patty. »Kommen Sie herein.«

Das Mädchen trat durch die Tür, und Patty sagte: »Setzen Sie sich.« Das Mädchen sah sie argwöhnisch an, verlor aber keine Zeit: »Ich weiß schon, Sie erwarten von mir, dass ich mich entschuldige.«

»Nein«, sagte Patty. »Gar nicht. Ich habe Sie heute hergebeten, weil ich Sie beim letzten Mal als Abschaum bezeichnet habe.«

Das Mädchen machte ein verwirrtes Gesicht.

Patty sagte: »Als Sie letzte Woche hier waren, habe ich Sie ein Stück Abschaum genannt.«

»Echt?«, sagte das Mädchen. Sie setzte sich hin, langsam.

»Ja.«

»Keine Ahnung.« Heute wirkte sie nicht streitlustig.

»Sie haben mich gefragt, warum ich keine Kinder habe, und mich als alte Jungfer tituliert und als Fatty Patty, und daraufhin habe ich zu Ihnen gesagt, Sie wären ein mieses Stück Abschaum.«

Das Mädchen beäugte sie misstrauisch.

»Sie sind kein Abschaum.« Patty wartete, und das Mädchen wartete, und dann sagte Patty: »Ich bin in Hanston aufgewachsen, und mein Vater war Verwalter auf einer Futtermaisfarm, und wir hatten ausreichend Geld. Wir lebten in guten Verhältnissen, so würde man es wohl nennen. Wir hatten immer genug. Ich habe kein Recht, Sie – oder sonst irgendjemanden – als Abschaum zu bezeichnen.«

Das Mädchen zuckte die Achseln. »Bin ich ja irgendwo auch.«

»Nein, das sind Sie nicht.«

»Na ja, Sie waren eben sauer.«

»Natürlich war ich sauer. Sie waren extrem ungezogen zu mir. Aber das gibt mir nicht das Recht, so etwas zu sagen.«

Lila sah erschöpft aus, unter ihren Augen waren dunkle Ringe. »Ich würd mir da keinen Kopf machen«, sagte sie. »Ich würde nicht länger drüber nachdenken, wenn ich Sie wäre.«

»Hören Sie zu«, sagte Patty. »Sie haben hervorragende SAT-Ergebnisse und durchgehend gute Noten. Sie könnten studieren, wenn Sie das möchten. Möchten Sie?«

Das Mädchen schaute leicht verblüfft. Sie zuckte die Achseln. »Weiß nicht.«

»Mein Mann«, sagte Patty, »hat sich selbst als Abschaum empfunden.«

Das Mädchen sah sie an. Nach kurzem Zögern sagte sie: »Echt?«

»Ja. Und zwar aufgrund von Dingen, die andere Menschen ihm angetan hatten.«

Lila betrachtete Patty mit großen, traurig blickenden Augen. Nach einer Weile seufzte sie laut. »Ach, Scheiße«, sagte sie. »Mist, meine ich. Ja, tut mir leid, dass ich das über Sie gesagt hab.«

Patty sagte: »Sie sind sechzehn.«

»Fünfzehn.«

»Sie sind fünfzehn. Ich bin die Erwachsene, und ich bin diejenige, die sich falsch verhalten hat.«

Bestürzt sah Patty, dass über das Gesicht des Mädchens Tränen liefen, die Lila mit den Fingern abwischte. »Ich bin nur müde«, sagte sie. »Ich bin einfach nur so müde.«

Patty stand auf und schloss ihre Tür. »Lila«, sagte sie. »Hören Sie mir zu, Lila. Ich kann Ihnen helfen. Ich kann Ihnen einen Platz am College verschaffen. Irgendwo lässt sich immer Geld lockermachen. Ihre Noten sind ausgezeichnet, das habe ich ja schon gesagt, ich war ganz erstaunt, wie gut Ihre Noten sind, und Ihre SAT-Ergebnisse sind hervorragend. Meine Noten waren längst nicht so gut, und meine Eltern haben mich aufs College geschickt, weil wir es uns leisten konnten. Aber ich kann Ihnen einen Studienplatz verschaffen, und dann studieren Sie auch.«

Das Mädchen legte die Arme auf Pattys Tisch und vergrub den Kopf darin. Ihre Schultern zuckten. Nach ein paar Minuten hob sie das nasse Gesicht. »Tut mir leid. Aber wenn jemand nett zu mir ist … Mann, dann schmeißt's mich immer richtig.«

»Alles gut«, sagte Patty.

»Blödsinn.« Lila schüttelte den Kopf und weinte dann weiter, stetig und recht vernehmlich. »Mann!«, sagte sie und wischte sich im Gesicht herum.

Patty gab ihr ein Kleenex. »Wir kriegen das hin, ganz bestimmt. Wir kriegen das alles hin.«

Die Sonne schien hell auf die Stufen vor dem Postamt, als Patty sie an diesem Nachmittag hinaufstieg. In der Post war Charlie Macauley. »Tag, Patty«, sagte er und nickte ihr zu.

»Charlie Macauley«, sagte sie. »Jetzt treffen wir uns schon wieder! Und, wie geht's?«

»Man schlägt sich so durch.« Er war bereits auf dem Weg zum Ausgang.

Sie schloss ihr Postfach auf, holte ihre paar Briefe heraus und sah aus dem Augenwinkel, wie die Tür hinter ihm zufiel. Aber als sie herauskam, saß er auf den Stufen, und zu ihrer eigenen Verwunderung – wobei, so sehr wunderte es sie auch wieder nicht – setzte sie sich neben ihn. »Hoppla«, sagte sie, »wenn ich da mal wieder hochkomme.« Die Stufe war aus Beton, sie spürte ihn kalt durch den Stoff ihrer Hose, obwohl die Sonne vom Himmel brannte.

Charlie zuckte die Achseln. »Jetzt sitzen wir jedenfalls erst mal.«

Später, über Jahre hinaus, versuchte Patty es in Gedanken zu rekonstruieren, dieses gemeinsame Sitzen auf den Stufen, das so völlig aus der Zeit herausgelöst schien. Auf der anderen Straßenseite war die Eisenwarenhandlung, und dahinter erhob sich ein blaues Haus, dessen Seitenwand in der Nachmittagssonne leuchtete. Und Patty musste an die hohen weißen Windräder denken, deren lange, dünne Arme sich alle im Gleichtakt drehten, aber nie gemeinsam, bis auf jene ganz seltenen Momente, wenn zwei im Einklang waren, ihre Kreise parallel durch den Himmel zogen.

Nach einer Weile sagte Charlie: »Und bei Ihnen so weit alles gut, Patty?«

Sie sagte: »Doch, ja. Alles bestens«, und wandte ihm das Gesicht zu. Sein Blick war unergründlich, sie konnte darin nichts ausmachen als eine bodenlose Tiefe.

Charlie schwieg einen Moment. »Sie sind aus dem Mittleren Westen, deshalb sagen Sie, alles bestens, ob es stimmt oder nicht. Und oft stimmt es nicht.«

Sie sagte nichts, sah ihn nur an. Oberhalb seines Adamsapfels war eine Stelle, die er beim Rasieren übersehen hatte; ein paar einzelne weiße Stoppeln sprossen dort.

»Sie müssen mir natürlich nicht sagen, was nicht stimmt« – er schaute jetzt geradeaus –, »und ich frag Sie ganz sicher nicht danach. Ich wollte einfach nur sagen, dass manchmal« – und hier richteten seine Augen sich wieder auf Patty; sie waren von einem hellen Blau, stellte sie fest –, »alles ziemlich aus den Fugen geraten kann. Gewaltig aus den Fugen.«

Oh, hätte sie am liebsten gesagt und die Hand auf seine gelegt. Denn jetzt sprach er von sich selbst, sie wusste es. Oh, Charlie, wollte sie sagen. Aber sie blieb schweigend neben ihm sitzen, und auf der Main Street fuhr ein Auto vorbei, dann noch eines. »Lucy Barton hat ein Buch mit Memoiren geschrieben«, sagte Patty zuletzt.

»Lucy Barton.« Charlie blinzelte in die Ferne. »Die Barton-Kinder, guter Gott, ja. Dieser arme Junge, der Älteste.« Er wiegte ganz leicht den Kopf. »Mannomann. Das waren vielleicht arme Dinger. Mannomannomann.« Er sah Patty an. »Ziemlich deprimierend wahrscheinlich, oder?«

»Nein, gar nicht. Fand ich jedenfalls nicht.« Patty überlegte kurz. Sie sagte: »Ich hab mich nach dem Lesen besser gefühlt als vorher, ich hab mich viel weniger allein gefühlt.«

Charlie schüttelte den Kopf. »Das täuscht. Nein, man ist immer allein.«

Eine ganze Weile saßen sie in einträchtigem Schweigen da, und die Sonne stach auf sie herab. Dann sagte Patty: »Immer auch wieder nicht.«

Charlie betrachtete sie, ohne etwas zu erwidern.

»Kann ich Sie was fragen?«, sagte Patty. »Haben die Leute meinen Mann irgendwie seltsam gefunden?«

Charlie wartete einen Moment, als müsste er darüber erst

nachdenken. »Möglich. Ich bin der Letzte hier im Ort, den Sie so was fragen dürfen. Mir schien Sebastian immer ein feiner Kerl. Zerrissen. Er war zerrissen.«

»Ja, das war er«, sagte Patty.

»Das hat mir sehr leidgetan.«

»Ich weiß.« Das blaue Haus schien gebadet in Sonnenlicht.

Nachdem etliche Augenblicke verstrichen waren, richtete Charlie den Blick erneut auf sie. Er öffnete den Mund, wie um etwas zu sagen, schüttelte aber dann den Kopf und machte den Mund wieder zu. Patty hatte das Gefühl – ohne dass sie es in Worte hätte fassen können – zu wissen, was er sagen wollte.

Sie berührte nur kurz seinen Arm. Da saßen sie, in der Sonne.

Angeknackst

Als Linda Peterson-Cornell die Frau sah, die für eine Woche bei ihnen wohnen sollte, dachte sie: Die ist der Typ. Die Frau hieß Yvonne Tuttle, und empfohlen hatte sie eine andere Frau vom Fotofestival, Karen-Lucie Toth, die schweigend neben Yvonne stand, als Linda sie begrüßte. Yvonne war sehr groß, und das leicht wellige braune Haar fiel ihr bis auf die Schultern herab; ihr Gesicht mochte vor zehn Jahren recht hübsch gewesen sein. Jetzt hatte sie unter den Augen Fältchen, durch die das Blau an Strahlkraft verlor, und für eine Frau jenseits der vierzig – Linda selbst war fünfundfünfzig – trug sie entschieden zu viel Make-up. Ihre Sandalen mit den hohen Korkabsätzen machten sie noch größer. Sie verrieten Linda außerdem, dass Yvonne höchstwahrscheinlich aus kleinen Verhältnissen stammte. Schuhe verrieten immer eine Menge.

Im Garten von Linda und Jay Peterson-Cornell standen zwei Skulpturen von Alexander Calder, beide auf derselben Seite des großen, leuchtend blauen Swimmingpools; an den Wohnzimmerwänden hatten sie zwei Picassos und einen Edward Hopper hängen. Und am Ende des rampenartigen Flurs, der zum Gästebereich hinabführte, hing ein früher Philip Guston.

»Kommen Sie«, forderte Linda sie auf, und die beiden Frauen folgten ihr den Flur entlang, der einen Bogen beschrieb und dann in den langen, verglasten Laufgang einmündete, an den sich die Gästesuite anschloss. Linda entließ das Mädchen mit einem Nicken, dann wartete sie auf Yvonnes Reaktion. Aber Yvonne warf nur Blicke um sich, ohne den Griff ihres Rollkoffers loszulassen, und sagte nichts über das Haus, das, selbst wenn man die Bilder an den Wänden nicht erkannte (erstaunlich, dass eine Fotografin diese Werke nicht kannte!), einen Kommentar wert war. Sie hatten vor einigen Jahren renoviert, und was der Architekt sich hatte einfallen lassen, war begnadet. Die Gästesuite war vollständig aus Glas.

»Wo ist die Tür?«, fragte Yvonne schließlich.

»Es gibt keine Tür« sagte Linda. Sie hätte hinzufügen können, dass Yvonne völlig ungestört sein würde, weil sie selbst und ihr Mann oben und nach vorne hinaus wohnten und der Garten von keiner Seite einsehbar war, aber das sagte Linda nicht. Stattdessen zeigte sie Yvonne das Bad auf der anderen Seite des Gangs, das ebenfalls türlos und V-förmig war und weder Duschvorhang noch Duschkabine hatte – der Duschkopf kam einfach aus der Wand. Der Boden fiel leicht ab, so dass das laufende Wasser wegfloss.

»So was hab ich noch nirgends gesehen«, sagte Yvonne, und Linda meinte, das sage jeder. Karen-Lucie Toth war die ganze Zeit über stumm neben Yvonne stehen geblieben. Sie war die berühmteste Fotografin des Sommerfestivals und die einzige, die jedes Jahr kam. Linda wusste, dass Yvonne Tuttle den Workshop, den sie beim Festival hielt, nur der Vermittlung von Karen-Lucie verdankte; die Festivalleitung hatte zugestimmt, obwohl Yvonnes Mappe nicht ganz dem üblichen Niveau entsprach. Aber niemand beim Festival wollte Karen-Lucie verlieren: Sämtliche Studenten liebten sie, ihre Arbeiten waren weithin bekannt, und außerdem hatte sich Karen-Lucies Mann vor drei Jahren vom Dach des Sheraton-Hotels in Fort Lauderdale gestürzt. Karen-Lucie Toth war von allem entschuldigt, einschließlich Umgangsformen, dachte Linda bei sich, denn als sie jetzt zu Karen-Lucie sagte: »Ich weiß gar nicht, ob Sie unser Haus schon mal von innen gesehen haben«, erwiderte Karen-Lucie – auch sie sehr groß, auch sie braunhaarig (sie hätten Schwestern sein können, fand Linda) – mit ihrem unglaublich breiten Alabama-Akzent nur lapidar: »Nein, bis jetzt nicht.«

Danach gingen Yvonne und Karen-Lucie, und Linda, die ihnen durch das Küchenfenster nachschaute, sah sie auf ihrem Weg die Straße entlang angelegentlich miteinander reden und war sich sicher, dass die beiden über sie sprachen. Linda beneidete Karen-Lucie – das wusste sie, es war kein uneingestandenes Gefühl –, weil Karen-Lucie berühmt und kinderlos und immer noch hübsch war und weil sie keinen Ehemann hatte. Linda wünschte oft, ihr eigener Mann, der ihr mit seinem Intellekt früher so imponiert hatte, könnte sich einfach in Luft auflösen.

Das Städtchen, das die Fototage ausrichtete, lag eine knappe Stunde außerhalb von Chicago, und es gab eine Bücherei dort, eine Schule, eine Kirche und eine leuchtend rot gestrichene Eisenwarenhandlung mit bunten Einmachgläsern im Fenster. Es gab außerdem zwei Cafés, drei Restaurants und eine Bar, in der abends oft Live-Musik gespielt wurde. Die Häuser in Zentrumsnähe waren groß und alt und vornehm, und auf ihren Veranden blühten um diese Jahreszeit Geranien und Petunien in großen Trögen. In den Gärten standen hohe Eichen und Schwarznussbäume, über die Zäune neigten die Gleditschien und Traubenkirschen ihre tief herabhängenden Zweige, und wenn aus dem Park oder vom Schulhof kein Kinderlärm kam, konnte man das Wispern der Bäume untereinander hören und dann und wann ein sprödes Rascheln von Eschenlaub. Eine Privatschule, die schon seit längerem bankrott und seit kürzerem auch geschlossen war, stellte ihre Räumlichkeiten noch (zumindest teilweise) für die Kurse des Fotofestivals zur Verfügung. Die Wege zwischen den Schulgebäuden waren so zugewachsen mit Büschen und Bäumen, dass man die Häuser erst sah, wenn man schon fast davorstand. Es hatte etwas Verwunschenes, dieses Städtchen. Yvonne Tuttle bemerkte das zu Karen-Lucie Toth, und Karen-Lucie gab ihr recht. Sie waren vor dem Gebäude angelangt, in dem der Auftaktempfang stattfand.

Joy Gunterson, die Leiterin der Fototage, trug ihr Haar in schwarzen Ringeln; sie war klein und unheimlich mager. Sie dankte Yvonne für ihr Kommen, mit einer Freundin von Karen-Lucie Toth zusammenarbeiten zu dürfen, sei ihr eine große Freude, sagte sie. Joy Guntersons Augen, so schien es Yvonne, wanderten bei dem kurzen Gespräch fortwährend zur Decke hoch, und als Joy weiterging, machte sie darüber eine Bemerkung zu Karen-Lucie. »Nachher«, sagte die jedoch, da sich ihnen eine Frau im perfekten Sechziger-Jahre-Outfit näherte: rundes Hütchen, wippender Kurzmantel und dazu ein Handtäschchen aus exakt dem gleichen Leder wie die Stöckelschuhe; diese Frau warf die Arme um Karen-Lucie, und Yvonne sah, dass die Frau ein Mann war. »Ich bin verrückt nach Karen-Lucie«, sagte der Mann zu Yvonne, und Karen-Lucie machte einen Kussmund und sagte: »Schnuckel, du bist der goldigste kleine Verehrer der Welt.«

»Ihr zwei könntet Schwestern sein«, sagte der Mann. Unter seinem Make-up zeichneten sich ganz leicht die Bartstoppeln ab, seine Züge waren fein und fast vollkommen ebenmäßig.

»Sind wir auch«, sagte Yvonne. »Bei der Geburt auseinandergerissen.«

»Mit roher Gewalt«, fügte Karen-Lucie hinzu. »Aber jetzt sind wir wieder vereint. Was für ein herziges kleines Handtäschchen du da am Arm baumeln hast.«

»Wie heißt du?«, fragte Yvonne ihn.

»Tomasina. Hier. Bei mir daheim Tom.« Er zuckte anmutig mit den Schultern, deutete einen mädchenhaften kleinen Hopser an.

»Verstehe«, sagte Yvonne.

Linda gab keine Erklärung ab, als sie zu ihrem Mann ins Ehebett schlüpfte, und auch Jay sagte nichts, obwohl sie dieser Tage eigentlich nie mehr mit ihm zusammen schaute. Auf dem Laptop, den Jay auf den angewinkelten Knien hielt, beobachteten sie Yvonne, die so spät zurückgekommen war, dass sie beide es aufgegeben hatten, im Wohnzimmer auf sie zu warten. Jetzt warf sie die Schlüssel aufs Bett, und ihr Seufzer war durch die Audioanlage deutlich zu hören. Sie stemmte die Hände in die Hüften und sah sich im Zimmer um. Dann ging sie ins Bad, wo sie so intensiv auf den Duschkopf starrte (und ihnen damit scheinbar mitten ins Gesicht), dass Linda ein Stich der Angst durchfuhr, aber dann duschte Yvonne – sehr zu Lindas Befremden – doch nicht, sondern benutzte nur die Toilette, wusch sich das Gesicht, putzte die Zähne und kam zurück ins Zimmer, um dort nochmals eine Weile nur dazustehen und durch die riesigen Glasscheiben zu schauen, die jetzt nichts als die Schwärze der Nacht zeigten. Schließlich klappte sie ihren kleinen Koffer auf und zog sich aus. Ihr Körper war jugendlicher, als Linda ihn sich vorgestellt hatte, aber das war bei sehr großen Frauen ja oft so. Ihr Busen sah noch straff aus, und ihre Schenkel schienen – zumindest in dem leicht körnigen Licht der Kamera – glatt. Sie behielt ihr Höschen an und zog einen weißen Pyjama über, in dem sie (auch durch den losen Pferdeschwanz, in dem sie ihr Haar jetzt trug) fast so jung wirkte wie Lindas und Jays Tochter. Aber das war sie natürlich nicht, sie war eine Frau mittleren Alters, weit weg von ihrer Heimat Arizona, und sie griff nach ihrem Handy, und das Läuten drang gedämpft aus dem Laptop auf Jays Knien.

»Sprich leise«, hörten sie Yvonne sagen. »Ich hab dich auf Raumton, weil ich noch auspacke. Ich meine, dieser Gästetrakt oder Gästeflügel oder was auch immer ist zwar Meilen weg, aber man kann ja nie wissen. O Mann!«

»Hey, Babydoll.« Unverkennbar die Stimme von Karen-Lucie Toth. »Alles gut bei dir?«

»Na ja«, sagte Yvonne. Ihre Stimme klang jetzt undeutlicher; sie hatte das Gesicht abgewandt und nahm Sachen aus ihrem Koffer. »Dieses Haus ist der Horror, Karen-Lucie. Ich weiß nicht, wie ich hier ein Auge zutun soll.«

»Wirf eine Tablette ein, Baby. Irgendwer hat neulich erzählt, sie hätten ihr ganzes Geld von seinem Vater geerbt, der in Plastik gemacht hat. Was soll das heißen, frage ich dich? In Plastik machen? Diese Zombies, bei denen du wohnst. Sie machen in Plastik. Hast du Schlaftabletten da, Sweetie?«

»Ja, hab ich.« Im Sprechen setzte Yvonne sich aufs Bett und wühlte in ihrer Tasche, und Linda und Jay sahen zu, wie sie blinzelnd ein Pillendöschen von sich weghielt und dann öffnete. Als Nächstes kramte sie aus der Tasche zwei kleine Weinflaschen hervor, die Art, wie es sie im Flugzeug zu kaufen gab. Sie schraubte die eine auf und setzte sie an den Mund. »Ich weiß, du bist müde«, sagte sie. »Ich komm schon klar.«

Und fügte hinzu: »Dieser Tom oder Tomasina, hat seine Frau denn kein Problem damit?«

»Anscheinend nicht, solange er es nicht zu Hause und vor den Kindern macht.«

»Ich hätte eins.«

Karen-Lucie sagte: »Aber wenn du ihn wirklich lieben würdest ...«

»Gut, ja, vielleicht hätte ich dann auch keins. Keine Ahnung. Ich kann's nicht sagen. Also dann, gute Nacht. Schlaf gut, ja?«

»Du auch, Baby.«

Linda warf einen Blick auf das Profil ihres Mannes. Sie sagte: »Sie hat nicht mal geduscht, dabei war sie den ganzen Tag unterwegs.«

Jay legte den Finger an den Mund und nickte. Daraufhin stand Linda auf und ging in ihr Zimmer auf der anderen Seite des Gangs, wie jeden Abend. Seit ihre Tochter ausgezogen war und ihr all diese fürchterlichen Dinge an den Kopf geworfen hatte, hatte Linda keine Nacht mehr bei ihrem Mann geschlafen.

Sieben Jahre zuvor war in der Stadt eine junge Frau verschwunden. Sie war in ihrem vorletzten Highschool-Jahr gewesen, Cheerleader, und sie hatte in der Episkopalgemeinde, der ihre Familie angehörte, reihum Kinder gehütet. Es gab also sehr viele Leute zu befragen, und natürlich machte der ganze Ort eine furchtbare Zeit durch. Erbitterung über die Medien – die wie eine biblische Plage über das Städtchen hereingebrochen waren mit ihren Kameras und riesigen pelzigen Mikrophonen und Ü-Wagen mit monströsen drehbaren Satellitenschüsseln auf dem Dach –, die Erbitterung über all dies vereinte die Menschen, doch bald begannen sich seltsame Allianzen zu bilden und wieder auseinanderzubrechen, je nachdem, welche Theorie gerade im Schwange war. Als beispielsweise der Fahrschullehrer als Verdächtiger gegolten hatte – das hatte den Ort so richtig gespalten. Und immer gab es eine Handvoll Leute, die sagten, das Mädchen sei schlicht und einfach ausgerissen, wer wisse denn schon, was für Zustände bei ihr daheim herrschen mochten, und das machte das Grauen für ihre armen Eltern und Geschwister noch unerträglicher. Ganze zwei Jahre hatte dieser Ausnahmezustand gedauert.

Während dieser Zeit hatte irgendwo tief in Linda Peterson-Cornells Brust eine eigenartige Dunkelheit genistet, und wenn sie ihren Mann die Artikel in den Zeitungen lesen oder die Berichterstattung im Fernsehen verfolgen sah, brach ihr oft der Schweiß aus. Sie bekam fast Angst, sie könnte verrückt geworden sein. Sie verstand nicht, warum ihr Körper so reagierte, warum diese Unruhe sie umtrieb. Und als die Sache dann endlich, endlich ausgestanden war, vergaß sie, was sie empfunden hatte. Nur manchmal streifte eine Erinnerung sie, aber immer nur abstrakt, nie das Gefühl selbst. Und dann dachte sie jedes Mal: Was bin ich für eine alberne Person, ich habe keinerlei Grund zur Klage, keinen echten jedenfalls, nicht *so* etwas, Gott bewahre.

Am zweiten Abend saß Linda mit ihrem Mann im Wohnzimmer und las, und Yvonne kam zur Haustür herein und steuerte geradewegs auf die Rampe zum unteren Geschoss zu. Sie hob flüchtig die Hand in ihre Richtung. »Gute Nacht!«, rief sie herüber.

»Wie lief's bei Ihnen?«, rief Jay zurück. »Wie war der Workshop?«

»Gut!« Das schon von unten. »Ich muss morgen früh raus. Gute *Na-acht*«, rief sie noch einmal. Sehr fern hörten sie die Dusche rauschen – nicht lang –, und danach saßen sie noch zwei Stunden lesend miteinander im Wohnzimmer.

Irgendwann in der Nacht – durch den Nebel ihrer Schlaftablette – bekam Linda vage mit, dass ihr Mann duschte. Das war an sich nichts Ungewöhnliches, nichts allzu Ungewöhnliches zumindest, dennoch regte sich in Linda bei dem Geräusch leises Unbehagen, jedes Mal tat es das, und heute Nacht brachte es ihr unklar ihre Gefühle von vor sieben Jahren zurück. Die schiere Erleichterung, dass diese Zeit nun hinter ihr lag, ließ sie wieder in den Schlaf sinken.

Jeden Abend gingen Karen-Lucie und Yvonne in die Bar, in der Live-Musik gespielt wurde. Jeden Abend forderten sie Tomasina auf, doch mitzukommen, und jeden Abend sagte Tomasina, nein, er müsse zurück in sein Zimmer, seine Frau und die Kinder anrufen und das Material für den nächsten Tag durcharbeiten.

»Er fotografiert gar nicht schlecht«, sagte Karen-Lucie zu Yvonne. »Wenn er mit Herzblut dabei wäre, könnte er richtig gut sein. Aber er ist nicht mit Herzblut dabei. Letztlich kommt er nur, um …«

Und sie nickten beide, während sie sich einzelne Tortilla-Chips aus dem Korb vor ihnen pickten. »Der Gute«, fügte Karen-Lucie hinzu.

»Mit seiner übermenschlichen Frau.«

»Das kannst du laut sagen.« Karen-Lucie legte sich die Hand an den Mund. »Yvie, ich bin betrogen worden. Übelst betrogen. Rein zu deiner Information.«

Yvonne nickte.

»Mehr mag ich dazu nicht sagen.«

Yvonne nickte wieder.

»Er hat mir das Herz gebrochen«, sagte Karen-Lucie.

»Ich weiß«, sagte Yvonne.

»Richtig gebrochen. In zwei Hälften.« Karen-Lucie schnippte eine Chips-Hälfte quer über den Tisch.

Mehrere Minuten verstrichen. Dann fragte Yvonne: »Warum rollt Joy denn nun so komisch mit den Augen, wenn sie mit mir redet?«

»Ach so, ja. Das kommt daher, dass ihr Sohn vor Jahren ein Mädchen hier aus der Stadt umgebracht und ihren Leichnam bei sich im Garten vergraben hat, und irgendwann hinterher hat er es dann seiner Mama erzählt. Doch, Schätzchen, das ist kein Witz.« Karen-Lucie nickte. »Er hat lebenslänglich bekommen, wie lang oder kurz das in seinem Fall auch sein mag. Joy und ihr Mann haben sich scheiden lassen, und der Mann hat das ganze Geld eingesackt, sie waren reich, aber das ganze Geld hat er gekriegt, und jetzt wohnt Joy in einem Trailer am Stadtrand, und wenn du sie besuchst, dann kannst du da auf dem Kaminsims ein Foto sehen, auf dem steht sie neben ihrem Sohn, und sie legt ihm mit so einer liebevollen Geste die Hand auf die Brust, aber die Hand verdeckt die Nummer auf seinem Sträflingsanzug, so dass man denkt, er hätte einfach ein dunkelblaues Hemd an.«

»Großer Gott«, murmelte Yvonne.

»Hmm.«

»Wie alt war er zur Tatzeit denn?«

»Fünfzehn, glaube ich. Sechzehn? Sie haben ihn nach Erwachsenenstrafrecht verurteilt, weil er fast zwei Jahre gewartet hat, bis er mit der Sprache rausgerückt ist. Und die ganze Zeit lag sie im Garten verscharrt. Wenn er früher gestanden hätte, wär's nicht auf lebenslänglich hinausgelaufen. Aber jetzt hat er lebenslänglich. Ohne Aussicht auf Strafmilderung.«

»Und kein Hund hat sie ausgebuddelt, nichts?«

»Nichts dergleichen. Er muss ordentlich tief geschaufelt haben.« Karen-Lucie hielt zwei Finger hoch. »Zwei Jahre vergehen, und dann plötzlich: Mama, ich muss dir was sagen.«

»Was ist mit der Familie des Mädchens?«

»Die sind weggezogen. Joys Ex übrigens auch. Der will mit dem missratenen Sohn nichts zu tun haben. Weist alle Verantwortung von sich. Während Joy einmal im Monat nach Joliet fährt, um ihren Jungen zu besuchen.«

Yvonne schüttelte langsam den Kopf, fuhr sich mit den Fingern durchs Haar. »Mann ...«

Nach einem langen Schweigen sagte Karen-Lucie: »Ich hätte dir echt so gewünscht, dass das mit den Kindern bei dir klappt, Yvie, ich weiß ja, wie sehr du immer welche wolltest.«

»Tja«, sagte Yvonne. »Man kann nicht alles haben.«

»Du wärst eine super Mutter geworden, garantiert.«

Yvonne schüttelte wieder den Kopf, sah ihre Freundin an. »Das Leben ist hart und grausam. Was will man machen.«

»Wie wahr«, sagte Karen-Lucie. »Yvie, wie wahr.«

Am nächsten Morgen, ihrem dritten bei den Peterson-Cornells, tauchte Yvonne Tuttle plötzlich bei Linda in der Küche auf. Linda, die ihre Kaffeetasse an der Spüle auswusch, hatte gar nicht gewusst, dass Yvonne noch im Haus war, und fuhr zusammen, als die Frau auf einmal hinter ihr stand. »Haben Sie irgendwo meinen weißen Schlafanzug gesehen?«, fragte Yvonne ohne Umschweife.

»Warum sollte ich Ihren Schlafanzug gesehen haben?« Linda stellte die Tasse aufs Abtropfgitter.

»Weil er nirgends zu finden ist. Ich meine, *nirgends*. Und Gegenstände können ja schlecht davonlaufen. Wenn Sie verstehen, was ich meine.«

»Leider nein.« Linda trocknete sich die Hände am Geschirrtuch ab.

»Ich meine damit, dass der weiße Schlafanzug, den ich jeden Morgen unter mein Kopfkissen lege, weg ist.« Yvonne hob die Arme wie ein Baseball-Schiedsrichter, der ein *safe* anzeigt. »Futsch. Und da er ja irgendwo sein muss, wollte ich sicherheitshalber mal nachfragen. Ich meine, vielleicht hat ja das Hausmädchen ihn in die Wäsche getan oder so.«

»Das Hausmädchen hat Ihren weißen Schlafanzug nicht angerührt.«

Yvonne sah sie einen langen Moment an. »Hmm«, sagte sie dann.

In Linda stieg eine Wut auf, die sich kaum mehr beherrschen ließ. »Wir pflegen in diesem Haus nicht herumzulaufen und andere Leute zu bestehlen«, sagte sie.

»War nur eine Frage«, sagte Yvonne.

Am Abschlusswochenende des Festivals gab es in dem Raum der ehemaligen Privatschule, in dem schon der Auftaktempfang stattgefunden hatte, eine Ausstellung. An der einen Wand hingen die Arbeiten der Dozenten, an der anderen die der Teilnehmer. Yvonne stand mit Karen-Lucie und Tomasina etwas abseits und beobachtete die herumschlendernden Besucher. »Ich finde das immer eine Tortur«, sagte sie.

Tomasina verlagerte sein Täschchen ans andere Handgelenk. »Wie ist das, Karen-Lucie, gewöhnt man sich daran, dass die Leute die eigenen Fotos anstarren? Schau, die Frau da drüben, wie skeptisch sie den Kopf schieflegt. Sie *fragt* sich … Was haben nur diese angeknacksten Teller zu bedeuten, fragt sie sich gerade.«

Karen-Lucie nickte. »Dass ich einen Knacks habe, was sonst?«

Tomasina lächelte sie voller Zuneigung an. »Ist sie nicht umwerfend?«, fragte er.

»Ach, Herzchen, am liebsten würde ich dich bei mir daheim ins Regal stellen. Ich wette mit euch, das ist eine von diesen ultrareichen Kultur-Schnepfen. Das seh ich der schon am Hinterkopf an. Ertrinkt wahrscheinlich im Geld. Jetzt kauf das Ding einfach, und gut ist.« Karen-Lucie drehte sich weg.

»O Mist, das ist die Frau, bei der ich wohne«, flüsterte Yvonne. »Können wir abhauen, bitte?«

Karen-Lucie sagte: »Schon unterwegs, Baby.«

Draußen auf der hölzernen Veranda schien die Sonne so hell, dass sie im ersten Moment alle nur blinzeln konnten. Tomasina griff nach seiner Sonnenbrille. »Ist das eine Hitze«, sagte er. »Ich hatte keine Ahnung, dass es dermaßen heiß ist. Ich hab meine Seidenstrümpfe an.«

»Die sind sehr schick«, sagte Yvonne. »*Du* bist sehr schick.«

»Er sieht doch immer superschick aus«, sagte Karen-Lucie mit einem Schmatz in Tomasinas Richtung. »Shit, das ist heißer als zwei Karnickel, die in einer Wollsocke rammeln.«

Hinter ihnen sagte plötzlich eine Männerstimme: »Meine Damen, meine Herren.« Es war Jay Peterson-Cornell. Er trat durch die Tür. »Schon die Nase voll von Ihren Kunstwerken?«, fragte er. Er streckte Karen-Lucie die Hand hin. »Jay«, stellte er sich vor, und kurz glitzerte das Sonnenlicht auf seinen Brillengläsern, dann kamen dahinter die Augen in Sicht. »Wie schön, Sie mal kennenzulernen. Ich bin ein großer Fan Ihrer Arbeit.«

»Danke«, sagte Karen-Lucie.

»Kann ich euch Mädels was Kaltes zum Trinken holen?«

Karen-Lucie sagte: »Wir sind leider verabredet.«

»Schade.« Jay wandte sich an Yvonne. »Wir haben Sie ja nicht viel zu Gesicht bekommen diese Woche. Gefällt's Ihnen denn einigermaßen in unserem Städtchen? Oder fällt es zu sehr ab gegen das szenige Tucson?«

»Es gefällt mir sehr in Ihrem Städtchen.« Yvonne spürte, wie ihr der Schweiß über den Rücken lief.

»Kommt, Kinder, wir müssen. Hat mich gefreut, Mr Jay.« Karen-Lucie setzte sich in Bewegung, und Yvonne und Tomasina folgten ihr. Im Gänsemarsch gingen die drei auf den verwachsenen Wegen Richtung Stadt, und niemand sprach ein Wort, bis sie zu der Lichtung bei der Kirche kamen.

»Ich brauch einen Drink«, sagte Yvonne.

In der Bar sagte Tomasina: »Er hat mich nicht mal angeschaut, habt ihr das gemerkt?«

»Warum sollte er auch, Schätzchen«, sagte Karen-Lucie. »Was er nicht haben will, existiert nicht für ihn.«

»Ich weiß gar nicht, warum mir dermaßen vor ihm gruselt«, sagte Yvonne.

»Weil er gruslig *ist*, glaub mir.« Karen-Lucie zielte mit dem Rührstäbchen aus ihrem Cocktail auf Yvonne.

»Ich meine, er sieht ja nicht unheimlich aus. Er sieht normal aus.« Yvonne streckte die Hand nach den Chips aus, zog sie wieder zurück.

Karen-Lucie stieß einen langen Seufzer aus. »Ich hab mindestens hundert Jahre gekellnert, als ich jung war, Kiddo, und da lernt man das eine oder andere. Zum Beispiel, Männer nach ihren Augen zu beurteilen.« Karen-Lucie tippte sich mit ihrem Rührstäbchen an den Backenknochen. »Und glaub mir,

Babydoll, für diesen Mann bist du Freiwild und sonst nichts. Ich auch, aber ich habe ein paar Preise gewonnen, und deshalb hängt er mich lieber an seiner Wand auf. Und wenn du erst deine Preise gewinnst, und das wirst du, Yvie, dann wird er dich Seite an Seite mit seinen sterilen Picassos hängen wollen. Aber bis dahin schnüffelt er an deinem Slip und steckt sich nachts deinen kleinen weißen Pyjama unters Kopfkissen.«

Yvonne nickte ein paarmal kurz mit dem Kopf. »Danke für die Blumen.« Und fügte hinzu: »Ich hatte das ernst gemeint.«

»Das weiß ich, dass du es ernst gemeint hast.«

»O weh«, sagte Tomasina. »Was für Abgründe tun sich hier auf.«

Karen-Lucie betrachtete Tomasinas Profil mit einem harten, abwägenden Blick. Dann legte sie die Hand auf seine und sagte: »Du kannst ganz beruhigt sein. Du bist auf der sicheren Seite.«

Linda und Jay Peterson-Cornell saßen im Wohnzimmer und warteten auf ihren Hausgast. Jeden Abend war sie noch ein wenig länger ausgeblieben als am vorigen, und wenn sie schließlich erschien, rief sie jedes Mal nur: »Hi, gute Nacht«, und verschwand auf ihren Keilabsätzen die Rampe hinunter.

An dem Abend nach der Ausstellung sagte Jay zu Linda: »Die Dame ist sich anscheinend zu fein für uns.«

Linda blätterte eine Seite ihrer Illustrierten um und sagte, ohne den Blick zu heben: »Als sie das erste Mal hier reinkam, dachte ich, mit der brennst du vielleicht durch.«

Jay lachte. »Ach ja? Wegen diesem leicht nuttigen Prekariats-Touch, den sie hat?«

»Ich würde sagen, es ist mehr als nur ein Touch.«

»Oh, unbedingt. Unbedingt.«

Linda hätte merken müssen – sie merkte es –, wie aufge-kratzt ihr Mann war. Sie hatte Yvonne kein zweites Mal zusammen mit ihm in ihrem Schlafzimmer oder im Bad beobachtet. Sie erwähnte nichts davon, dass Yvonne nach ihrem weißen Pyjama gefragt hatte. An diesem letzten Abend von Yvonnes Aufenthalt saß Linda mit ihm im Wohnzimmer, und gegen Mitternacht kam Yvonne zurück. »Sie scheinen ja eine ziemliche Nachteule zu sein«, rief Jay ihr zu.

»Das stimmt. Schlafen Sie gut«, rief Yvonne zurück und marschierte auch schon die Rampe hinunter.

»Könnten Sie bitte einen Augenblick herkommen?«, rief Jay. Er blieb sitzen, und Linda saß neben ihm, die offene Zeitung auf den Knien.

Nach einem Moment kam Yvonne die Rampe wieder hoch. »Ja?«, sagte sie.

»Haben Sie Familie?«, fragte Jay sie. »Sind Sie geschieden?«

»Ob ich geschieden bin?«

»Das habe ich gefragt.«

»Puh.« Yvonne drückte die Hand an die Stirn. »Was für ein Gesprächseinstieg. Ist das immer Ihre erste Frage an die Mittvierzigerinnen, die Sie so kennenlernen?«

»Sie haben so was Geschiedenes an sich«, sagte Jay.

Yvonne schüttelte in kurzen, ruckenden Bewegungen den Kopf. »Okay. Wenn es Ihnen nichts ausmacht, würde ich jetzt gern ins Bett gehen.«

»Sie wohnen schon eine Woche bei uns«, sagte Linda. »Und Sie haben sich nicht ein einziges Mal mit uns unterhalten. Sie werden verstehen, dass wir uns ein wenig … zurückgewiesen fühlen. Wir haben Ihnen unser Heim geöffnet.«

»Oh. Äh – ja. Entschuldigung …« Der Vorwurf schien einen wunden Punkt getroffen zu haben, und Linda witterte augenblicklich, wie sehr es der Frau letztlich an Selbstbewusstsein mangelte. Ihre Mutter hatte sich bestimmt redlich bemüht, ihr das Richtige mit auf den Weg zu geben, aber die darunter lauernde Hoffnungslosigkeit ließ sich nicht abschütteln. Yvonne kam ins Wohnzimmer. »Ich wollte nicht unhöflich sein. Ich war nur jedes Mal furchtbar müde.«

»Setzen Sie sich doch«, sagte Jay verbindlich und zeigte auf einen Sessel.

Die Frau setzte sich hin. Ihre Beine waren sehr lang und der Sessel sehr niedrig, so dass ihre Knie in die Höhe ragten wie bei einer Grille. Linda konnte sehen, dass sie sich unwohl fühlte, und sie bedauerte sie nicht.

»Erzählen Sie uns ein bisschen von sich – Sie wohnen in Arizona? Leben Sie schon lange dort?«, fragte Linda.

»Wie man's nimmt«, sagte Yvonne. »Doch. Den größten Teil meines Erwachsenenlebens jedenfalls.«

»Unsere Tochter hat daran gedacht, nach New Mexico zu gehen, aber stattdessen ist sie nach Osten gezogen«, sagte Jay lächelnd. »Sie lebt jetzt in Boston.«

»Ach ja? Wie alt ist sie?«

»Sie ist dreiundzwanzig, und sie genießt es sehr, von uns unabhängig zu sein. Wie es in dem Alter ja nur normal ist.« Jay lächelte immer noch. »Sie hat einen Zwillingsbruder, der in Providence lebt und seine Unabhängigkeit ebenfalls sehr genießt«, setzte er hinzu.

»Karen-Lucie hat ja einige wunderbare neue Arbeiten abgeliefert«, sagte Linda.

»Ja, nicht wahr?« Yvonne beugte sich vor, aber ihre Knie standen im Weg, also musste sie sich zurücklehnen und die Beine von sich wegstrecken, eine Pose, in der sie unleugbar einladend aussah. »Die Erdbeben-Serie, nicht wahr? Die ist unglaublich gut. Diese angeknacksten Teller.« Yvonne schüttelte bewundernd den Kopf, während sie sich erneut aufzusetzen versuchte.

»Manche Künstler haben so ein Konkurrenzdenken. Sogar ihren Freunden gegenüber«, sagte Jay. »Aber Sie können es sich natürlich leisten, großzügig zu sein, weil Sie selbst einige schöne Erfolge hatten. Und zu Recht, wenn ich das hinzufügen darf.«

»Ich bin sicher, Sie sind auch sonst ein großzügiger Mensch«, sagte Linda. Yvonne wirkte noch immer unentspannt. »Ich hole uns einen Wein«, sagte Linda. Sie konnte sich nichts vormachen über das, was sie empfand. Jay hatte auch in der Vergangenheit seine Siege einfahren können, aber noch nie hatte sie sich so sehr als Komplizin gefühlt.

Zwanzig Minuten später sagte Linda gute Nacht und ging ins Bett.

Sie lauschte angestrengt, und nach nicht allzu langer Zeit hörte sie Yvonne die Stufen hinunter und den Laufgang entlang zu ihrem Zimmer gehen. Die Zimmertür ihres Mannes schloss sich leise, und Linda nahm ihre Schlaftablette.

Irgendwo in einem Traum drangen Schreie zu ihr, schreckliche Schreie. »Liebling«, sagte Jay. Er stand in ihrer Tür, und das Deckenlicht brannte. »Es hat einen kleinen Zwischenfall gegeben.«

Noch während sie sich hastig aufsetzte, meinte sie es unten klingeln zu hören. Sie sagte: »Jay, ich habe geträumt, dass …«

»Überlass das Reden mir«, sagte Jay. Er lächelte sie an, aber sein Gesicht kam ihr irgendwie verändert vor, breiter, als sie es kannte, und Schweiß glitzerte darauf. Sie zog den Morgenmantel über und folgte ihm nach unten. Als er die Haustür öffnete, standen da zwei Polizisten. Hinter ihnen sah Linda einen dritten Polizisten und auch eine Polizistin und in der Einfahrt die beiden weißen Streifenwagen. Die Polizisten waren sehr höflich. »Könnten Sie uns bitte das Gästezimmer zeigen? Wo Ihr Hausgast Yvonne Tuttle untergebracht war?«

»Natürlich«, sagte Jay. »Linda, bringst du sie runter?«

Lindas Mund war entsetzlich trocken, als sie sich umdrehte und die Rampe zum Gästebereich hinunterging. Das Zimmer lag im Dunkeln, und als Linda es betreten wollte und die Hand schon nach dem Lichtschalter ausstreckte, hinderte die Polizistin sie daran: »Nein, lassen Sie bitte alles so, wie es ist«, und ihr Kollege sagte: »Mrs Peterson, Sie gehen am besten wieder nach oben.«

Linda machte hastig kehrt und rief Jays Namen.

Sie fand Jay in der Küche, wo er stand und den Kopf schüttelte, vor ihm die beiden anderen Polizisten, die Arme an den Seiten. »Uns schien sie von Anfang an ein bisschen merkwürdig, aber Sie verstehen sicher, dass ich mich lieber nicht weiter äußern möchte, ehe ich nicht meinen Anwalt gesprochen habe. Ich werde von Norm Atwood vertreten, und Sie können sich denken, was er zu diesen Anschuldigungen zu sagen haben wird. Die ganze Sache ist grotesk, völlig hanebüchen. Ich kann mir nicht vorstellen, dass Ihre Vorgesetzten es partout auf eine Verleumdungsklage anlegen.«

Einer der Polizisten sagte: »Fragen Sie ihn vielleicht, ob er direkt aufs Revier kommen kann.«

»Also, ich bitte Sie.« Jay lächelte. »Ich weiß schon, ihr Leutchen macht euren Job gern übergründlich, aber was hier abgeht, ist einfach nur lächerlich.«

»Wo ist Yvonne?«, fragte Linda unvermittelt, als sich die Beamten zum Gehen anschickten.

»Im Bezirkskrankenhaus, Ma'am«, sagte der eine Polizist.

»Sie behauptet, ich hätte sie vergewaltigen wollen«, ergänzte Jay.

»Yvonne? Im Ernst? Aber das ist *geisteskrank*«, sagte Linda.

»Natürlich ist es geisteskrank«, sagte Jay gelassen. »Liebling, ich bin bald wieder da.«

Die Polizistin blieb mit einem ihrer Kollegen bei ihr. »Was wollen Sie?«, fragte Linda.

»Setzen Sie sich doch bitte, Mrs Peterson. Wir würden Ihnen gern ein paar Fragen stellen.« Sie waren beide ausgesucht höflich. Sie fragten sie nach Yvonne. Was sie für ein Mensch sei.

»Oh, eine schreckliche Person!«, entfuhr es Linda.

Inwiefern?

»Sie war so ruppig, sie hat sich nie zu uns gesetzt.« Plötzlich fiel ihr das mit dem Schlafanzug wieder ein, und auch das platzte aus ihr heraus. »Sie hat mich beschuldigt, ich – ich hätte ihren Pyjama gestohlen!« Die Polizistin nickte teilnahmsvoll, während ihr Kollege sich etwas notierte.

»Und war sie zu Ihrem Mann auch ruppig?«

Zu spät begriff Linda, dass sie einen Fehler gemacht hatte. Sie nickten und waren sehr verständnisvoll, als sie sagte, sie wolle nicht länger mit ihnen reden. Sie erklärten ihr, dass sie auf einen Durchsuchungsbefehl für das Gästezimmer warteten, dass Beweismittel sichergestellt werden könnten, Bettlaken möglicherweise, Kissenbezüge, solche Dinge.

Am nächsten Vormittag schlief Jay bleiern im Ehebett. Norm Atwood hatte ihn gegen Morgen nach Hause gebracht. Man warf Jay Körperverletzung vor und hatte ihn gegen Kaution freigelassen. Dass er überhaupt belangt wurde, lag laut Norm einzig daran, dass Yvonne in einem Zustand völliger Hysterie um drei Uhr nachts in Höschen und T-Shirt die Straße entlanggerannt war und dann irgendwelche Leute aus dem Schlaf geklingelt hatte und dass an ihrem Handgelenk eine kleine Verfärbung war, aus der sich rein theoretisch ein Kampf ableiten ließ. Norm sagte, der Staatsanwaltschaft würde es schwerfallen zu beweisen, dass es keine einvernehmliche Begegnung gewesen war, das lasse sich immer sehr schwer klären ohne Zeugen, die Sache mit der Einvernehmlichkeit. Jetzt saß Linda reglos im Garten neben dem grellblauen Swimmingpool. In ihrer Tasche klingelte das Handy, und sie drückte die Annahmetaste.

Ihre Tochter sagte: »Du bist echt das Letzte, Mom, ihr seid beide das Letzte. Ich komm nie, nie wieder heim.«

Linda erhob sich und ging ins Wohnzimmer, wo sie sich ans äußerste Ende der Couch setzte. Offenbar stand sie doch gewaltig neben sich, denn ihr war plötzlich, als wäre sie wieder ein Schulmädchen und liefe mit ihren Freundinnen an einem Frühsommerabend einen Weg zwischen Feldern entlang, Maisfeldern, Sojabohnenfeldern, helles, üppiges Grün überall und am Himmel die ganze festliche Palette eines lodernden Sonnenuntergangs, sie spürte die Luft an ihren nackten Armen, die Freiheit, die Unschuld, das Lachen …

Für den Nachmittag hatte Norm Atwood ihr einen Termin bei ihrem eigenen Anwalt in Layton gemacht. Als Ehefrau habe sie ein Schweigerecht, was Jay betraf, hatte er ihr erklärt – was immer er ihr anvertraut haben mochte, war von der Aussage ausgenommen. Aber zu allem, was sie gesehen hatte, würde sie unter Eid befragt werden. Linda versuchte zu verstehen, was das hieß, aber sämtliche Rädchen in ihrem Kopf schienen arretiert oder drehten sich im Leerlauf. Sie sah sich um. Dort an der Wand hing das Hopper-Bild, und seine Distanziertheit

war so grenzenlos, dass sie sich schon wieder persönlich anfühlte, so als wäre das Bild eigens für diesen Augenblick gemalt
worden: Deine Sorgen sind riesig und bedeutungslos, sagte es
zu ihr, es zählt nichts als die Sonne auf einer Hauswand. Sie
stand auf und ging hinüber ins Esszimmer, setzte sich an den
langen Tisch. Einige Jahre war das jetzt her, da hatte ihre Tochter etwas im Computer ihres Vaters entdeckt, und sie hatte geschrien und geschrien und gar nicht mehr aufgehört. Dad fickt
Frauen hier in diesem Haus, und du *lässt* ihn? Du bist noch
kränker als er, Mom, du kotzt mich an!

Begonnen hatte es als ein Spiel zwischen ihnen, als Ausweg
aus der häuslichen Langeweile. Es hatte eine Linda Peterson-
Cornell erschaffen sollen, die tabulos war, aufreizend, eine
Frau, die ihrem Mann wieder Respekt abnötigte.

Lindas Vater war Verwalter einer gutgehenden Futtermaisfarm
im Norden von Illinois gewesen, Lindas Mutter Hausfrau, etwas unfokussiert, aber lieb; die Familie hieß Nicely, und Linda
und ihre beiden Schwestern wurden überall die drei Nicely-
Prinzesschen genannt. Es war eine ungetrübte Kindheit, bis
ihre Mutter plötzlich – so unerwartet, dass es Linda vorkam,
als wäre alles an einem einzigen Tag passiert, während sie in
der Schule war – aus dem Haus auszog und sich eine schäbige kleine Wohnung nahm, und es war furchtbarer gewesen als
alles, was Linda sich je hatte vorstellen können, noch schlimmer, als wenn ihre Mutter gestorben wäre. Nach ein paar Monaten hatte ihre Mutter zurückkommen wollen, aber Lindas
Vater ließ nicht mit sich reden, und das Bild ihrer Mutter, die
allein in einem winzigen Haus saß – nach der schäbigen Wohnung – und sämtliche Freunde verloren hatte (die ausnahmslos mit einer Angst reagierten, als wäre der Ausbruchsversuch

ihrer Mutter ansteckend, eine todbringende Seuche), dazu die Entfremdung von ihren Kindern, denn ihr Vater zog die Töchter auf seine Seite: All das war – mit Abstand – der stärkste Eindruck in Lindas ganzem Leben. Eine Woche nach ihrem Schulabschluss heiratete sie einen Jungen aus dem Ort, Bill Peterson, von dem sie sich ein Jahr später scheiden ließ und nur den Namen behielt. Auf dem College in Wisconsin lernte sie dann Jay kennen, und sein Intellekt und enormer Reichtum schienen ihr Garantie für ein Leben in sicherer Entfernung zu dem Bild, das sie so hartnäckig verfolgte, dem Schreckbild jener einsamen und geächteten Frau, die ihre Mutter war.

Linda saß noch immer am Ende des Esstischs, als es an der Tür klingelte, wobei sie zunächst dachte, sie hätte sich vielleicht verhört. Es klingelte noch einmal. Sie lugte durch die Gardine und sah niemanden, also öffnete sie vorsichtig die Tür, und da stand die spillerige Joy Gunterson und sagte: »Linda, ich musste einfach herkommen.«

Linda sagte: »Nein, das mussten Sie nicht, kein bisschen mussten Sie das. Wir haben nichts gemeinsam, hören Sie? Wir haben nicht das kleinste bisschen gemeinsam. Gehen Sie weg.«

»Aber, Linda, ich . .«

»Ich werde nicht in einem Trailer enden, Joy.« Sie war selbst völlig baff, dass sie das sagte, sie traute ihren eigenen Ohren nicht. Joy anscheinend auch nicht. In das Gesicht der Frau – so weit unter dem von Linda – trat ein verdatterter Ausdruck.

Vielleicht war es diese beidseitige Fassungslosigkeit, die Linda in der Tür stehen bleiben ließ. Und so fand Joy Zeit, den Kopf zu schütteln und zu sagen: »Aber, Linda, es ist völlig egal, wo Sie leben. Die Erfahrung werden Sie auch machen. Wenn der Mensch, den Sie mehr als alles andere lieben, seine Tage hinter Gittern verbringt, dann sind Sie auch hinter Gittern. Da können Sie wohnen, wo Sie wollen. Sie werden herausfinden, wer Ihre wahren Freunde sind. Und glauben Sie mir, es werden nicht die sein, die Sie jetzt dafür halten.«

Linda warf die Tür zu und verriegelte sie.

Sie schaute ins Schlafzimmer, aber Jay schlief immer noch fest; er lag auf dem Rücken und schnarchte. Ohne die Brille wirkte sein Gesicht nackt; sie hatte ihn schon lange nicht mehr schlafen sehen. Sie schloss die Tür und ging wieder nach unten. Sie wusste nicht, was sie mit diesem Anwalt besprechen sollte. Norm hatte gesagt, es hinge ganz davon ab, ob Yvonne bei ihrem Entschluss blieb, Anzeige zu erstatten, oder nicht. Sehr vieles hing von Yvonne ab.

Linda ging leise im Haus herum. Sie begriff, dass ihr Verstand etwas zu verarbeiten versuchte, das sich mit dem Verstand nicht verarbeiten ließ. Sie dachte an Karen-Lucie Toth, die jetzt bestimmt bei Yvonne war; die Polizei war gekommen, um Yvonnes Sachen zu packen und sie ihr zu bringen. Linda hatte nicht danach gefragt, wo Yvonne war. Im Spülbecken standen zwei weiße Becher mit Kaffeerändern; Linda hätte nicht sagen können, wer Kaffee getrunken hatte oder wie die Becher in das Becken gelangt waren. Als sie sie abspülte, knickten ihre Beine fast unter ihr weg. Vor ihrem inneren Auge sah sie die Geschworenen auf der Geschworenenbank sitzen. Sie sah Yvonne mit ihrem zu dick geschminkten Gesicht im Zeugenstand. Und dann fielen ihr die Kameras ein, warum um alles in der Welt fielen ihr die Kameras erst jetzt ein? *Haben Sie und Ihr Mann anderen Frauen dabei zugesehen, wie sie sich ausgezogen, geduscht, die Toilette benutzt haben, ja oder nein? Wie lange wussten Sie schon, dass Ihr Mann Frauen in dieser Form beobachtet?*

Auf der Fahrt nach Layton hielt Linda an einer Tankstelle ein paar Meilen hinter der Stadtgrenze an. Ihr graute davor, jemandem zu begegnen, deshalb fuhr sie nicht an die Selbstbedienungssäule, sondern ließ sich den Tank vom Tankwart auffüllen. Aber dann musste sie plötzlich auf die Toilette. Mit der Sonnenbrille vor dem Gesicht stahl sie sich durch den Minimarkt, vorbei an den Regalen voll zellophanumwickelter Doughnuts und Muffins, Erdnüssen und Bonbons. Die Toilette war in einem schauerlichen Zustand. Sie konnte sich nicht erinnern, wann sie zuletzt eine so verdreckte öffentliche Toilette benutzt hatte, und sie dachte: Was für eine Rolle spielt das, wo doch nichts mehr eine Rolle spielt? Den Kopf voller solch fahriger Überlegungen, ging sie durch den Laden zurück und lief prompt Karen-Lucie Toth in die Arme, die Linda genauso entgeistert anstarrte wie Linda sie. Karen-Lucie trug auch eine Sonnenbrille; sie setzte sie ab, und ihre Augen dahinter waren älter, als Linda erwartet hatte, und traurig und immer noch hübsch.

»Haben Sie mich erschreckt«, sagte Linda.

»Ja. Sie mich auch.«

Beide machten sie automatisch ein paar Schritte in den Gang hinein, aus dem Weg. Die lange Karen-Lucie musste sich leicht herabbeugen. »So wahr ich hier stehe, Ma'am, seit meiner eigenen Tragödie damals denke ich manchmal, dass ich Verständnis für jeden aufbringen kann. Wirklich jeden. Das ist wahrscheinlich das einzig Gute, das ich aus der Sache mitgenommen habe. Aber Ihr Mann hat meiner Freundin Angst eingejagt, er hat ihr furchtbare Angst eingejagt.«

»Wo ist sie?«

»Ich habe sie gerade zum Flughafen gebracht. Sie muss nach Hause, zu einem richtigen Arzt.«

»Hören Sie«, sagte Linda, »ich weiß von gar nichts.«

Karen-Lucies hübsche Augen wurden schmal. »Nein, jetzt hören *Sie* erst mal. Pissen Sie mir nicht auf den Rücken und erzählen mir dann, draußen regnet es. *Irgend*was müssen Sie mitgekriegt haben von dem, was Ihr Mann da treibt, und wenn Yvie Anzeige erstattet, und ich hoffe bei Gott, das tut sie, dann werden Sie als Zeugin aufgerufen, und es ist Ihre *Pflicht* …«

»Ich weiß nicht das Geringste über meinen Mann«, sagte Linda kalt. Durch ihre Sonnenbrille sah sie Karen-Lucie das Gesicht zum Fenster hindrehen, als läge dort draußen eine weite Ferne; Linda sah, wie die hübschen Augen sich röteten.

Karen-Lucie nickte langsam. Leise sagte sie: »Gott, ja, natürlich. Es tut mir sehr leid.« Sie wandte sich wieder Linda zu, wobei ihr Blick noch immer auf einen fernen Punkt gerichtet schien. »Wer bin ich, dass ich anderen Frauen vorschreiben will, wie sie in ihre Männer hineinschauen und über sie Bescheid wissen sollen? Ich sitze im Glashaus, da steht es mir nicht zu, mit Steinen zu werfen, und dafür entschuldige ich mich.«

Fast immer kommt es überraschend, wenn sich eine Tür öffnet, die auf ewig verschlossen schien. Und so ging es an diesem Tag auch der verblüfften Linda, die im Gang des Minimarkts stand, wo das Sonnenlicht auf Regale voll Chipstüten fiel, und diese Worte des Mitgefühls hörte – unverdienten Mitgefühls, denn Karen-Lucie hatte von den inneren Abgründen ihres Mannes nichts gewusst, Linda hingegen kannte die Abgründe ihres Mannes nur zu gut – und aus ihnen erahnte, was im Folgenden tatsächlich eintreten sollte: dass Yvonne Tuttle und Karen-Lucie Toth nie wieder in die Stadt zurückkehren würden, dass es keinen Prozess geben würde, kein Wort über die

Kameras, und dass Linda mit ihrem Mann in einem Zustand der Freiheit würde leben dürfen, weil ihm, während sie miteinander die Abendnachrichten sahen, zu einem Spaziergang aufs Land fuhren oder im Restaurant saßen und schwatzten, immer bewusst sein würde, dass er seine Ungeschorenheit teils oder zur Gänze der Diskretion seiner Ehefrau verdankte, und es würde fortan keine anderen Frauen mehr geben, und aus der Gästesuite würde ein sonniges Arbeitszimmer werden, das sie beide mieden, vielleicht mit einem Abzug von Karen-Lucies angeknacksten Tellern an der Wand.

Die Vorahnung all dessen streifte Linda an diesem Tag. Sie nahm die Sonnenbrille ab, um der Frau in die Augen sehen zu können. Sie wollte nach ihrer Hand greifen, ja, sie wollte ihr – mit einer jähen, überraschenden Heftigkeit – über die Wange streicheln, als wäre Karen-Lucie das kleine Nicely-Prinzesschen, dem der Boden unter den Füßen weggerissen worden war, als es von der Schule heimkam und sich mutterlos fand, nachdem es sich doch sein Leben lang so sicher geglaubt hatte, so geliebt.

Das Hammer-auf-Daumen-Prinzip

Draußen wurde es schon dämmrig, als Charlie Macauley am Fenster stand und Ausschau nach ihr hielt. Stacheldrahtspiralen sicherten die Oberkante der schwärzlich verfärbten Betonmauer, so als stellte selbst dieser triste, abfallübersäte Motelparkplatz eine solche Bedrohung – oder einen solchen Wert – dar, dass er mit der gesamten Umgebung automatisch im Krieg lag. Charlie sah es als Beweis für die Verlogenheit der heilen Welt in den Kaufhausfenstern, an denen er vorhin vorbeigekommen war, in dieser Stadt, die sie zusammen entdeckt hatten, eine halbe Stunde hinter Peoria: Ob nun einer eine Schneefräse kaufte oder ein hübsches Strickkleid für seine Frau, unterm Strich waren die Menschen nichts anderes als Ratten, huschende, trappelnde Ratten, die Müll fraßen, sich paarten und zwischen Ziegelscherben ihr Nest bauten, nur um es so ätzend einzukoten, als wäre ihr einziger Daseinszweck, den Gestank in der Welt zu vermehren.

Aber hier links hielten die obersten Äste eines Ahorns zwei rosig-gelbe Blätter mit abbittender Sanftheit in die Abendluft; wie hatten sie nur bis November ausharren können. Hinter ihnen glomm das letzte Tageslicht, von der sinkenden Sonne in großzügigen Bahnen über den offenen Himmel gemalt. Charlie schirmte das Gesicht mit seiner breiten Hand ab und sah sich im Geist – woher plötzlich diese Erinnerung? – mit Marilyn an einem kleinen Hang kauern und Krokuszwiebeln pflanzen, in einem Herbstlicht genau wie diesem. Es war für sie beide ihr erstes Jahr an der Universität gewesen. Er erinnerte sich an den Ernst, mit dem sie bei der Sache war, ihre Augen blank vor Aufregung. Er hatte keine Ahnung, wie man Krokuszwiebeln einsetzte, und für sie, verkündete sie ihm fast ein bisschen atemlos, waren es auch die ersten. Am Nachmittag hatten sie in der Stadt einen Pflanzenheber gekauft, und nun stiegen sie den kleinen Hügel hinter Marilyns Wohnheim hinauf bis zu einem Flecken Herbstgras am Rand eines Wäldchens. »Da vielleicht«, sagte sie nervös. Welch hochwichtige Angelegenheit das für sie gewesen war, hier mit achtzehn ihre ersten Blumen zu pflanzen, mit ihm, ihrer ersten Liebe … Es hatte ihn gerührt, sie so eifrig zu sehen, dick eingepackt in ihren langen wollenen Wintermantel. Sie gruben die Löcher, steckten die Zwiebeln hinein. »Auf Wiedersehen, mach's gut«, hatte sie zu einer Zwiebel gesagt. Genau das, worüber er heute die Augen verdrehte, dieses Kindische an ihr, diese nutzlose, nervtötende *Weichheit* am Grunde ihres Wesens, hatte damals eine Flut von Liebe und Beschützerdrang in ihm aufwallen lassen, während er neben ihr in dem herbstlichen Erdgeruch kniete, den Pflanzenheber in der Hand. Liebe, unpraktische Marilyn, ihre Wangen glühend vor Stolz, als es geschafft war. »Aber ob sie auch rauskommen?«, hatte sie ängstlich gefragt. Armes Ding, immer in irgendwelchen Ängsten. Bestimmt, versicherte er ihr. Und sie kamen auch. Ein paar kamen. Aber daran erinnerte er sich eher dunkel. Ganz klar im Gedächtnis stand ihm – nach so vielen Jahren der Vergessenheit – nur dieser eine Tag der Unschuld, damals im Herbst, sie beide noch halbe Kinder.

Charlie ließ die Jalousien herunter, Plastiklamellen, angegraut vom Alter, die sich schief auseinanderfalteten, als er die Schnur zog.

Panik durchschoss ihn, stoßartig wie eine Elritze, die gegen die Strömung anschwimmt. Abrupt fühlte er sich heimwehkrank wie ein Kind, das bei Verwandten übernachten soll, wo die Möbel klobig und schwarz und fremd sind und die Gerüche falsch und jede Kleinigkeit geladen mit einem *Anderssein*, das schier unerträglich ist. Ich will heim, dachte er. Und die Sehnsucht wollte ihm fast den Atem nehmen, denn sie galt nicht dem Haus in Carlisle, Illinois, in dem er mit Marilyn lebte und von dem es nur ein paar Schritte bis zum Haus seiner Enkelkinder waren. Und sie galt auch nicht seinem Elternhaus, das ebenfalls in Carlisle stand. Und erst recht nicht dem Haus am Rand von Madison, wo sie gleich nach ihrer Hochzeit gewohnt hatten. Er wusste nicht, nach was für einem Zuhause er sich sehnte, aber mit den Jahren schien das Heimweh eher stärker zu werden als schwächer, und da er die Marilyn, mit der er jetzt zusammenlebte, nicht aushielt – mochte sie sein eingekapseltes Exilantenherz auch noch so mit Mitleid erfüllen –, wusste er nicht, was er tun sollte, und die Elritze, die im Strom seiner Angst hin und her schnellte, verharrte kurz bei seinem jetzigen Haus, so schön nah bei den Enkeln, schwamm weiter zum Golfplatz, dessen grüne Weite er manchmal noch als wohltuend empfand, schwamm zu der Frau mit den dunklen, glänzenden Haaren, die vielleicht auftauchen würde, vielleicht auch nicht – und nicht einer dieser Orte bot Halt.

An die Tür des Motelzimmers klopfte es leise.

»Hallo, Charlie.« Mit einem warmen Lächeln für ihn trat sie durch die Tür, die er aufhielt.

Er wusste es auf Anhieb. Seine Witterung war schon früh

geschult worden, und dieser Instinkt, ein Spürsinn für nahendes Unheil, hatte ihn seither nie verlassen.

Trotzdem, ein Mann brauchte seine Würde. Also nickte er und sagte: »Tracy.«

Sie kam ganz ins Zimmer, und als er sah, dass sie die Tasche mit ihren Nachtsachen dabeihatte – und warum hätte sie sie auch nicht dabeihaben sollen? –, empfand er eine flüchtige, erbärmliche Freude, aber dann setzte sie sich aufs Bett und lächelte ihn wieder an, und das Wissen kehrte zurück.

»Soll ich deine Jacke nehmen?«, fragte er.

Sie schlüpfte aus den Ärmeln.

»Charlie«, sagte sie.

Er beobachtete sich. In gewisser Hinsicht hatte es etwas Faszinierendes. Er war ein Organismus, der sich für einen Schlag stählte, und all seine natürlichen Verteidigungskräfte spannten sich an. Das bedeutete, dass er überdeutlich die Aknenarben auf ihren Backenknochen wahrnahm, die wulstig vergrößerten Poren dort, Rückstände eines Heranwachsens, von dem er längst wusste, wie schwer es gewesen war. Er nahm den Geruch ihrer Jacke in sich auf, die er noch in der Hand hielt, diesen schwachen, aber dennoch aufdringlichen, unvornehmen Duft, und hängte sie über die Lehne des Schreibtischstuhls statt in den Schrank zu seiner eigenen Jacke. Er stellte fest, dass sie seinem Blick auswich, und er dachte, dass er Unaufrichtigkeit – oder Feigheit – mehr verabscheute als irgendetwas sonst.

Er legte so viel Abstand zwischen sie und sich, wie der kleine Raum zuließ, bis er schließlich an die gegenüberliegende Wand gelehnt stand.

Als sie ihn doch ansah, war ihr Ausdruck selbstironisch, entschuldigend. »Ich brauch Geld«, sagte sie. Und sie seufzte tief auf, stützte die Hand auf den Bettüberwurf. An jedem Finger dieser Hand steckte ein Ring, selbst am Daumen, und auch jetzt staunte er wieder über die Beharrlichkeit, mit der sein Verstand ihn auf all das zu stoßen versuchte – *Bist du blind, Himmelherrgott?* –, was ihn an ihr eigentlich anwidern sollte und es doch nicht tat. Dieses Märchen vom Statusunterschied schützte keinen Mann lange Zeit. Viele begriffen das ihr Lebtag nicht; Charlie schon.

»Wie viel?«, fragte er.

»Zehn.«

Er bewegte sich keinen Millimeter. Auf dem Tischchen neben dem Bett brummte plötzlich sein Handy. Tracy beugte sich hinüber. »Deine Frau«, sagte sie, ihr Tonfall sachlich. Desinteressiert.

Charlie ging zum Telefon und schob es in die Hosentasche, wo es noch ein Weilchen in seiner hohlen Hand vibrierte, bevor es aufgab. Er sagte zu Tracy, die auf dem Bett sitzen blieb: »Das kann ich nicht machen, Tracy.«

»Wieso nicht?« Ganz offenkundig traf sie das unvorbereitet, was ihn wunderte.

»Es geht nicht.«

»Aber du hast so viel Geld, Charlie.«

»Ich habe eine Frau und Kinder und Enkelkinder, das hab ich.«

Er hatte Champagner besorgt, weil sie ihn mochte, und er sah ihren Blick zu der Flasche wandern, die auf der Kommode stand, in dem Plastiksektkübel des Motels, den er mit Eis gefüllt hatte. Dann schaute sie wieder ihn an, bittend. »Brich mir nicht das Herz«, sagte sie. »Von allen …«

Er lachte rau auf. »Von all deinen Freiern bricht dir keiner das Herz wie ich.«

»Das stimmt *wirklich*.« Sie stand auf und ging zum Sektkübel. »Und sei nicht so derb, Charlie. Ich habe Kunden, und du bist keiner von ihnen.«

»Das weiß ich, dass du Kunden hast«, sagte er.

»›Freier‹ klingt so … angestaubt, Herrgott noch mal, Charlie.«

»Vergiss es.«

»Das sagst du so leicht.«

»Tracy, hör auf. Merkst du nicht, wie abgedroschen das ist, was wir hier aufführen? Bei so was spiel ich nicht mit. Ich kenne den Text in- und auswendig. Ich kenne die Hintergrundmusik. Und ich mach« – er bog die flache Hand auf – »da nicht mit, Punkt. Also vergiss es.«

Der Anflug von Schmerz, der über ihr Gesicht zuckte, tat ihm wohl; sein Gefühl hatte ihm immer gesagt, dass sie ihn liebte, so wie er sie. Aber eine erfrischende Einfachheit schien plötzlich mit im Raum zu stehen, eine unverhoffte und gewaltige Erleichterung, das Ende von all diesem … *Kuddelmuddel*. Gehen Sie heim und schaffen Sie erst mal Klarheit, würde ein Arzt zu ihm sagen. Nein. *Klare Verhältnisse*. Gehen Sie heim und schaffen Sie erst mal klare Verhältnisse. Die Präzisierung amüsierte Charlie wider Willen. In einem Winkel seines Innern war er hochzufrieden, als hätten Generationen von Menschen weit vor seiner Geburt dieselbe Erkenntnis gewonnen wie er, sie in dieselben Worte gekleidet. Gehen Sie heim und schaffen Sie erst mal klare Verhältnisse.

In seiner Tasche vibrierte wieder das Handy, und er zog es heraus. *Marilyn*, zeigte die blaue Schrift auf dem Display an.

»Soll ich rausgehen?« Die Frage war intim, weil sie so viele Male gestellt worden war. Ihr Ton war ungezwungen, familiär.

Er nickte.

Sie schlüpfte wieder in ihre Jacke, und er gab ihr den Zimmerschlüssel.

»Vorn ist ja diese Art Lobby …«, sagte er, aber sie winkte ab; sie würde sich einfach ins Auto setzen, ein bisschen Radio hören, gar kein Problem. Bei so etwas hatte sie immer wunderbar reagiert. Gut, dafür wurde sie bezahlt. Aber auch nachdem sie ihm schon ihren richtigen Namen verraten hatte – vollbekleidet auf dem Stuhl beim Schreibtisch sitzend, »ich möchte, dass du meinen richtigen Namen weißt«, sogar ihren Führerschein hatte sie herausgeholt zum Beweis –, auch da hatte sie in Situationen wie dieser unverändert wunderbar reagiert. Seit er ihren richtigen Namen kannte, weigerte sie sich außerdem, Geld von ihm anzunehmen. Vielleicht hatte das in ihr gearbeitet, und jetzt fand sie, dass er ihr etwas schuldete. Und vielleicht tat er das ja. Die Tür schloss sich leise hinter ihr. Er widerstand dem Impuls, die Lamellen der Jalousie auseinanderzubiegen und zuzuschauen, wie sie in ihr Auto stieg.

Dieses eigenartig Hoffnungsfrohe hatte ihn nicht verlassen, die befriedigende Gewissheit, dass die Sache bald ausgestanden sein würde – im Grunde schon ausgestanden war. Und es fühlte sich an, als könnte er es überleben; ganz selbstverständlich war das nicht.

Seine Frau weinte. »Charlie? Oh, Charlie, es tut mir so leid, dich zu stören, wirklich, du sollst doch eine schöne Zeit haben – nein, ich weiß, schön ist das falsche Wort, aber ich meine, es ist eben Zeit, die du für dich brauchst, und …«

»Was gibt's denn?« Er war nicht weiter beunruhigt.

»Ach, Charlie, sie war wieder so hässlich zu mir. Ich hab angerufen, einfach nur um sicherzugehen, dass die Mädchen alles für ihre Thanksgiving-Kleider haben, und Janet hat zu mir gesagt, Charlie, sie hat gesagt: ›Marilyn, ich möchte dich bitten, nein, ich sag es dir einfach, ich sag's einfach so, wie es ist, Marilyn, du rufst zu oft hier an. Das ist mein Haus, und Stevie ist mein Mann, und wir brauchen ein bisschen Freiraum.‹ Das hat sie gesagt, Charlie. Und Stevie, woher weiß ich, ob er nicht sogar daheim war, hat er denn gar kein Rückgrat, unser Sohn …«

Charlie hörte nicht mehr zu. Er stand ungeteilt und unausgesprochen auf der Seite seiner Kinder und seiner Schwiegertochter. Er setzte sich auf die Bettkante.

»Charlie?«, sagte sie.

»Ich bin noch dran.« Gegen seine Absicht streifte sein Blick den Spiegel. Der Mensch dort drin war schon lange niemand mehr, in dem er sich wiedererkannt hätte.

Nach mehreren Minuten hatte er seine Frau so weit beschwichtigt, dass er das Gespräch beenden konnte. Sie entschuldigte sich nochmals für die Störung, aber jetzt gehe es ihr besser, sagte sie. »Dann ist's ja gut, Marilyn«, antwortete er.

Wieder allein mit der Stille des Zimmers konnte er den Zustand von vorhin, dieses gelassene Ruhegefühl, das jetzt erneut über ihn kam, plötzlich einordnen. Es war ein Phänomen, dem er vor langer Zeit seinen eigenen Namen gegeben hatte: das Hammer-auf-Daumen-Prinzip, nach einer Entdeckung, die er als Kind eines Sommers gemacht hatte, als er auf dem Dach seines Großvaters saß und mit einem schweren Hammer Schindeln festklopfte. Damals hatte er gemerkt, dass es, wenn man statt dem Nagel den Daumen erwischte, einen Sekundenbruchteil gab, in dem man dachte: Komisch, dafür, wie fest ich zugeschlagen habe, geht es eigentlich … Und erst dann, erst nach diesem Moment trügerischen, ungläubigen, dankbaren Aufatmens, kam der Schmerz herangetobt. Im Krieg hatte er das so oft bestätigt gefunden, auf so viele unterschiedliche Arten, dass er sich manchmal richtiggehend brillant vorkam, so treffend war der Vergleich. Im Krieg hatte er viele Dinge gelernt, und nicht eines davon hatte er aus dem Mund irgendeines der Psychofritzen bei irgendeinem der Treffen gehört, bei denen ihn Marilyn auch heute wieder vermutete.

Charlie stand auf. Das Verlangen, das sich in ihm regte, war fleischlich, körperlich; es schloss vieles mit ein und war ihm mehr als vertraut. Mit verschränkten Armen wanderte er vor dem Queensize-Bett auf und ab, dessen Überwurf – wie er aus vielfacher Erfahrung wusste – aus einem Stoff war, dem nichts etwas anhaben konnte. Auf und ab ging er, auf und ab. Manchmal war er hier Stunden am Stück auf und ab gegangen. Ein warmes Gefühl stieg in ihm auf.

Damals, zur Zeit ihrer Erbauung, hatte ihn die Gedenkmauer für die Vietnamtoten nicht interessiert. Nein, Charlie Macauley hatte mit solchem Zeug nichts am Hut. Aber dann war er eines Tages, nach etlichen zermarternden Nächten, in denen ihn die Bilder von Khe Sanh heimgesucht hatten, doch in den Bus gestiegen und ganz allein nach Washington gefahren, und was er dort gefunden hatte … Er hatte geweint, ohne Laut, ohne Hemmung, während er die dunkle Granitwand abschritt, Namen fand, an die er sich erinnerte, mit den aufgerauten Fingerspitzen darüberstrich. Und die Leute um ihn herum – er spürte sie, wahrscheinlich Touristen – machten einen respektvollen Bogen um ihn, das merkte er, sie brachten seinem Weinen Respekt entgegen! Er hatte nie geglaubt, dass so etwas möglich war.

Daheim in Carlisle sagte er zu Marilyn: »Es war gut, dass ich hingefahren bin.« Zu seiner Überraschung sagte sie nur: »Da bin ich froh, Charlie.« Und später am selben Abend sagte sie: »Ich hab nachgedacht. Fahr hin, wann immer du das Bedürfnis hast, ganz im Ernst. Wenn es dir guttut, fahr, wir können uns das leisten.« Die Menschen konnten einen schon überraschen. Nicht nur durch ihre Güte, sondern auch durch ihre plötzliche Fähigkeit, genau die richtigen Worte zu finden.

Er hatte das Gefühl, für nichts je die richtigen Worte zu finden.

Einmal hatte er seinen Sohn und seine Schwiegertochter in ein Kaufhaus begleitet; Janet hatte ein Sweatshirt gebraucht. Charlie war nur mitgegangen; was sie kauften, war ihm egal. Aber seinem Sohn war es nicht egal, und als Charlie einmal hinüberschaute, flüchtig erst und dann ganz gebannt, sah er ihn ernsthaft und interessiert mit seiner Frau reden – Janet war eine unscheinbare, nette Frau –, und es war dieser Anblick, die Engagiertheit, mit der sein Sohn in dem kleinen häuslichen Dialog aufging, was Charlie die Sprache verschlug. Welch ein Sohn! Was für ein Mann er war, dieser erwachsene Junge, der in einem Laden, in dem es nach Bonbons und Erdnüssen und nach weiß Gott noch allem roch wie in einem Zirkuszelt, so rechtschaffen bei seiner Frau stand und sich mit ihr über die Wahl des richtigen Sweatshirts beriet. Sein Sohn fing seinen Blick auf und lächelte. »Geht's noch, Dad? Willst du weiter?«

Jetzt kam ihm das Wort: rein. Sein Sohn war rein.

»Alles gut«, sagte Charlie und hob leicht die Hand. »Lasst euch Zeit.«

Und weil er Charlie war, der auf ewig unrein Gewordene, weil er Charlie war und nicht ein anderer, konnte er seinem Sohn nicht sagen: Du bist rechtschaffen und stark, und nichts davon verdankst du mir, aber du hast sie heil überstanden, diese Kindheit, die nicht immer rosig war, ich bin stolz auf dich, ich staune jeden Tag über dich. Charlie brachte nicht einmal eine abgeschwächte Version davon über die Lippen, egal, was für einen Namen man dem Gefühl gab. Er brachte es nicht einmal fertig, seinem Sohn zur Begrüßung oder zum Abschied die Hand auf die Schulter zu legen.

Er stellte sich in die geöffnete Tür des Motelzimmers und sah hinaus über den Parkplatz, damit sie wusste, dass sie zurückkommen konnte. Sie fühlte sich von ihm beobachtet, während sie von ihrem Wagen auf ihn zuging, das spürte er, dabei beobachtete er sie nur halb, denn der Herbstgeruch nahm ihn plötzlich gefangen, die jähe Kälte in der Luft, und dieser erdige, lehmige Grundton erfüllte ihn fast mit einer Art Hochstimmung. Vorsicht, dachte er. Vorsicht. Er wich zur Seite, um sie eintreten zu lassen.

Diesmal behielt Tracy die Jacke an, und sie setzte sich auf den Schreibtischstuhl statt aufs Bett. Er konnte ihr ansehen, dass sie sich auf ihren Auftritt vorbereitet hatte. »Bitte, Charlie. Kannst du mir nicht bitte einfach vertrauen? Ich *brauche* dieses Geld.«

»Ich weiß, dass du es brauchst.«

»Dann bitte …«

Vielleicht aus purer Störrischkeit wartete er, ob sie sagen würde, dass er es ihr schuldete, und dann sah er, zum ersten Mal, seit er sie kannte, wie ihre Augen sich mit Tränen füllten. »Ach, Tracy, sag es mir doch. Komm schon, Liebes, was ist denn?«

»Mein Sohn …«

Sehr verzögert und doch blitzartig – so erlebte Charlie es – begriff er. Ihr Sohn hatte Drogenschulden. Stand bei irgendeinem Dealer in der Kreide. Das Wissen füllte den Raum wie ein riesiger schwarzer Vogel, dessen Schwingen von Wand zu Wand reichten. Er sagte es ihr auf den Kopf zu.

Sie nickte, und die Tränen liefen ihr über die Backen hinab, liefen und liefen. Da er sie noch nie hatte weinen sehen, betrachtete er mit einer eigentümlichen Faszination die dicken Mascara-Tropfen, die auf ihre Kleidung herabkleckerten, auf den türkisen Nylonpullover, den schwarzen Rock, sogar die Stiefel. Seine Frau trug nie irgendwelches Make-up.

»Ach, Tracy. Liebes.« Er streckte ihr den Arm entgegen und glaubte zu sehen, wie sie schon aufstehen und zu ihm kommen wollte, und vielleicht hätte sie es getan, aber er sagte: »Tracy, du riskierst Kopf und Kragen, wenn du dich auf so was einlässt.«

Aus irgendeinem Grund ließ sie das fuchsteufelswild werden, sie schüttelte den Kopf und ballte die Hände mit den vielen Ringen daran zu Fäusten. »Fick dich! Du hältst dich für Mr Superklug, aber was weißt du denn schon? Einen Dreck weißt du!«

Das machte es ihm einfacher. »Es geht nicht«, sagte er leichthin. »Ich kann nicht zehntausend Dollar vom Konto abheben und Marilyn nichts davon sagen. Und ich möchte es auch nicht.«

Von einer Sekunde zur anderen verwandelten sich ihre grünen Augen in dunkle, schnaubende Nüstern, das war das Bild, das ihm in den Sinn kam: ein Pferd mit Nüstern, die sich blähten und bebten. »Mein Sohn ist ein *toter Mann*, wenn ich das Geld nicht zusammenkriege.« Keine Tränen jetzt. Ihr Atem ging in kurzen Stößen.

Charlie nahm ganz langsam auf der Bettkante Platz, Tracy gegenüber. Nach einer Pause sagte er sehr ruhig: »Dir ist klar, dass ich keine Ahnung hatte, dass du einen Sohn hast.«

»*Natürlich* hab ich dir nichts gesagt.«

»Aber wieso denn nicht?«, fragte er, aufrichtig verwirrt.

»Hmm.« In einer übertriebenen Pantomime des Nachgrübelns drückte sie sich einen beringten Finger ans Kinn. »Vielleicht, weil ich Angst hatte, wenn ich dir alles erkläre, könntest du *schlechter* von mir denken?«

»Tracy, viele Leute haben Kinder, die in Schwierigkeiten stecken.« Ihr Sarkasmus störte ihn, ein Gefühl, als würde sie ihm mit einer Klinge den Arm entlangfahren. »Ich würde *schlechter* von dir denken?«, wiederholte er.

»Ha! Stimmt, wie soll das gehen, schlechter denken von einer …«

»Hör auf. Hör *sofort* auf damit, verdammt!« Er erhob sich.

Leise sagte sie: »Und du hör mit deinem liberalen weißen Mitleid auf.«

Gerade noch rechtzeitig – immer gerade noch rechtzeitig, wenigstens das – hielt Charlie die Ohrfeige zurück, von der ihm praktisch schon die Handfläche kribbelte. Sie wandte sich verächtlich von ihm ab, also verkniff er sich eine Entschuldigung. Das Verächtliche stand ihr nicht, es hatte etwas Gekünsteltes.

Es hatte einen Kaplan bei ihnen gegeben, eine Seele von einem Menschen, kein falscher Ton. »Gott weint mit uns«, hatte er gesagt, und es war einem nicht das Kotzen gekommen dabei. Nach der Nacht von Khe Sanh war er durch einen anderen Kaplan ersetzt worden, so ein scheinheiliges Arschloch. Gekünstelt. »Jesus ist euer Freund«, behauptete der neue Kaplan, in einem blöden, salbungsvollen Ton, als würde er Jesus-Pillen ausgeben, an die außer ihm niemand herankam.

Bei einem Klinikaufenthalt irgendwann hatten sie ihm nahegelegt, doch eine Selbsthilfegruppe zu besuchen, die sie anboten. Es würde ihm helfen, zu hören, was andere zu berichten hätten. Aber hinausgelaufen war es – Gott, die bloße Erinnerung daran machte Charlie rammdösig – auf einen Kreis von Klappstühlen, die Jüngeren alle im Tarnanzug, und es waren hauptsächlich die Jüngeren, die zu diesen Treffen kamen, sie redeten von irakischen Städten, in die sie einmarschiert waren, sie redeten von ihren Schlafstörungen, ihren Alkoholproblemen, und Charlie standen sie alle miteinander bis hierhin. Manche von ihnen waren noch völlig verpickelt, so jung waren sie. Er hatte Jungen in ihrem Alter *befehligt*, und ihr Anblick machte ihn ganz krank. Das entsetzte ihn, dieser Abscheu, den er vor ihnen empfand. Mit ihnen dazusitzen machte all das, was ihn ohnehin schier umbrachte, noch schlimmer, denn er sah doch – exakt, wie er befürchtet hatte –, dass der Typ, der die Gruppe leitete, auch keine Lösung wusste. Kein Wunder, es gab ja keine. Darüber reden. Klar. Zigarettenpause, dann noch mehr Drüber-Reden. Beim dritten Mal ging er in der Zigarettenpause einfach, und danach schlug die Angst erst richtig zu.

Robin hatte er durch ihre Anzeige im Internet gefunden. Er fuhr die zwei Stunden von Carlisle nach Peoria und traf sich mit ihr im ältesten Hotel der Stadt. Das Hotel war kürzlich renoviert worden, die Halle funkelte nur so von Glas und von Wasserfällen, und irgendwo rechts von ihnen summten dezent die Aufzüge, während er mit Robin an der Bar saß. Sie unterhielten sich gedämpft, und er war, lieber Gott, seit Jahren hatte er nichts mehr empfunden, was Glück so nahekam. Sie war eine hellhäutige Schwarze mit grünen Augen, und sie strahlte eine so selbstgewisse Gelassenheit aus, eine so geschmeidige, leichthändige Autorität, dass er sich auf der Stelle in sie verliebte: in die Lücke zwischen ihren Schneidezähnen, den Kajalstrich über ihren Wimpern, ihre Art, zuzuhören und dann nickend »Stimmt irgendwie« zu sagen. Sie war vierzig, und sie hatte zwei Töchter, auf die die Großmutter aufpasste, wenn

Robin nicht bei ihnen sein konnte. Das Zimmer, das er reserviert hatte, lag im obersten Stock, mit Aussicht auf den Fluss, und auch wenn sie diskret die Zeit im Blick behielt, ihn darauf hinwies, dass er ab jetzt überzog, eine Stunde draufschlug, geschah all dies mit einer Gewandtheit und Ruhe und Höflichkeit, die sie nicht eine Sekunde verließ, nicht einmal dann, wenn zwischendurch, beglückend, ihre eigene Lust hervorbrach, die ihm von Anfang an nie gespielt erschien, weshalb er sich auch nie schlecht dabei vorkam, und das wollte einiges heißen.

»Warum machst du das überhaupt?«, hatte er sie gefragt. Und hinzugefügt: »Die Frage stellen dir wahrscheinlich alle.«

»Manche ja, die meisten nein. Zum Geldverdienen.« Sie hatte sich aufgesetzt, leicht mit den Schultern gezuckt. »Ganz einfach.« Die Rückenwirbel bildeten eine so ebenmäßige Kette unter ihrer Haut, dass es ihm den Atem raubte.

Es war sie, die nach ein paar Monaten vorschlug, von dem schicken Hotel in das Motel eine halbe Stunde stadtauswärts zu wechseln und sich von dem gesparten Geld lieber öfter zu sehen. Nur sah er sie schon so oft, wie ihm möglich war, noch öfter konnte er sich daheim nicht loseisen, also trafen sie sich trotzdem in dem Motel, und er gab das gesparte Geld ihr, und dann war Liebe daraus geworden – gut, bei ihm war es vom ersten Tag an Liebe gewesen, und sie sagte, sie habe sich auch in ihn verliebt, und nannte ihm, während sie vollbekleidet auf demselben Stuhl wie jetzt saß, ihren richtigen Namen, Tracy. So dass er sich seit sieben Monaten in einem Zustand heilloser Verliebtheit befand. Kein Zustand, der Charlie taugte.

Tracy stand im Bad und riss Kleenextücher aus dem Schlitz in der Wand; von seinem Platz auf dem Bett aus konnte Charlie

sie ein steifes weißes Röckchen nach dem anderen herausrat-
schen sehen; das Motel wollte verhindern, dass man die ganze Schachtel mitnahm. Sie wischte sich das Gesicht ab, wusch
es dann mit einem Lappen, zog die Lippen nach und kam ins
Zimmer zurück. Sein erleichtertes Gefühl kehrte ebenfalls zurück; es war zu keiner Zeit weit weg gewesen. Das hier war nun
bald ausgestanden, und nur darum ging es. Und dann sagte
Tracy – o Mann, wie die Menschen einen verblüffen konnten – etwas zum Brüllen Komisches. Sie sagte: »Von dir hatte
ich eigentlich mehr Charakter erwartet.«

Er bat sie, es zu wiederholen, und das tat sie, eine Spur misstrauisch. Er ließ sich aufs Bett zurückfallen und lachte und
lachte. Es war kein schönes Lachen, und nach einer Weile bekam er sich wieder in den Griff. »Der geht mir ab«, sagte er
und fuhr sich mit dem Ärmel übers Gesicht. Sie betrachtete
ihn jetzt leicht gereizt. »Der Charakter«, ergänzte er. »Der geht
mir ab.«

Wie fern sie jetzt schienen, die Zeiten, als Charakter noch
alles war, der Altar, vor dem die Welt sich neigte. Dass die
Wissenschaftler nun die Gene als den entscheidenden Faktor
ausgemacht hatten, warf dieses ganze Charakter-Gedöns ein
für alle Mal über den Haufen. Dass Ängste durch Schaltungen im Gehirn bedingt waren, Schaltungen, die durch trau-
matische Ereignisse ausgelöst wurden, dass man nicht stark
oder schwach war, sondern einfach so oder so geschaltet … Ja,
ihm ging der Charakter ab! Das Erhabene daran. So, wie man
ja auch an der Religion nicht festhalten konnte, wenn man
einmal Bekanntschaft mit ihren niedrigen, primitiven Seiten
gemacht hatte, der katholischen Kirche etwa mit ihrem Sumpf
von Pädophilie und endloser Vertuscherei und ihren Päpsten,
die sich von Hitler oder Mussolini einspannen ließen – Char-

lie war nicht katholisch, und die wenigen Katholiken, die er kannte, besuchten die Messe trotzdem noch, unbegreiflich für ihn, sie mussten doch selbst sehen, wie die glanzvolle Fassade an allen Ecken und Enden bröckelte; der Katholizismus hatte ausgedient. Aber genauso hatte das protestantische Ethos von harter Arbeit und Anstand und Charakter ausgedient. Charakter! Wer benutzte dieses Wort dieser Tage überhaupt noch?

Tracy. Tracy benutzte das Wort. Er sah zu ihr hinüber. Ihre Augen waren noch immer verschmiert von der Wimperntusche. »Mensch, Mädel«, sagte er. »Mensch, Tracy!«, und er breitete die Arme aus.

Mit verhaltener Stimme sagte sie: »Ich heiße nicht Tracy.« Kurze Stille, dann: »Und der Führerschein ist ein Fake. Nur dass du's weißt. Alles war ein Fake.« Sie beugte sich vor und zischte: »Alles.«

Ein Laut entfuhr ihm. Das war nichts Ungewöhnliches, ihm entfuhren immer wieder einmal ungeplant Laute. Manchmal passierte es auch in der Öffentlichkeit, und es erschreckte die Leute. In einer Bücherei hatte ein junger Mensch einmal zu ihm hingesehen, und Charlie war klar geworden, dass er ein Geräusch ausgestoßen hatte, ein Knurren. Marilyn, Idiotin, die sie war, hatte dem Jungen zugewispert: »Er war im Krieg.«

Und der Knabe hatte nicht gewusst, wovon Marilyn sprach.

So viele von den Jungen wussten nicht einmal, wie der Krieg hieß, in dem er gekämpft hatte. Lag das daran, dass es so lange Konflikt geheißen hatte und nicht Krieg? Lag es daran, dass das Land diesen Krieg voller Scham in die letzte Reihe verwiesen hatte, wie einen ungebärdigen Schüler, der den Unterricht stört? Oder war das einfach der Lauf der Geschichte? Er wusste es nicht. Aber wenn er einen dieser jungen Menschen mit dem makellosen Gebiss, das sie heutzutage alle hatten, sagen hörte:

»Ups, welcher war das gleich wieder? Moment ...«, gefolgt von einer entschuldigenden kleinen Grimasse, die so verlogen war in ihrer Zerknirschung, während der Junge Charlies Alter abzuschätzen versuchte: »Äh, war das der erste Irakkrieg?«, dann wollte Charlie weinen, er wollte heulen, er wollte laut herausschreien: »Wir haben das alles getan, und wofür, wofür, wofür?«

Er hatte seine Aversion gegen sämtliche Asiaten nie abgelegt.

Und gegen Frauen, die ihn mit Furcht im Blick ansahen.

»Na dann.« Charlie stand auf. »Packen wir's.«

Sie schulterte ihre Tasche und wartete. Sie sah ihn nicht mit Furcht im Blick an. Sie sah ihn überhaupt nicht an.

Die Kleiderbügel klirrten gegeneinander, als er seine Jacke aus dem Schrank holte, Metallbügel, die mit Ringen an der Stange festmontiert waren, damit niemand sie stehlen konnte. »Können wir?«, fragte er munter, während er die Jacke überzog, und ließ ihr den Vortritt. Auch jetzt beobachtete er sich wieder mit dem gewohnten gespaltenen Gefühl. Noch immer staunte er, wie sehr er sie liebte (wobei das nun mehr Wissen war als Empfindung), obwohl es doch auf keiner nur denkbaren Ebene einen Sinn ergab als auf der einen, entscheidenden: Sie hatte ihn gerettet, ihm einen Platz geschaffen, an dem er atmen konnte. Oder er hatte sich diesen Platz, mit ihrer Hilfe, selbst geschaffen, denn als er sie jetzt ansah, entdeckte er nichts – nicht das Geringste –, was seine Gefühle rechtfertigte; da sein Begehren unvermindert anhielt, fand er ihren Anblick verwirrend. Aber es war vorbei, Gott sei Dank; noch immer öffnete sich vor ihm dieser Freiraum der Erleichterung.

»Fahr hinter mir her«, sagte er.

Er fuhr zurück Richtung Stadtzentrum, das für ihn bisher

nie etwas anderes gewesen war als der Weg zum Motel. Er kannte das Kaufhaus an der Main Street, das ja, und die viktorianisch anmutende Frühstückspension, die immer ZIMMER FREI anzeigte, obwohl sie so einladend aussah mit ihrem frischen, blassblauen Anstrich, wie ein liebes, schüchternes Kind, dachte er manchmal. Er hatte keine Ahnung, wo eine Filiale seiner Bank sein könnte, aber er fuhr, als müsste jeden Moment eine auftauchen, und vergewisserte sich nur einmal mit einem Blick in den Rückspiegel, dass sie ihm folgte; sie hatte die Unterlippe zwischen die Zähne geklemmt, eine so vertraute Geste, dass er sich hütete, nochmals in den Spiegel zu schauen. Zu seiner Rechten war die Sonne mittlerweile ganz untergegangen, und auch jetzt stellte er wieder fest, dass er sich eigentlich recht gut fühlte. Sie fuhren an einer alten Kirche vorbei; wenn er allein gewesen wäre, hätte er vielleicht angehalten, um vom Straßenrand aus ein Weilchen hinzusehen.

Ihn befiel manchmal ein Drang, zu beten. Dieser Drang widerstrebte ihm ähnlich wie der Anblick seiner Frau. Er war methodistisch erzogen worden und hatte davon nichts mitgenommen außer der Erinnerung, wie speiübel ihm auf der Fahrt zum Gottesdienst immer geworden war. Marilyn zuliebe war er sporadisch mit in die Kongregationalistenkirche gegangen, aber diese Pflichtübung hatte er eingestellt, sobald die Kinder in die Pubertät kamen; ihm reiche es, hatte er ihr gesagt, und sie hatte keine Einwände erhoben; sie waren einfach nicht mehr hingegangen. Und niemand aus der Kirche versuchte sie zurückzuholen. Außer zur Taufe seiner Enkel und bei der Beerdigung von Patty Nicelys Mann hatte Charlie seit Jahren keine Kirche mehr betreten.

Aber dieser Tage ertappte er sich immer wieder bei dem Wunsch, in eine Kirche zu gehen und zu beten. Er wollte sich *auf die Knie werfen* und beten – worum? Um Vergebung. Etwas anderes war nicht drin, nicht für Charlie Macauley. Für Charles Macauley war es verbotener Luxus, eine törichte Vermessenheit, um Gesundheit für seine Kinder zu beten oder um die Kraft, seine Frau mehr zu lieben – nein nein nein nein nein, Charlie Macauley konnte lediglich beten, *auf Knien flehen*: Lieber Gott, vergib mir, wenn du es vermagst.

Aber wie erbärmlich. Ihm ekelte vor sich selbst.

Auf der rechten Seite, eine Ampel weiter, erspähte er das Schild seiner Bank. Als er auf den Parkplatz bog, sah er, dass sie noch geöffnet hatte, und empfand eine seltsame Genugtuung. Er schaute ihr zu, wie sie hinter ihm einbog, bedeutete ihr mit einer Handbewegung, zu bleiben, wo sie war, und sie nickte einmal. Nach zehn Minuten kam er mit zwei Umschlägen voller Scheine – die in seiner Hand die weiche Widerständigkeit von Fleisch hatten – wieder heraus und reichte sie ihr durch den Spalt im Fahrerfenster. Sie ließ die Scheibe ein Stück weiter herunter, wie um ihm zu danken, aber er hielt sie mit einem Kopfschütteln ab. »Wenn ich je wieder von dir höre, spür ich dich auf und mach dich kalt«, sagte er ruhig. »Ob du dich Tracy nennst oder Lacy oder Shitty oder Pretty. Kapiert? Weil das hier nicht reichen wird.«

Sie startete den Motor und fuhr los.

Jetzt setzte das Zittern ein, erst in den Händen, dann den Armen, dann den Oberschenkeln. Er hatte Marilyn bestohlen, und war das nicht eine ganz neue Dimension? Ihm schien, dass es auf einem völlig anderen Blatt stand als alles Bisherige. Er hatte keine Einkünfte mehr, sie auch nicht. Es wühlte ihn furchtbar auf – er hatte seiner Frau Geld gestohlen. Er saß still im Auto, bis er glaubte, fahren zu können.

Nur ein letzter matter Widerschein glänzte noch am Himmel; es war eine gefährliche Zeit, weil es im Grunde schon dunkel war, nicht mehr dämmrig; rasch und leise hatte sich die Nacht herabgesenkt. Und doch war noch nicht Schlafenszeit. Stunden mussten vergehen, bevor er ins Bett durfte; seine Tabletten verschafften ihm im besten Fall fünf Stunden Schlaf.

Die Frühstückspension war größer, als sie von der Straße aus wirkte. Er stellte den Wagen auf dem Parkplatz hinterm Haus ab und ging zu Fuß wieder nach vorn – die Luft an seinen Wangen hatte etwas so Schneidendes wie das Bergfrische-Aftershave, das er vor vielen Jahren benutzt hatte – und stieg die Eingangsstufen hinauf, die leise knarzten, und das Geräusch tat ihm ganz entfernt wohl. Sein Instinkt sagte ihm, dass dies ein guter Ort für ihn sein würde, wenn der eigentliche Schlag kam; hier war er sicher, hier gab es Raum für einen Mann wie ihn. Und tatsächlich war die Frau, die ihm öffnete, so alt wie er oder sogar älter, klein und adrett, mit frischer Haut. Augenblicklich dachte er: Sie wird Angst vor mir haben. Aber dem schien nicht so zu sein. Sie sah ihm ins Gesicht, fragte, ob ihm ein Zimmer ohne Fernseher recht sei. Wenn er fernsehen wolle, könne er das hier im Wohnzimmer tun, die anderen Gäste seien schon alle in ihren Zimmern.

Erst sagte er, nein, Fernseher brauche er keinen, aber als er sein Zimmer sah, wurde ihm klar, dass er nicht einfach dort drinsitzen und warten konnte, also ging er den Gang wieder zurück, und sie sagte, natürlich, und gab ihm die Fernbedienung und sagte: »Stört es Sie, wenn ich mich zu Ihnen setze, wenn ich in der Küche fertig bin?« Gar nicht, sagte er. »Ich sehe alles gleich gern«, fügte sie noch hinzu. Auf eine unbeteiligte Weise hörte er heraus, dass sie ihren eigenen Kummer hatte, der ihr nachging – gut, wer in ihrem Alter hatte das nicht?, dachte er. Nein, dachte er dann, viele blieben verschont. Das wurde ihm in regelmäßigen Abständen bewusst: Viele Menschen lebten ohne die Echos von Schmerz, die in seinem Kopf widerhallten.

Er saß auf dem Sofa und hörte sie in der Küche. Er verschränkte die Arme und sah sich eine britische Komödie an, weil britische Komödien einfach nur absurd waren, Welten entfernt von jeder Realität – eine sichere Bank, diese britischen Komödien: der Akzent, das Teetassengeklimper. Und so wartete er. Bald würden sie heranrollen wie nicht anders zu erwarten nach solch einem Schlag, Welle um Welle wüsten Schmerzes, o ja, bald würden sie da sein.

Leise schlüpfte die Inhaberin ins Zimmer. Aus dem Augenwinkel sah er, wie sie in dem großen Sessel in der Ecke Platz nahm. »Ah, sehr schön«, murmelte sie, auf seine Filmwahl bezogen, nahm er an.

Er hätte sie gern gefragt: Wenn Sie einen falschen Namen bräuchten und Sie nähmen Tracy, wie hießen Sie dann richtig, meinen Sie?

Und so rückte es näher, yessir, immer näher rückte es. Er wusste, wie es sein würde, er kannte es ja, und dann irgendwann würde es vorbei sein. Trotzdem, es ließ länger auf sich warten, als er geglaubt hatte.

An Schmerz gewöhnt man sich nie, egal, was die Leute behaupten. Aber jetzt kam ihm zum ersten Mal der Gedanke – zum ersten Mal? War das möglich? –, dass es etwas noch weit Beängstigenderes gab: Menschen, die gar keinen Schmerz mehr empfanden. Er hatte das bei anderen Männern gesehen, die Leere hinter den Augen, dieser Mangel, der dann ihr Wesen bestimmte.

Und so setzte sich Charlie eine Spur aufrechter hin, und er fixierte mit aller Macht den Bildschirm. Er wartete, die Hoffnung nun in ihm keimend wie eine Krokuszwiebel. Er wartete, und er hoffte, er betete regelrecht. O Herr Jesus, mach, dass es kommt. Lieber Gott, bitte. Machst du bitte, bitte, dass es kommt?

Mississippi-Mary

◄◆►

»Sag deinem Vater, dass ich ihn vermisse«, sagte Mary und tupfte sich mit dem Kleenex, das ihre Tochter ihr hinhielt, die Augen. »Kannst du ihm das von mir ausrichten, bitte? Es tut mir leid, sag ihm das.«

Angelina sah zur Decke hinauf – solch hohe Decken in diesen italienischen Wohnungen –, drehte den Kopf kurz in Richtung Fenster, vor dem das Meer zu sehen war, dann sah sie Mary an. Wie alt ihre Mutter wirkte, musste sie immer wieder denken, wie alt und wie klein. Und so braungebrutzelt. Sie sagte: »Mom. Hörst du jetzt bitte auf damit. Bitte hör auf, Mom. Ich habe ein Jahr sparen müssen, um mir den Flug leisten zu können, und jetzt finde ich dich in dieser schauerlichen – tut mir leid, aber so ist es nun mal –, dieser armseligen Zweizimmerwohnung mit diesem Typen, deinem Mann, mein Gott. Und er ist kaum älter als ich, und über diese unbedeutende Tatsache sehen wir einfach hinweg, was sollen wir auch tun als darüber hinwegsehen? Und du bist jetzt achtzig, Mom.«

»Achtundsiebzig.« Mary hatte aufgehört zu weinen. »Und er ist sehr wohl älter als du. Er ist zweiundsechzig. Alles, was recht ist, Herzchen.«

Angelina sagte: »Na gut, dann eben achtundsiebzig. Aber du hast einen Schlaganfall und einen Herzinfarkt hinter dir.«

»Ich bitte dich. Das ist Jahre her.«

»Und jetzt willst du, dass ich Dad sage, du vermisst ihn.«

»Weil es die Wahrheit ist, Herzchen. Und wahrscheinlich gibt es Tage, da vermisst er mich auch.« Marys Ellbogen lag auf der Armlehne ihres Sessels; sie wedelte einmal schwach mit dem Kleenex.

»Mom. Du kapierst es nicht, oder? Du raffst es einfach nicht!« Angelina lehnte sich auf dem Sofa zurück und fuhr sich mit allen zehn Fingern durchs Haar.

»Bitte schrei nicht so, Herzchen. Wer hat dir beigebracht, andere Leute anzuschreien?« Ihre Mutter ließ das Kleenex in ihrer großen gelben Lederhandtasche verschwinden. »Aber es stimmt schon, es gibt viele Sachen, die ich nicht so ganz kapiere. Deshalb darfst du aber nicht in so einem Ton mit mir reden, Angelina. Habe ich das grade schon gesagt?« Marys Tochter, die jüngste von fünf Schwestern und Marys (heimlicher) Liebling, hieß Angelina, weil Mary schon während der Schwangerschaft gewusst hatte, dass sie einen kleinen Engel unterm Herzen trug. Mary setzte sich gerade hin und sah das Mädchen an, das nun schon einige Zeit eine Frau in den mittleren Jahren war. Angelina schaute nicht zurück. Von ihrem Ecksessel konnte Mary das Kirchendach in der Sonne leuchten sehen, und sie ließ den Blick dort verweilen.

»Daddy hat andauernd geschrien«, sagte Angelina, die Augen auf das Sofapolster gesenkt. »Du kannst mich nicht fürs Schreien abkanzeln und mich fragen, wer es mir beigebracht hat, wenn du haargenau weißt, wer es war. Wir kannten es doch gar nicht anders von Daddy. Ständig hat er alle nur angeblafft.«

»Wie dieser Hund in dem Film, wie hieß er, Jello?« Mary drückte sich die Hand an die Brust. »Mein Gott, war das ein trauriger Film. Wir sind mit euch Mädchen reingegangen, und Tammy konnte danach mindestens einen Monat nicht schlafen. Erinnerst du dich, wie der arme Hund am Ende raus auf die Weide geführt und erschossen wird?«

»Es ging nicht anders, Mom. Er war ja toll.«

»Aber wenn er doch so toll war …!«

»Tollwütig. Ach, Mommy, hör auf damit, du machst mich nur traurig mit den alten Geschichten.« Angelina schloss kurz die Augen und ließ den Handballen sacht vom Polster abfedern.

»Du hast ja recht«, räumte ihre Mutter ein. »Hast du wirklich dein ganzes Erspartes für den Flug ausgeben müssen? Hat dir dein Vater gar nichts dazugegeben? Herzchen, ich hab dich nicht abkanzeln wollen. Lass uns irgendwas Schönes unternehmen.«

Angelina sagte: »In einem fremden Land kommt einem alles so schwierig vor. Diese Italiener scheinen direkt stolz darauf, dass sie kein Englisch können. Ging dir das auch so, als du hier rübergekommen bist? Kam dir auch alles so schwer vor?«

Mary nickte. »Schon. Aber daran gewöhnt man sich. Die ersten Wochen habe ich mich nicht mal getraut, mir in der Bar an der Ecke einen Kaffee zu kaufen, wenn Paolo nicht dabei war. Sie haben mich erst für seine Mutter gehalten. Und dann haben sie erfahren, dass ich seine Frau bin, und ich glaube, sie haben ein bisschen über uns gewitzelt. Aber Paolo hat mir gezeigt, wie ich bezahlen kann, indem ich die Münzen einfach auf den Teller lege.«

»Mom!«

»Was denn, Herzchen?«

»Ach, Mommy, das macht mich einfach alles so traurig.«

»Dass ich nicht wusste, dass ich die Münzen nur auf den Teller legen muss?«

»Nein, Mom. Dass sie dachten, du wärst seine Mutter!«

Mary überlegte ein wenig. »Aber warum hätten sie das eigentlich denken sollen? Ich bin Amerikanerin, er ist Italiener. Wahrscheinlich dachten sie gar nicht, dass ich seine Mutter bin.«

»Du bist *meine* Mutter!«, brach es aus Angelina heraus, und das brachte Mary gleich wieder an den Rand der Tränen, denn blitzartig zuckte eine Ahnung von all dem Leid in ihr auf, das auf ihr Konto ging, dabei hatte doch sie, Mary Mumford, nie im Leben den Wunsch oder die Absicht gehabt, irgendjemandem ein Leid anzutun.

Sie saßen am Fenster des kleinen Cafés hinter der Kirche; das Café war auf die Felsen gebaut, die steil zum Wasser abfielen. Die späte Augustsonne tauchte alles in ein grelles Gleißen. Nach vier Jahren machte die Schönheit des Städtchens Mary immer noch fassungslos. Aber sie war in Sorge; ihre älteste Tochter Tammy hatte in einer Mail erwähnt, dass es um Angelinas Ehe schlecht stand, und Mary hatte gedacht, sie würde Angelina darauf ansprechen, sobald sie miteinander allein wären, aber irgendwie ging es nicht. Sie musste warten, bis Angelina das Thema selbst anschnitt. Mary zeigte auf ein großes Kreuzfahrtschiff auf dem Weg nach Genua, und Angelina nickte. Das Fenster, an dem sie saßen, war offen, und die Tür war auch offen. Mary aß ihr Aprikosen-Cornetto auf, und dann legte sie Angelina die Hand auf den Arm und begann leise zu singen: »You Were Always on My Mind«, aber Angelina verzog unwillig das Gesicht und sagte: »Hast du immer noch deinen Elvis-Fimmel?«

»Und ob.« Mary straffte die Schultern und faltete die Hände im Schoß. »Paolo hat mir seine sämtlichen Songs auf mein Handy runtergeladen.«

Angelina öffnete den Mund, schloss ihn.

Aus den Augenwinkeln sah Mary es auch jetzt wieder: Ihre Jüngste war nicht mehr jung. Angelinas Gesicht hatte Fältchen um Augen und Mund bekommen, die Mary an ihr nicht kannte. Ihr Haar, immer noch hellbraun und immer noch schulterlang, war dünner, als Mary es in Erinnerung hatte. Und diese enge Jeans, die sie trug! Die war Mary sofort aufgefallen. »Schau doch, Herzchen«, sagte Mary mit einer Geste in Richtung Meer. »Ich finde es einfach so herrlich, wie sich in Italien alles im Freien abspielt. Diese offene Tür, das offene Fenster.«

»Mir ist kalt«, sagte Angelina.

»Dann nimm den hier.« Mary gab ihr den Schal, den sie immer umhatte. »Du musst ihn auffalten«, sagte sie, »dann kannst du dir deine dünnen kleinen Spatzenschultern so richtig damit einmummeln.«

Ihre jüngste Tochter gehorchte.

»Erzähl mir was aus deinem Leben«, sagte Mary. »Die kleinste Kleinigkeit, wenn du magst.«

Angelina suchte in ihrer blauen Strohtasche und kramte das Handy heraus, das sie zwischen ihnen auf den Tisch legte. »Hm, die Zwillinge und ich waren auf diesem Handwerksbasar, und du glaubst es nicht, was wir da gefunden haben. Warte, ich müsste ein Foto davon haben.« Mary rückte ihren Stuhl näher heran und spähte auf das Display, und richtig, da war der bildhübsche rosa Pullover, den eine von den Zwillingen Tammy zum Geburtstag gekauft hatte.

»Erzähl mir noch mehr«, sagte Mary. Ihre Sehnsucht erschien ihr plötzlich so groß wie der Himmel. Zeig mir alles, zeig mir alles, bettelte ihr Herz. »Zeig mir *alle* deine Bilder«, sagte sie.

»Ich habe sechshundertzweiunddreißig«, meldete Angelina, nachdem sie eine Weile in ihr Handy geblinzelt hatte.

»Zeig mir jedes einzelne!« Mary strahlte ihr Herzenskind an.

»Aber nicht wieder weinen«, warnte Angelina.

»Versprochen.«

»Eine einzige Träne, und wir hören auf.«

»Ist ja gut«, sagte Mary und dachte bei sich: Wer hat diesem Mädchen bloß seine Manieren beigebracht?

Als sie zu dem Mietshaus zurückgingen, verschwand die Sonne hinter einer Wolke, und das veränderte das Licht dramatisch. Der Tag bekam plötzlich etwas Herbstliches, was die Palmen und die bunten Häuser fehl am Platz wirken ließ, selbst für Mary, die den Anblick doch eigentlich hätte gewöhnt sein müssen. Aber Mary war durcheinander von allem, was sie im Handy ihrer Tochter gesehen hatte, diesem ganzen Leben, das in Illinois ohne sie seinen Gang ging. Sie sagte: »Gerade neulich musste ich an die drei Nicely-Prinzesschen denken. Der Club, ich glaube, es war, weil ich an den Club und die Tanzabende dort gedacht habe.«

»Die Nicely-Prinzesschen waren Flittchen«, sagte Angelina über die Schulter.

»Red keinen Unsinn, Angelina. Wie kommst du auf so was?«

»Mom.« Angelina blieb stehen und drehte sich zu ihrer Mutter um. »Sie waren Flittchen. Zumindest die beiden älteren. Sie sind mit allem ins Bett gegangen, was nicht bei drei auf den Bäumen war.«

Jetzt blieb auch Mary stehen. Sie nahm die Sonnenbrille ab und sah ihre Tochter an. »Ist das dein Ernst?«

»Mom, ich dachte, das weißt du.«

»Wie um alles in der Welt sollte ich das wissen?«

»Mom, jeder wusste das. Außerdem hab ich es dir damals erzählt. Himmelherrgott.« Und nach einem Moment fügte

Angelina hinzu: »Nur Patty nicht. Jedenfalls glaub ich's bei ihr nicht.«

»Patty?«

»Die Jüngste von den Nicelys. Mit ihr bin ich inzwischen befreundet.« Angelina schob sich die Sonnenbrille den Nasenrücken hinauf.

»Ach, das ist schön«, sagte Mary. »Das freut mich. Seit wann denn?«

»Seit vier Jahren. Sie ist eine Kollegin von mir.«

Vier Jahre, dachte Mary. Vier Jahre habe ich mein Engelchen nicht mehr gesehen. Sie sah zu ihrer Tochter hinüber, und wieder fiel ihr auf, wie die Jeans über ihrem mageren kleinen Po spannte. Sie war eine Frau mittleren Alters, ihre Angelina. Konnte es sein, dass sie eine Affäre hatte? Mary schüttelte langsam den Kopf. »Ich hab eher daran gedacht, wie sie als kleine Mädchen waren. Die drei Nicely-Prinzesschen. Dein Vater und ich waren bei der einen zur Hochzeit eingeladen. Zu diesem Empfang im Club.«

Angelina war schon weitergegangen. »Fehlt er dir manchmal?« Auch jetzt sprach sie wieder über die Schulter. »Der Club?«

»Ach, Herzchen.« Mary fühlte sich ein wenig kurzatmig. »Nein, ich kann nicht sagen, dass mir der Club fehlt. Das war nie meine Welt, weißt du.«

»Aber ihr wart doch ständig da.« Ein kleiner Windstoß griff in Angelinas Haare, so dass sie über ihre Schulter hochgeblasen wurden und die Spitzen steil nach oben zeigten.

»Schon.« Mary musste hinter ihrer Tochter hereilen, bis Angelina sich doch umdrehte und wartete. »Diese eine Wand, die sie da hatten, diese Vitrinenwand mit den ganzen indianischen Pfeilspitzen, ich weiß nicht«, sagte Mary.

»Das wusste ich nicht, dass du den Club nicht mochtest«, sagte ihre Tochter. »Mein Hochzeitsempfang war schließlich auch dort.«

»Ich hab nur gesagt, dass es nicht meine Welt war, Herzchen, und das war es auch nicht. Ich bin nicht so aufgewachsen, und so recht hab ich mich nie dran gewöhnt, diese ganzen oberflächlichen Frauen, und immer musste es was Neues zum Anziehen sein.« Oh-oh, dachte Mary. Nicht klug.

»Aber du erinnerst dich doch an Mrs Nicely, Mom, oder? Was mit ihr passiert ist, meine ich?« Angelina, ihre Augen unsichtbar hinter der Sonnenbrille, sah ihre Mutter an.

»Nein. Was ist denn mit ihr passiert?«, fragte Mary; eine Beklommenheit kroch heran und schnürte sich ihr um die Brust.

»Nichts. Komm, gehen wir.«

»Warte kurz«, sagte Mary. Sie trat in ein winziges Lädchen, Angelina quetschte sich hinter ihr hinein. Der Mann hinterm Ladentisch sagte: »Ah, buongiorno, buongiorno.« Mary antwortete auf Italienisch und zeigte auf Angelina. Der Mann legte eine Schachtel Zigaretten auf den schmalen Ladentisch. »Si, grazie«, sagte Mary und dann noch etwas, was Angelina nicht verstand, und der Mann öffnete den Mund zu einem breiten Lächeln, das fleckige, lückenhafte Zähne offenbarte. Er erwiderte etwas Schnelles. Ihre Mutter drehte sich um, wodurch Angelina einen kleinen Rempler mit der dicken gelben Ledertasche abbekam. »Herzchen, er sagt, was für eine schöne Frau du bist. Bellissima!« Ihre Mutter wechselte noch einmal ein paar Sätze mit dem Mann, und dann verließen sie das Lädchen. »Er sagt, du siehst mir ähnlich. Ach, das hab ich eine Ewigkeit nicht mehr gehört. Früher sagten die Leute das ständig – sie sieht aus wie ihre Mutter.«

»Mom, rauchst du immer noch?«

»Meine eine Zigarette täglich, ja.«

»Das war für mich immer das Schönste, wenn jemand sagte, ich sehe dir ähnlich«, sagte Angelina. »Bist du sicher, dass eine Zigarette am Tag dir nicht schadet?«

»Noch bin ich nicht tot.« Mary wollte schon hinzufügen: sosehr mich das selbst wundert. Aber sie würde sich hüten, Angelina gegenüber von ihrem Tod anzufangen.

Angelina hakte sich bei ihrer Mutter unter, und ihre Mutter zog sie vor einer vorbeifegenden Radlerin weg. »Mom«, sagte Angelina und drehte sich nach der Frau um, »die Frau da ist so alt wie du, und sie hat Stöckelschuhe an und eine Zigarette im Mund und ihre Perlenkette über der Schulter hängen, und sie radelt in einem Affenzahn mit einem Haufen Zeug hinten in ihrem Korb.«

»Ja, ist das nicht irr? Ich bin aus dem Staunen gar nicht mehr rausgekommen in meiner ersten Zeit hier. Dann irgendwann habe ich es begriffen – diese Frauen sind einfach das hiesige Pendant zu den Leuten, die bei uns in ihren Autos beim Walmart vorfahren. Nur dass sie mit dem Rad kommen.«

Angelina gähnte ausgiebig. Als sie fertig war, sagte sie: »Du fandest schon immer alles zum Staunen, Mom.«

Wieder in der Wohnung, legte Mary sich auf ihr Bett, das war ihre Mittagsruhe, und Angelina sagte, sie wolle ihren Kindern mailen. Durchs Fenster konnte Mary das Meer sehen. »Bring deinen Computer zu mir rein«, rief sie durch die Tür, aber Angelina rief zurück: »Du ruhst dich aus, Mom, ich komm schon klar. Wir skypen später mit ihnen.«

Bitte, dachte Mary. Bitte komm zu mir rein und sei bei mir. Denn die Tatsache, dass ihre jüngste Tochter – ihr Liebling, das einzige ihrer Kinder, das sie die ganzen vier Jahre nicht besucht hatte, das sich geweigert hatte, sie zu besuchen (auch wenn sie letztes Jahr versprochen hatte, zu kommen) –, die Tatsache, dass dieses Kind (diese Frau) jetzt nebenan war, hier in der Wohnung, verlieh Marys Leben einen Anstrich von Natürlichkeit, und doch war ganz und gar nichts Natürliches daran, dass dieses Kind hier bei ihr war. Bitte, dachte Mary. Aber sie war müde, und mit dem Bitte hätte auch Paolo gemeint sein können, dass er es schön hatte mit seinen Kindern, die er in Genua besuchte, oder eine ihrer anderen Töchter, dass sie alle gesund blieben; oh, es gab so vieles, worum Mary bitten konnte …

Kathie Nicely.

Mary stützte sich auf einen Ellbogen auf. Die Frau, die ihre Familie verlassen hatte. Mary sah sie vor sich, zierlich, von gefälligem Äußeren, und es durchsiedete sie heiß. »Natürlich«, sagte sie leise und legte sich wieder hin. Kathie Nicely, so nett sie auch lächelte, hatte wenig Sympathien für Mary gehegt, und erst in dieser Sekunde war Mary klargeworden, dass das an Marys bescheidenen Anfängen lag. »Bescheidene Anfänge«, so hatte Marys Schwiegermutter es genannt. Es stimmte. Sie hatten jeden Cent umdrehen müssen. Aber Mary war ein niedliches kleines Ding gewesen, Cheerleader, als sie dem jungen Mumford aufgefallen war, dessen Vater dieser riesige Landmaschinenbetrieb gehörte. Was hatte sie schon begriffen? Mary auf ihrem Bett seufzte leise. Nichts. Brett vor dem Kopf.

Tja, dachte sie, während sie sich auf die Seite drehte, das eine oder andere durchschaute sie inzwischen immerhin, zum Beispiel, dass Kathie Nicely sie nie als ihresgleichen betrachtet hatte. Mary machte eine wegwerfende Handbewegung. Aber sie waren bei der Hochzeit einer der Töchter gewesen. Der Ältesten? Wahrscheinlich. Vor hundert Jahren.

Aber halt, halt, halt.

Jetzt kam es Mary wieder. Kathie Nicely war schon daheim ausgezogen gewesen, und die Hochzeitsgäste tuschelten, sie habe eine Affäre gehabt. Und irgendwie – aber wie konnte das sein? – war es dieses Getuschel gewesen, das Mary darauf brachte, dass ihr eigener Mann eine Affäre hatte – mit dieser grässlichen fetten Aileen, seiner Sekretärin. Es hatte ein paar Tage gedauert, bis sie ihm das Geständnis abgerungen hatte, dann kam ihr Herzinfarkt … kein Wunder, dass sie sich nicht gleich an Kathie Nicely erinnert hatte, wenn damals rings um sie ihre eigene Welt in Trümmer zerfallen war.

Sie langte quer übers Bett, zog ihre gelbe Ledertasche zu sich her, tastete nach dem Handy und stöpselte die Ohrhörer ein; Elvis sang »I've Lost You«. Elvis Presley, nur zwei Jahre älter als Mary und aus demselben kleinen Nest in Mississippi wie sie, war immer ihr heimlicher Freund gewesen, obwohl sie ihn kein einziges Mal gesehen hatte, denn sie war schon als Kleinkind mit ihrer Familie fortgezogen ins ländliche Illinois, in eine Stadt namens Carlisle, wo ihr Vater bei einem Cousin arbeiten konnte, der dort eine Tankstelle besaß. Einmal war Elvis nur zwei Autostunden entfernt aufgetreten, aber die Kinder waren noch zu klein, sie hatte nicht hinfahren können. Oh, Mary hatte in Gedanken mehr Zeit mit Elvis verbracht, als irgendein Mensch sich vorstellen konnte, und auf diese Weise war in ihrer Phantasie – die ihr allein gehörte und für keinen einsehbar war – schon früh in ihrer Ehe eine eigene kleine Welt entstanden. In dieser Welt war sie mit Elvis hinter der Bühne gewesen, sie hatte in seine einsamen Augen geblickt, und er hatte sich von ihr verstanden gefühlt. In dieser Welt hatte sie ihn getröstet, als dieser dumme Komiker ihn im landesweiten Fernsehen als »fett und vierzig« verspottete; sie waren zusammengesessen, und er hatte ihr von seiner Heimatstadt und seiner Mama erzählt. Als er starb, hatte sie tagelang vor sich hin geweint.

Aber Paolo – sie hatte Paolo von ihrem Phantasieleben mit Elvis erzählt, und Paolo hatte sie angeschaut, mit einem Auge blinzelnd, und dann die Arme ausgebreitet und sie an sich gezogen. Die Freiheit. Mein Gott, diese Freiheit des Geliebtwerdens …!

Sie wurde wach, und in der Tür stand ihre Tochter. Mary klopfte auf die Matratze. »Komm her, Herzchen. Das ist nicht seine Seite. Ich liege auf seiner Seite.«

Angelina stellte ihren schimmernden kleinen Computer auf der Kommode ab und kam zu ihrer Mutter und legte sich neben sie. Mary sagte: »Schau dir das Meer an. Es reicht bis nach Spanien.« Angelina schloss die Augen. Mary setzte sich halb auf. »Wie geht's eurem Vater gehirnmäßig?« Sie rülpste leise und schmeckte wieder die Aprikosenfüllung ihres Hörnchens.

»Noch keine Anzeichen von Demenz«, sagte Angelina, »obwohl ich Ausschau danach halte.«

»Das ist gut.« Mary holte aus ihrer großen gelben Tasche ein Kleenex hervor und hielt es sich an die Lippen. »Ich hatte aber eigentlich den Krebs gemeint.«

Angelina öffnete die Augen wieder und setzte sich ebenfalls auf. »Der Krebs ist nicht wieder aufgetreten. Denkst du, so was hätten wir dir verschwiegen?«

»Keine Ahnung«, sagte Mary wahrheitsgemäß.

»So gemein sind wir doch nicht, Mom. Wir würden es dir sagen, wenn etwas mit Dad wäre. Also hör mal, Mom.«

»Süße, natürlich seid ihr nicht gemein. Kein Mensch hat gesagt, dass ihr gemein wärt. Ich hab nur gefragt.« Wie dumm ich bin, dachte Mary, arme Angelina, und die Klarheit dieses

Gedankens machte sie gleich wieder weinerlich. Sie setzte sich aufrecht hin. »Reden wir nicht mehr von solchen Sachen.« Und sie zog eine Plastiktüte voll benutzter Papiertaschentücher aus ihrer gelben Tasche und warf sie in den Papierkorb unterm Nachttisch.

Angelina lachte. »Du bist so komisch. Mit deiner ewigen Kleenexsammlung.«

Und das – ihr Lieblingskind lachen zu hören – brachte auch Mary zum Lachen. »Wie ich dir gesagt habe – wenn du fünf Töchter hast, die alle mit Schnupfen daheimsitzen, dann läufst du irgendwann ganz automatisch rum und liest Taschentücher auf ...«

»Ich weiß, Mom. Ich weiß.« Angelina lehnte den Kopf an den Arm ihrer Mutter, und ihre Mutter strich ihr mit der freien Hand leicht übers Gesicht.

Wer trennt sich nach einundfünfzig Jahren Ehe? Ganz gewiss nicht Mary Mumford! Sie schüttelte den Kopf. »Was ist, Mom?«, fragte Angelina. Mary schüttelte wieder den Kopf. Sie lagen noch immer auf dem Bett. Wer trennt sich nach einundfünfzig Jahren Ehe?

Mary trennte sich. Sie wartete, bis alle fünf Töchter aus dem Haus waren, sie wartete, bis der Herzinfarkt überstanden war, den sie erlitt, als sie von der Affäre erfuhr, die ihr Mann dreizehn Jahre lang mit seiner Sekretärin gehabt hatte – dreizehn Jahre mit einem derartigen *Koloss* von einem Weib –, dann wartete sie, bis der Schlaganfall überstanden war, den sie bekam, als ihr Mann die Briefe von Paolo fand – fast zehn Jahre war das jetzt her –, oh, wie er gebrüllt hatte, puterrot im Gesicht, diese furchtbare Ader an seiner Schläfe dem Platzen nahe, aber stattdessen war sie in ihr geplatzt, ganz typisch für ihre Ehe, sie nahm seine platzenden Gefäße auf sich, und dann wartete sie, bis er nicht an dem Hirntumor starb, mit dem er auf ihre Trennungspläne reagierte; und so wartete und wartete sie, und der gute Paolo wartete auch – ja, und nun war sie hier.

Was wusste man schon? Nichts wusste man, und jeder, der sich einbildete, irgendetwas zu wissen – tja, der würde sich wundern.

»Du warst immer so lieb.« Angelina streifte im Liegen ihre schwarzen Ballerinas von den Füßen; sie fielen mit zwei weichen Plumpsern zu Boden.

»Wovon redest du, Herzchen?«

»Du warst so lieb zu mir, Mom. Du hast mich ins Bett gebracht, bis ich *achtzehn* war.«

»Ich hatte dich ja auch lieb«, sagte Mary. »Ich *hab* dich lieb.«

»Und das hier ist ganz sicher deine Bettseite?« Angelina setzte sich auf.

»Ganz sicher, Herzchen.«

Angelina seufzte und legte sich wieder neben ihre Mutter. »Entschuldige. Ich bin nett zu ihm, wenn er morgen zurückkommt, ich versprech's dir. Ich weiß, dass er nett ist, Mom. Das ist alles kindisch von mir.«

Mary sagte: »Mir an deiner Stelle ginge es wahrscheinlich genauso«, aber insgeheim bezweifelte sie das. Sie warf einen Blick auf die Uhr an der Wand und sagte: »Komm jetzt. Zeit zum Schwimmengehen.«

Angelina rutschte vom Bett herunter und strich sich die Haare über eine Schulter. »Du bist so braun«, sagte sie zu ihrer Mutter. »Irgendwie komisch, dich so braun zu sehen.«

»Das macht das Meer.« Mary ging ins Bad und zog ihr Schwimmzeug an und darüber ein Kleid. »Gehen wir. Du musst im Wasser nichts tun als dich zurücklehnen. Du bleibst praktisch von selbst oben, ganz im Ernst.«

Die Vier-Uhr-Sonne loderte überhell, sie brachte die pastellfarbenen Häuser hoch oben an den Hängen zum Leuchten, die sattgelben Blüten, die Palmen. Mary stieg in ihren Plastikschuhen über die Felsen hinunter zum Strand. Sie zog sich das Kleid über den Kopf, legte es auf ihr Handtuch, holte ihre Taucherbrille heraus.

»Seit wann trägst du einen *Bikini*, Mom?«

»Einen Zweiteiler, Herzchen. Schau dich um. Siehst du irgendeine Frau in einem Einteiler? Außer dir?« Mary setzte die Taucherbrille auf und stieg ins Wasser, und einen Augenblick später hatte sie sich schon abgestoßen und schnorchelte gemächlich dahin und sah unter sich kleine Fische huschen. Das Schwimmen hier war jeden Tag ihr größtes Glück, selbst jetzt, wo ihre Tochter da war. Ein Platschen ließ sie den Kopf heben. Angelina schwamm neben ihr, die Haare nass. »Mom, du bist so komisch. In deinem gelben Bikini. Und deiner Tauchermaske. O mein Gott, Mom!« Und so schwammen sie und lachten, und die Sonne stach auf sie herab.

Als sie danach auf den sonnengewärmten Felsen saßen, fragte Angelina: »Hast du eigentlich Freunde hier?«

»Ja.« Mary nickte. »Meine Hauptfreundin hier ist Valeria. Habe ich dir gar nicht von ihr geschrieben? Ich mag sie furchtbar gern. Ich habe sie auf dem Platz kennengelernt. Ich hatte sie bei einer alten Dame sitzen sehen – sie, also Valeria, hat ein Gesicht wie ein Engel, Angelina, das engelhafteste Gesicht, das ich je bei einem Menschen gesehen habe. Außer bei dir natürlich. Sie saß mit dieser alten Frau vorn am Wasser, und die Beine der alten Frau waren pechschwarz von mindestens hundert Jahren an der Sonne, ich musste die ganze Zeit hinstarren, die Adern wirkten regelrecht lila in diesen dunklen, *dunklen* Schläuchen, wie Würste schon fast, und ich dachte, was für ein Wunder das Leben doch ist, dass selbst durch solche alten Beine noch Blut fließt. Das dachte ich, und dann sah ich von ihr zu der Frau, die mit ihr redete. Sie ist winzig, Valeria, meine ich, sie saß der alten Dame richtiggehend auf dem Schoß, und dazu dieses unglaublich liebliche Gesicht, ich …« Mary schüttelte den Kopf. »Und zwei Tage später, draußen vor der Kirche, sprach sie mich dann an. Sie kann ein bisschen Englisch, ich kann ein bisschen Italienisch. Ja, ich habe eine Freundin. Wir könnten sie treffen; sie möchte dich schrecklich gern kennenlernen.«

»Mal sehen«, sagte Angelina. »Vielleicht in ein paar Tagen. Ich muss schauen.«

»Wann immer du willst.«

Vier Schiffe zogen draußen vorbei, eines ein Kreuzfahrtschiff auf dem Weg nach Genua, die anderen Tanker.

»Ist er lieb zu dir, Mom?«

Mary nickte. »Sehr.«

»Na gut. Das ist gut.« Und nach einer kurzen Pause fügte Angelina hinzu: »Und seine Söhne? Und ihre Frauen? Sind die auch nett zu dir?«

»Absolut.« Mary winkte ab. »Schau, was Paolo für mich gemacht hat, Herzchen. Er hat mir sämtliche Elvis-Songs auf mein Handy geladen.« Mary griff nach ihrem Telefon, sah es an, schob es wieder zurück in ihre große gelbe Tasche.

»Das hast du schon gesagt«, antwortete Angelina. Und dann, weniger unwirsch: »Für Gelb hattest du schon immer ein Faible.« Sie tippte auf Marys Tasche. »Und dieses Teil ist ja *dermaßen* gelb.«

»Doch, Gelb liebe ich.«

»Und dann dein gelber Bikini. Du bist echt zum Brüllen, Mom.«

Weit draußen am Horizont erschien das nächste Schiff. Mary zeigte darauf, und Angelina nickte langsam.

Sie ließ Angelina das Badewasser ein wie früher und ertappte sich bei dem Gedanken, ob sie ihr wohl erlauben würde, dazubleiben und mit ihr zu schwatzen, wie als kleines Mädchen so oft. Aber Angelina sagte: »Okay, Mom. Ich brauch nicht lang.«

Auf dem Bett liegend – sie lag jetzt tagsüber häufig auf ihrem Bett –, sah Mary zu der hohen Decke empor und dachte, dass ihre Tochter eins nicht verstand, nämlich, was es hieß, am *Verdursten* zu sein. Fast fünfzig Jahre kompletter *Dürre*. Bei der Überraschungsparty zum einundvierzigsten Geburtstag ihres Mannes – Mary war so stolz auf die Idee gewesen, bis zum Einundvierzigsten zu warten, damit es eine echte Überraschung für ihn wäre, und das war es auch – war ihr irgendwann aufgefallen, dass er sie nicht zum Tanzen aufforderte, nicht ein einziges Mal. Später wurde ihr dann klar, dass er sie einfach nicht liebte. Und bei der Feier zur Goldenen Hochzeit, die die Mädchen für sie ausrichteten, tanzte er auch nicht mit ihr.

Im selben Jahr hatten ihre Töchter ihr zum Geburtstag, ihrem neunundsechzigsten, eine Gruppenreise nach Italien geschenkt. Und als die Gruppe das kleine Städtchen Bogliasco besuchte, verirrte Mary sich im Regen, und Paolo fand sie, und er sprach Englisch, und irgendwie spielte sein Alter keine Rolle dabei. Sie verliebte sich in ihn. Punkt, aus. Er war zwanzig Jahre verheiratet gewesen, es kam ihm wie fünfzig vor, und nun war er allein – alle beide waren sie dem Verdursten nahe.

Aber dieser Tage dachte sie öfter an ihren Mann, ihren Exmann. Sie machte sich Sorgen um ihn. Man konnte nicht fünfzig Jahre mit einem Menschen zusammenleben, ohne sich um ihn zu sorgen. Und ihn zu vermissen. Zeitweise fehlte er ihr so sehr, dass sie sich wie verstümmelt fühlte. Angelina hatte ihre eigene Ehe bisher mit keinem Wort erwähnt, und Mary wartete voll echter Angst auf den Moment. Angelinas Mann war ein guter Mann, aber was wusste man schon? Was wusste man.

Angelina legte den Kopf zurück und rieb sich Shampoo in die Haare. Vorhin, beim Schwimmen mit ihrer Mutter, war ihr leicht ums Herz gewesen. Aber jetzt, wo sie in dieser grässlichen alten Wanne mit ihren Klauenfüßen saß und den absurden kleinen Duschschlauch so zu halten versuchte, dass das Wasser nicht überall hinspritzte, jetzt überkam Angelina das grauenvollste Gefühl überhaupt, das Gefühl, dass dies alles nicht wahr sein konnte. *Nichts* von alldem hier konnte wahr sein, weder, dass ihre Mutter so verändert aussah, noch, dass ihre Mutter nicht mehr zehn Meilen von ihrer Tochter und den Enkelkindern entfernt wohnte, und schon gar nicht, dass ihre Mutter mit einem nichtssagenden Italiener verheiratet sein sollte, der nicht älter war als Tammy. Nein, wollte sie rufen, während sie sich die Haare einschäumte. Nein nein nein! O Gott, sie hatte ihre Mutter so entsetzlich vermisst. Tag um Tag, Woche um Woche hatte es für sie kein anderes Thema gegeben als ihre Mutter, und Jack hatte sich alles angehört, bis er schließlich – so unerwartet – gegangen war, weißt du, was du da machst, Angie, hatte Jack gesagt, du betrügst mich mit deiner Mutter. Und so war sie nun hergekommen, um ihre Mutter zu sehen und ihr von ihrer Ehe zu erzählen: dieser Frau – ihrer Mutter –, mit der sie ihren Mann betrog.

Und dann hatte am Flughafen der freundliche Paolo vor ihr gestanden, und neben ihm diese kleine, braungebrutzelte alte Frau (ihre Mutter!), und Paolo hatte sie beide diese gemeingefährlichen Straßen entlangchauffiert ... Was war denn so *toll* daran, wenn er für ein paar Tage seinen Sohn in Genua besuchte, damit Angelina ihre Mutter für sich haben konnte? Angelina hasste alles hier, dieses blöde malerische Kaff, die hohen Decken in dieser schauderhaften Wohnung, die Arroganz der Italiener. Sie rief sich die Landschaft ihrer Jugend vor Augen, die Weite der Maisfelder rund um ihr Elternhaus in Illinois. Ihr Vater wurde oft laut, zugegeben. Und zugegeben, er hatte dreizehn Jahre diese dämliche Affäre mit dieser dämlichen fetten Frau gehabt. Aber das war in Angelinas Augen schlicht ein Armutszeugnis – schmerzhaft, ja, aber vor allem ein Armutszeugnis. Warum verstand ihre Mutter nicht, was sie durch ihr Weggehen angerichtet hatte? Wie schaffte sie es, das nicht zu kapieren? Es gab nur eine Erklärung: dass ihre Mutter, zusätzlich zu ihrer Durchgeknalltheit, ganz einfach dumm war – ihr fehlte die Phantasie.

Huhuhu! Huhuhu! Das hatte ihr Vater immer gesagt, wenn eine von ihnen weinte, und sein Gesicht dicht an ihres herangereckt. Im Grunde war er ein bösartiger alter Macho (aber er war ihr Vater, und sie liebte ihn), der für Waffengewalt war und für das Recht, jeden zu erschießen, der sich seinem Haus näherte; so war er selbst erzogen worden, und wenn er Söhne gehabt hätte anstatt Töchter, dann wären sie vielleicht geworden wie er. Wer konnte wissen, ob er nicht plötzlich hier in Italien aufkreuzte, in diesem grauenvollen kleinen Nest, und mit dieser Null Paolo abrechnete, der ihnen so unfassbar spät im Leben die Zuneigung ihrer Mutter geraubt hatte. Falls ihr Vater einen Rückfall bekam, einen, der ihn wirklich dem Tod weihte, nicht auszuschließen, dass er dann doch noch den Weg hierher fand, in dieses Kaff, und diese trübe Tasse Paolo stellte und auf offener Straße erst ihn erschoss und dann sich!

Es klang fast italienisch in seinem Pathos.

»Wie kommst du darauf, dass Daddy mir Geld geben sollte, damit ich hierherkommen kann?« Das fragte sie ihre Mutter, als sie auf dem Bett saß und sich die Haare frottierte.

»Er ist dein Vater. Ich stehe zu dem, was ich gesagt habe.« Mary nickte knapp.

»Warum sollte er mir helfen, seine Exfrau zu besuchen, die ihn mit einem Hirntumor sitzenlassen hat?«

In Marys Kopf begann das scharfe elektrische Schwirren, das nur kam, wenn sie sehr, sehr wütend war. Sie setzte sich auf, rückte dicht ans Kopfbrett. »Ich habe ihn nicht mit einem Gehirntumor sitzenlassen. Genau darum ging's doch. Himmelherrgott, begreift ihr Kinder denn gar nichts! Ich bin geblieben und habe ihn gepflegt, bis er über den Berg war, und erst dann war endlich ich an der Reihe.« Sie dachte: Gleich kriege ich den nächsten Schlaganfall, junge Dame, wenn du nicht auf der Stelle mit diesem Unfug aufhörst. Aber Angelina war keine junge Dame, sie hatte zwei Kinder, die fast schon erwachsen waren, und sie war dünnhäutig, weil ihre Ehe in irgendeiner Krise steckte … Trotzdem, Mary hatte eine Stinkwut. Und sie mochte es nicht, wütend zu sein, es war ein Gefühl, mit dem sie nicht umgehen konnte. »Was ist mit dir und Jack?«, fragte sie. »Von ihm hast du noch gar nichts erzählt.«

Angelina sah zu Boden. Nach einer Pause sagte sie: »Wir sind in einer schwierigen Phase. Wir arbeiten dran. Wir haben nie gelernt, richtig zu streiten.« Ungnädig schaute sie zu ihrer Mutter hinüber, dann wieder zu Boden. »Du und Daddy habt nie gestritten. Beziehungsweise, Daddy hat rumgebrüllt, und du hast ihn gelassen. Nicht gerade, was ich als konstruktives Streiten bezeichnen würde.«

Mary wartete. Ihre Wut verflog nicht; sie machte ihr Denken glasklar. Sie fühlte sich wach im Kopf, stark. »Konstruktives Streiten«, wiederholte sie. »Dein Vater und ich haben nicht konstruktiv gestritten. Interessant. Sprich weiter.«

»Ich mag nicht drüber reden.« Angelina hielt den Blick noch immer gesenkt wie ein schmollendes Kind, sie hätte eine verstockte Zwölfjährige sein können, aber verstockt war Angelina nie gewesen.

»Angelina.« Mary merkte, dass ihre Stimme bebte vor Zorn. »Jetzt hör mal zu. Ich habe dich vier Jahre lang nicht gesehen. Die anderen Mädchen sind mich alle besuchen gekommen, nur du nicht. Tammy war sogar zweimal da. Gut, du bist wütend auf mich, da mache ich dir keinen Vorwurf.« Mary rutschte zur Bettkante vor, bis sie den Boden unter den Füßen spürte. »Doch. Ich mache dir schon einen Vorwurf.«

Erschreckt sah Angelina zu ihrer Mutter hoch.

»Ich mache dir einen Vorwurf, weil du erwachsen bist. Ich habe dich nicht verlassen, als du ein Kind warst. Ich habe getan, was ich nur konnte, und dann – habe ich mich verliebt. Also sei von mir aus wütend auf mich, aber ich wünschte, ich wünschte …« Und schlagartig war Marys Wut verflogen, und zurück blieb nur ein schlechtes Gefühl. Sie fühlte sich absolut elend, weil Angelina so gequält dasaß. »Sag was, Herzchen«, bat Mary. »Sag irgendetwas.«

Angelina sagte nichts. Mary machte sich nicht klar, dass ihre Tochter schlicht nicht wusste, was sie sagen sollte. Also schwiegen sie über Minuten, Angelina zu Boden starrend, Mary auf ihr Kind. Schließlich brach Mary das Schweigen. Mit verhaltener Stimme sagte sie: »Habe ich dir eigentlich je erzählt, dass ich dich erkannt habe, als der Arzt dich mir in den Arm gelegt hat?«

Nun sah Angelina sie doch an. Sie schüttelte ganz schwach den Kopf.

»Bei den anderen hatte ich das nicht. Ich meine, natürlich habe ich sie auf Anhieb geliebt. Aber bei dir war es noch etwas anderes. Als der Arzt sagte: ›Nehmen Sie Ihre Tochter, Mary‹, da habe ich dich genommen, und ich habe dich angeschaut, und es war ganz eigenartig, Angelina, aber ich dachte: Ach, *du* bist das. Ich war nicht mal überrascht. Ich habe dich erkannt, und es kam mir wie das Normalste von der Welt vor, Herzchen. Frag mich nicht, warum ich dich erkannt habe, aber so war's.«

Angelina ging ums Bett herum und setzte sich neben ihre Mutter. »Wie meinst du das genau?«, fragte sie.

»Ich hab dich eben angeschaut, und ich dachte – und zwar wortwörtlich, Herzchen –, ach, du bist das, natürlich bist du's. Das habe ich gedacht. Ich kannte dich einfach, aber es war mehr ein Wiedererkennen.« Mary berührte Angelinas Haar, das noch feucht war und nach Shampoo roch. »Und schon als ich schwanger mit dir war, wusste ich, ich trage einen …«

»… kleinen Engel unterm Herzen.« Angelina vollendete den Satz gemeinsam mit ihrer Mutter. Eine Weile schwiegen sie, auf der Bettkante sitzend, Angelinas Hand in der von Mary. Dann sagte Mary: »Weißt du noch, diese Bücher, die du so geliebt hast, über das Mädchen, das in der Prärie wohnte? Die dann später auch als Fernsehserie kamen?«

»Natürlich weiß ich das noch.« Angelina drehte sich zu ihr hin. »Aber am deutlichsten erinnere ich mich, wie du mich immer ins Bett gebracht hast. Jeden Abend. Ich wollte dich nie weglassen. Noch nicht!, hab ich jedes Mal gesagt.«

»Und manchmal war ich so müde, dass ich mich einfach zu dir gelegt habe, und wenn mein Kopf tiefer als deiner war, bist du richtig böse geworden. Erinnerst du dich daran auch noch?«

Angelina nickte. »Weil das immer so war, als ob plötzlich du das Kind wärst. Und du musstest doch die Erwachsene sein.«

Mary sagte: »Ich verstehe.« Wieder schwiegen sie. Und dann sagte Mary zögernd, die Finger ums Handgelenk ihrer Tochter geschlossen: »Verrate deinen Schwestern nicht, dass ich dich gleich bei der Geburt erkannt habe und sie nicht … Normalerweise mag ich keine Geheimnisse. Aber *du* solltest es wissen.«

Angelina streckte den Rücken durch. »Das muss aber doch bedeuten, dass …«

»Was es bedeutet, wissen wir nicht«, sagte ihre Mutter. »Wir wissen von nichts, von nichts auf der ganzen Welt, was es zu bedeuten hat. Aber ich weiß, was ich gewusst habe, als ich dich zum ersten Mal sah. Und ich weiß, wie viel Freude du mir immer gemacht hast. Ich weiß, dass du mein lieber kleiner Engel bist.« (Sie sagte nicht – und dachte es auch nur ganz flüchtig: Und du hast immer so viel Raum in meinem Herzen eingenommen, dass es manchmal fast eine Bürde war.)

Während sie in der Küche die Töpfe herausholten und Wasser kochten und die Soße aufwärmten, wusste Mary kaum mehr aus noch ein vor Glück. Alles in ihr vibrierte davon – sie hätte es essen können wie Brot! Mit ihrer Jüngsten in der Küche zu stehen, mit ihr über ganz normale Dinge zu schwatzen, die Kinder, Angelinas Arbeit als Lehrerin – nichts hätte schöner sein können. Sie knipste die Lampen in der Essecke an, und sie aßen ihre Pasta und unterhielten sich über Angelinas Schwestern. Ein Glas Wein reichte aus, und Mary sagte: »Aber was du da vorhin von den Nicely-Mädchen erzählt hast. Du liebes bisschen!«

»Ah.« Angelina wischte sich mit der Serviette den Mund. »Willst du den neuesten Klatsch hören?«

»Immer«, sagte Mary.

»Erinnerst du dich an Charlie Macauley? Komm schon, du musst dich an ihn erinnern.«

»Doch. So ein Großer, ein netter Mann. Dann musste er nach Vietnam. Gott, was für eine traurige Sache.«

»Genau der ist das. Jedenfalls hat sich herausgestellt, dass er was mit einer Prostituierten in Peoria hatte, während seine Frau dachte, er wäre bei irgend so einer Selbsthilfegruppe für Veteranen. Nein, warte … Und dieser Prostituierten hat er anscheinend zehntausend Dollar gegeben, und seine Frau ist dahintergekommen und hat ihn rausgeschmissen.«

»Angelina.«

»Doch, wirklich. Hochkant rausgeschmissen. Und rate, mit wem er jetzt zusammen ist? Komm, Mom, versuch's wenigstens!«

»Engelchen, das kann ich nicht raten.«

»Patty Nicely!«

»Nein!«

»Doch. Gut, so direkt hat Patty es noch nicht zugegeben, aber sie hat abgenommen, hatte ich dir erzählt, dass sie ziemlich rund geworden ist, die Kids in der Schule nennen sie Fatty Patty? Und sie kümmert sich auf jeden Fall *sehr* um Charlie, sie sieht super aus, und Freunde waren sie sowieso schon, so halb jedenfalls. Da hast du's.« Angelina nickte ihrer Mutter vielsagend zu. »Man kann wirklich nie wissen.«

»Ach, wie schön«, sagte Mary. »Das ist Klatsch, wie man

ihn gern hört, Engelchen. Und sie sagen Fatty Patty zu ihr, die
Schüler? Ihr ins Gesicht?«

»Nein. Ich glaube nicht, dass sie das mitkriegt. Außer einmal.« Angelina seufzte und schob den Teller weg. »Sie ist ein
echt lieber Mensch.«

Als sie mit dem Essen fertig waren, wechselte Mary aufs Sofa
hinüber. Sie klopfte auf das Polster neben sich, und Angelina
kam zu ihr, das Weinglas in der Hand. »Hör mir zu«, sagte
Mary. »Hör zu, ich muss dir etwas sagen.«

Angelina beugte sich vor und schaute hinab auf die Füße
ihrer Mutter. Ihre Fesseln waren nicht mehr so schmal wie früher, so richtig bemerkte Angelina das jetzt erst.

»Du warst dreizehn. Ich habe dich in der Bücherei abge-
holt. Und ich habe dich angeschrien.« In Marys Stimme hatte
sich ein Zittern eingeschlichen, und Angelina sah sie an und
begann: »Mommy …« Aber ihre Mutter schüttelte den Kopf
und sagte: »Nein, Herzchen, lass mich erst ausreden. Ich habe
dich angeschrien, ich meine, richtig angeschrien, keine Ahnung mehr, weswegen, aber ich habe dich angeschrien, und
du hast dich gefürchtet, und ich habe deshalb geschrien, weil
ich gerade das von deinem Vater und Aileen erfahren hatte,
aber das habe ich dir nicht gesagt – oder erst ungefähr eine
Million Jahre später, aber ich hab dir Angst gemacht, darum
geht es mir, Herzchen, ich hab dich angeschrien und dir Angst
gemacht.« Mary sah an Angelina vorbei zum Fenster, und in
ihrem Gesicht zuckte es. »Und es tut mir so unendlich leid«,
sagte sie.

Nach einiger Zeit fragte Angelina: »War's das schon?«

Mary wandte sich ihr wieder zu. »Äh, ja, Herzchen. Und es
hat mich jahrelang gequält.«

»Ich erinner mich gar nicht. Das ist doch längst vergeben und vergessen.« Aber bei sich dachte Angelina, dass sie sich doch erinnerte, und in ihr schrie es: Mom, er war ein dummes Schwein, aber ist das denn so tragisch, Mom, bitte, Mom – *Bitte geh nicht weg, Mommy!* Nach etlichen Sekunden sagte sie: »Mom, das ist so lange her, diese Geschichte mit Aileen. Hast du Daddy deswegen verlassen? Denn eilig hattest du's mit dem Weggehen ja nicht grade.« Sie hörte selbst die Kälte in ihrer Stimme. Es war, als rächte sich der Wein nun; mit einem Mal verhärtete sich in ihr alles gegen ihre Mutter.

Mary sagte nachdenklich: »Ich weiß nicht, Herzchen, aber ich glaube nicht, dass das der Grund war.«

»Wir haben kein einziges Mal darüber geredet«, sagte Angelina.

Ihre Mutter schwieg, und als Angelina zu ihr hinsah, versetzte ihr die Traurigkeit in Marys Gesicht einen Stich. Aber ihre Mutter sagte: »Dann rede, Herzchen. Jetzt, wo du endlich hier bist. Sag mir, was du empfindest. Ich hab das ja vorhin schon gesagt, ich habe mich in Paolo verliebt. Dein Vater und ich haben in vieler Hinsicht nicht zueinander gepasst, und dann – hab ich mich verliebt. So, jetzt bist du dran.«

Angelina sagte: »Er ist ein kleiner Bankangestellter, Mom. Und diese Wohnung ist …« Sie sah sich um. Fast hätte sie wieder »armselig« gesagt, aber das war es nicht. Es war einfach nicht … es hatte nichts Heimeliges … und es war ein so fremder Ort mit diesen hohen Decken und verschossenen Polstermöbeln.

Ihre Mutter richtete sich kerzengerade auf. »Diese Wohnung ist wunderschön«, sagte sie. »Sogar Meerblick haben wir. Wir hätten uns das nie leisten können, wenn Paolos Frau nicht Geld gehabt hätte.«

»Sie hatte Geld?«

»Sie *hat* Geld, einiges zumindest. Ja. Und er ist wie ich, aus armen Verhältnissen.«

Angelina sagte nichts.

Mary fuhr fort: »Der Punkt ist, ich fühle mich wohl mit ihm. Ich liebe ihn, und ich fühle mich wohl mit ihm. Die Familie deines Vaters war schon immer wohlhabend, das muss ich dir nicht sagen, und dein Vater hat eine sehr erfolgreiche Karriere hinter sich. Ganz ehrlich, Angelina, mir ist Geld schnurzegal. Ich fühle mich sogar besser ohne. Außer dass ich es mit Geld leichter hätte, euch zu sehen.«

»Die Rückkehr zu deinen Wurzeln also.« Angelina hatte es sarkastisch gemeint, aber jetzt klang es in ihren Ohren nur albern.

»Mein Vater hat als Tankwart gearbeitet. Wir hatten nichts. Das weißt du. Paolo hat kein Geld, und er hat auch keine großartigen Pläne, wie er welches verdienen will. Wenn du das mit meinen Wurzeln meinst.«

Angelina starrte auf ihre eigenen Füße, die sie vor sich ausgestreckt hielt; ihre Fesseln waren schlank. »Moment.« Sie sah zu ihrer Mutter hoch. »Das heißt, er hat hier mit seiner Frau gelebt?«

»Genau. Sie hat jemand anderen kennengelernt und ist gegangen, aber sie hat ihm die Wohnung gelassen, und wir sind froh, sie zu haben.«

»Ich versteh überhaupt nichts mehr«, sagte Angelina nach einer Pause.

»Denk dir nichts, ich versteh's auch nicht.«

Mary griff nach ihrer Hand. Und doch sah sie plötzlich in aller Schärfe (wie töricht von ihr, das nicht früher erkannt zu haben): Ihre Tochter würde ihr nie verzeihen, dass sie ihren

Vater verlassen hatte. Nicht zu Marys Lebzeiten. Und Marys Lebzeiten waren nicht mehr sehr lang. Aber die Gewissheit war furchtbar – und dennoch erklang in ihrem Kopf wieder das Sirren, die Wut kehrte zurück …

Bitte.

Angelina sagte: »Mom, ich will nicht, dass du stirbst. So einfach ist das. Du hast mir die Möglichkeit genommen, dich zu pflegen, wenn du alt bist, und ich wollte doch bei dir sein können, wenn die Zeit kommt. Wenn du stirbst, Mom. Das war ganz wichtig für mich.«

Mary sah sie an, diese Frau mit den Fältchen um den Mund.

»Mom, ich versuche dir klarzumachen …«

»Ich weiß, was du mir klarzumachen versuchst.« Und nun hieß es für Mary vorsichtig sein. Es hieß vorsichtig sein, weil dieses Mädchen, diese Frau, ihre Tochter war. Sie konnte ihr nicht sagen – diesem Kind, an dem sie hing wie an nur irgendetwas auf der Welt –, dass der Tod ihr keine Angst einflößte, dass sie beinahe bereit dafür war, noch nicht ganz, aber doch immer mehr, und es war entsetzlich, sich das einzugestehen – dass das Leben sie aufgerieben hatte, verschlissen, fast war sie schon zum Sterben bereit, und sie würde sterben, vermutlich in nicht allzu ferner Zukunft. Jeder hechelte nach wenigstens ein paar Jahren mehr, Mary hatte das bei so vielen Menschen beobachtet, und sie selbst empfand nichts dergleichen – oder nein, sie empfand es und doch auch wieder nicht. Nein. Sie fühlte sich ausgelaugt, sie fühlte sich *fast* bereit, und das konnte sie ihrem Kind nicht sagen. Und gleichzeitig entsetzte sie der Gedanke. Sie sah es vor sich – wie sie hier lag, in diesem Zimmer, während Paolo hin und her eilte –, und Angst packte sie, weil sie ihre Mädchen nie wiedersehen würde, ihren Mann nie wiedersehen würde, und mit Mann meinte sie den Vater ihrer Kinder, sie alle würde sie nie mehr wiedersehen, und davor fürchtete sie sich. Und (noch so etwas, was sie ihrer Tochter nicht sagen konnte) hätte sie gewusst, was sie ihr antat, ihrem Herzenskind, ihrem Engel, dann wäre sie vielleicht niemals gegangen.

Aber so war das Leben! Es war chaotisch! Angelina, mein Kind, bitte …

»Du hast nicht mal das Geld genommen, das dir nach der Scheidung von Dad zustand. In Illinois hättest du Geld bekommen!«

Mary sagte: »Aber, Kindchen.« Sie stockte, suchte nach den richtigen Worten. Schließlich sagte sie: »Wenn man sich verliebt, ist man auf einmal« – Marys Hand vollführte eine hebende Bewegung – »in einer Art Luftblase. Man denkt nicht rational. Aber warum soll mir etwas von seinem Geld zustehen? Ich hab schließlich keinen Cent davon verdient.«

Angelina dachte: Du bist so was von bescheuert, Mom.

Fast gleichzeitig sagte Mary: »Du findest das wahrscheinlich bescheuert von mir.«

»Na ja«, sagte Angelina, »wenn du das Geld genommen hättest, könnte ich dich zum Beispiel öfter besuchen, dafür hättest du es hernehmen können.«

Mary sagte: »Wenn man es so sieht, sicher …«

»Und was soll das heißen, du hast es nicht verdient? Du hast fünf Kinder großgezogen, Mom.«

Mary schüttelte den Kopf. »Ich hatte immer das Gefühl, ich würde bei deinem Vater und seiner Familie schmarotzen. Mich von ihnen aushalten lassen. Ich hätte einen Beruf gebraucht. Aber wie hätte ich einen Beruf haben können? Ich weiß nicht, wie du und Jack eure Finanzen geregelt habt, aber glaub mir, Angelina, du kannst froh sein, dass du immer gearbeitet hast.

Das macht das Verhältnis zwischen zwei Menschen um vieles ausgewogener.«

Angelina sagte: »Jack will zu mir zurückziehen.«

»Jack ist *ausgezogen*? Davon hatte ich ja keine Ahnung.« Mary rückte ein Stück von ihrer Tochter weg, um sie anschauen zu können.

»Ich mag nicht darüber reden, aber es war teilweise auch meine Schuld«, sagte Angelina. »Aber jetzt kommt er zurück. Wenn ich wieder daheim bin.«

»Er ist *ausgezogen*?«

»Ja. Und ich mag nicht darüber reden.«

Aber jetzt war Mary erst richtig erschrocken: ihre übersprudelnde kleine Angelina, die nie ein Geheimnis vor ihr gehabt hatte, all die Abende an ihrem Bett, all die Bäder, die sie ihr eingelassen hatte – alles weg, weg! »Herzchen«, sagte sie nach einem Augenblick, »das geht mich zwar nichts an, aber war eine andere Frau im Spiel?«

Angelinas Blick war auf einmal stahlhart. »Ja.« Und kurze Zeit später: »Du.«

»Wie, ich?«

»Du warst die andere Frau, Mom. Ich konnte nicht darüber hinwegkommen, dass du fort warst. Ich konnte nicht aufhören, von dir zu reden. Bis Jack schließlich sagte, ich würde ihn mit dir betrügen.«

»Ach, Kindchen. Ach, du meine Güte.«

»Er ist vor über einem Jahr gegangen, und ich wollte dich letzten Sommer schon besuchen, aber er hat immer gesagt, vielleicht kommt er zurück, also bin ich nicht gefahren, aber jetzt kommt er wirklich zurück.«

Angelina ließ es zu, dass ihre Mutter sie an sich zog, und sie legte den Kopf an Marys Brust und weinte. Sie schien gar nicht mehr aufhören zu wollen. Zwischendurch stöhnte sie so erbärmlich, dass es Mary ganz anders wurde. Endlich hob sie den Kopf wieder, wischte sich die Nase und sagte: »Jetzt geht es mir besser.«

Sie blieben auf dem Sofa sitzen, Mary mit dem Arm um die Schultern ihrer Tochter, während sie ihr mit der anderen Hand das Bein streichelte. Nach einer Weile sagte sie: »Weißt du, mein erster Gedanke, als ich dich in dieser Jeans gesehen habe, war, dass du vielleicht eine Affäre hast.«

Angelina fuhr zurück. »Was?«

»Ich wusste nur nicht, dass es eine Affäre mit mir war.«

»Mom, was redest du da?«

Mary sagte: »Na ja, diese Jeans ist ein bisschen eng für eine Frau in deinem Alter, und da dachte ich eben … du weißt schon, vielleicht …«

Angelina mit ihrem tränennassen Gesicht fing zu lachen an. »Mom, ich hab mir diese Hose extra für die Reise hierher gekauft. Ich dachte, in Italien müssten sich Frauen – ja, irgendwie sexy kleiden.«

»Sicher, sexy ist die Hose schon«, sagte Mary. Sie fand sie kein bisschen sexy.

»Gefällt sie dir nicht?« Angelina sah aus, als wollte sie gleich wieder losweinen.

»Doch, Herzchen, doch.«

Woraufhin Angelina – ach, ihre Angelina! – in schallendes Gelächter ausbrach. »Also, ich finde sie grässlich. Ich komme mir wie der letzte Depp vor damit. Aber ich habe sie mir extra gekauft, damit du denkst, ich bin, was weiß ich, eine Frau von Welt.« Und sie fügte hinzu: »Ich in meinem *Einteiler*!« Und sie lachten, bis sie Seitenstechen bekamen, und selbst dann lachten sie noch weiter. Und Mary dachte: Nichts hält ewig, aber vielleicht, vielleicht kann dieser Moment Angelina erhalten bleiben, so lange sie lebt.

Mary sagte, sie wolle hinuntergehen in den kleinen Hof neben der Kirche, um ihre Abendzigarette zu rauchen. In Wahrheit hatte sie, seit sie hier lebte, keine einzige Zigarette mehr geraucht. Dem Mann im Laden hatte sie erzählt, die Zigaretten seien für ihre Tochter.

»Ist gut, Mom«, sagte Angelina, und ihre Mutter holte ihre gelbe Ledertasche. Wenige Minuten später schaute Angelina aus dem Fenster und sah ihre Mutter auf einer Bank sitzen, von der sie einen Blick über die Stadt und auch aufs Meer hatte. Sie saß unter einer Laterne, so dass Angelina erkennen konnte, dass sie ihre Ohrhörer trug und kaum merklich mit dem Kopf wippte, eine Zigarette am Mund. Dann kam eine Frau auf sie zu, und Angelina wurde klar, dass das Valeria sein musste; wie froh ihre Mutter schien, sie zu sehen! Sie stand auf, und sie und diese wirklich winzig kleine Frau küssten sich auf beide Wangen, und Angelina konnte ihre Mutter gestikulieren sehen; einmal zeigte sie ihrer Freundin die Hand mit der Zigarette, und sie lachten beide. Schließlich reckte sich die kleine Person hoch, und sie küssten sich wieder auf die Wangen, und die kleine Frau ging, und Angelinas Mutter kehrte an ihren Platz zurück. Da saß sie auf ihrer Bank, zog noch zweimal lange an ihrer Zigarette und drückte sie dann am Boden aus, aber sie behielt den Stummel in der Hand und verwahrte ihn sorgsam in einem kleinen Plastikbeutel, den sie aus ihrer großen gelben Tasche nahm.

Angelina konnte den Blick nicht von ihr wenden, von ihrer Mutter, die nun ganz still dasaß und über das Wasser hinaussah. Und dann plötzlich stand sie auf und eilte zum Straßenrand vor. Ein alter Mann überquerte die Straße, schwankend, kein Betrunkenheitsschwanken, sondern eher eines, das von Alter und Gebrechlichkeit herrührte. Es verblüffte Angelina, wie rasch ihre Mutter bei ihm war; im Licht der Straßenlaterne sah sie den Mann zu ihrer Mutter emporlächeln, mit einer solchen Unverstelltheit im Ausdruck, einer Wärme und Dankbarkeit, und als ihre Mutter nach seinem Arm fasste, sah sie auch ihr Gesicht kurz im Lampenschein. Vielleicht lag es am Einfallswinkel des Lichts, jedenfalls schien ihr das Gesicht ihrer Mutter, die den alten Mann beim Arm nahm und ihm über die Straße half, einen Moment lang aufzuleuchten, und drüben auf dem Gehsteig redeten sie noch ein paar Sätze, und dann winkte ihre Mutter dem alten Mann zu, und er setzte seinen Schlingerkurs fort. Angelina dachte: Jetzt kommt sie wieder zu mir herauf.

Aber ihre Mutter nahm noch einmal auf der Bank Platz; sie stöpselte die Ohrhörer wieder ein, und ihr Kopf wippte zu der Musik aus ihrem Handy, einem Elvis-Song zweifellos. Sie hatte das Gesicht zum Meer gewendet und schien hinauszuschauen auf die Schiffe mit ihren Lichtern.

Ihre Mutter hatte Angelina all die Bände über das Mädchen in der Prärie vorgelesen, und als die Serie im Fernsehen lief, sahen sie beide, auf der Couch aneinandergekuschelt, sämtliche Folgen. Ihre Mutter hatte Angelina erklärt, dass die Siedler die Indianer getötet und ihnen ihr Land weggenommen hatten. Ihr Vater sagte, sie hätten es nicht anders verdient gehabt; ihre Mutter sagte, sie hätten es nicht verdient, aber so sei es nun mal auf der Welt. Die Menschen wollten immer weiter, hatte ihre Mutter gesagt, das sei die amerikanische Art. Sie zogen nach Westen, nach Süden, sie heirateten nach oben oder nach unten oder ließen sich scheiden, Hauptsache weiter.

Ihre Mutter hatte sie in der Sekunde erkannt, als sie zur Welt gekommen war ...

»Okay, Mommy«, flüsterte Angelina. Sie trat vom Fenster weg und ging ins Schlafzimmer, um ihren Laptop zu holen, aber stattdessen schaute sie nur hin und her und setzte sich dann aufs Bett, dieses Bett, in dem ihre Mutter mit einem Mann namens Paolo schlief.

Achtzehn Jahre lang hatte ihre Mutter sie abends ins Bett gebracht. Noch nicht weggehen!, hatte Angelina jedes Mal gebettelt. Und die Stimme ihres Vaters von der Tür her: Schluss, Lina, jetzt wird geschlafen. Nun blickte Angelina durch das Fenster aufs Meer hinaus; schwarz lag es da, die Lichter der Schiffe leuchteten. Sie hörte ihre Mutter die Stufen heraufkommen. Und sie wusste, Angelina wusste, dass sie etwas Entscheidendes gesehen hatte, als ihre Mutter dem Mann mit dem schwankenden Gang zu Hilfe geeilt war. Ganz kurz – es konnte nur kurz sein, auch das begriff sie, am Ende war und blieb sie das Kind –, aber ganz kurz hatte ein Vorhang sich gehoben; wie eine Erscheinung musste ihre Mutter diesem Mann auf der Straße dort vorgekommen sein, so liebreich, so schnell wieder verschwunden: eine Pionierin auf einer Straße in einem Städtchen an der Küste Italiens.

Schwester

Seine Schwester Lucy würde bei ihrer Taschenbuch-Tournee auch in Chicago lesen, das wusste Pete Barton aus dem Internet. Erst vor ein paar Monaten hatte er einen WLAN-Anschluss ins Haus legen lassen und sich einen kleinen Laptop gekauft, und am meisten Spaß machte es ihm, zu schauen, was es Neues von Lucy gab. Sie imponierte ihm, flößte ihm fast eine Art Ehrfurcht ein: Sie hatte dieses enge Haus hinter sich gelassen, diese Kleinstadt, die Armut, in der sie gelebt hatten – all das hatte sie von sich abgestreift und war nach New York gegangen und war jetzt, für seine Begriffe, berühmt. Wenn er sie auf seinem Computer sah, wie sie vor Sälen voller Leute sprach, dann durchlief ihn ein Prickeln. *Seine* Schwester ...

Siebzehn Jahre hatte er sie nun nicht mehr gesehen; sie war seit dem Tod ihres Vaters nicht mehr nach Amgash gekommen, obwohl sie x-mal in Chicago gewesen war – das hatte sie ihm erzählt. Aber sie rief ihn fast jeden Sonntagabend an, und wenn sie telefonierten, vergaß er ihre Berühmtheit und redete einfach mit ihr, und er hörte auch zu; sie war jetzt schon ein paar Jahre neu verheiratet, und davon erzählte sie ihm, und manchmal erzählte sie auch von ihren Töchtern, aber das hörte er nicht so gern – warum, wusste er nicht. Aber sie schien es zu verstehen und erwähnte sie immer nur kurz.

Bei einem ihrer Sonntagabendanrufe – zwei, drei Wochen nachdem er von dem Auftritt in Chicago erfahren hatte –, sagte sie zu ihm: »Petie, ich komme nach Chicago, und an dem Samstag miete ich einen Wagen und fahre nach Amgash und besuche dich.« Er war verdattert. »Prima!«, sagte er. Und sobald sie aufgelegt hatten, bekam er Angst.

Ihm blieben zwei Wochen.

Während dieser Zeit nahm seine Angst zu, und als sie sich an dem Sonntag danach sprachen und er sagte: »Ich freu mich echt, dass du mich besuchen kommst«, rechnete er fest damit, dass sie eine Ausrede haben, ihm absagen würde. Stattdessen sagte sie: »Oh, und ich mich erst.«

Also machte er sich ans Putzen. Er kaufte Haushaltsreiniger und goss ihn in einen Eimer mit heißem Wasser, bis es schäumte, und dann schrubbte er auf allen vieren den Boden; er hätte nicht gedacht, dass ein Boden so dreckig sein konnte. Er schrubbte die Arbeitsflächen in der Küche, und auch hier erstaunte ihn der Schmutz. Er nahm die Gardinen ab, die vor den Rollos hingen, und wusch sie in der alten Waschmaschine. In seiner Vorstellung waren sie blaugrau, aber sie entpuppten sich als mattweiß. Er wusch sie ein zweites Mal, und ihr Mattweiß wurde noch heller. Er putzte die Fenster, und als er merkte, dass die Schmierschicht innen *und* außen war, ging er hinaus und putzte sie auch von dort. In der Spätsommersonne schien das Glas hinterher immer noch voller Streifen und Schlieren. Er dachte, dass er vielleicht einfach die Rollos unten lassen sollte, was er normalerweise sowieso tat.

Aber als er wieder hineinging – das Haus hatte nur die eine Tür, und durch sie kam man direkt in die kleine Stube mit der Küchenzeile rechts –, sah er das Zimmer mit ihren Augen, und er dachte: Sie fällt tot um, so deprimierend ist das hier drin. Er war ratlos. Er fuhr raus zu Walmart und kaufte einen kleinen Teppich, und das machte einen Riesenunterschied. Aber die Couch war immer noch durchgesessen und ihr gelb geblümter Bezug verschlissen und an manchen Stellen aufgeplatzt. Der Küchentisch hatte einen Linoleumbelag, über dessen Schäbigkeit kein Scheuern hinwegtäuschen konnte. Tischdecke war keine zu finden, und eine zu kaufen überforderte ihn. Er gab auf. Aber am Tag vor Lucys Besuch fuhr er in die Stadt und ging zum Friseur; sonst schnitt er sich die Haare einfach selbst. Erst auf dem Heimweg kam ihm der Gedanke: Hätte er dem Mann ein Trinkgeld geben müssen?

Um drei Uhr nachts schreckte er aus einem Alptraum hoch, an den er sich nicht erinnern konnte. Um vier wurde er das nächste Mal wach und schlief ab da gar nicht mehr. Sie hatte sich für zwei Uhr nachmittags angekündigt. Um eins zog er die Rollos hoch, aber obwohl es wolkig war, wirkten die Scheiben immer noch streifig, also ließ er die Rollos wieder herunter. Dann setzte er sich auf die Couch und wartete.

Um zwanzig nach zwei hörte Pete auf dem Schotter draußen Reifen knirschen. Er linste durchs Rollo und sah eine Frau aus einem weißen Auto aussteigen. Als es an der Tür klopfte, überkam ihn eine solche Beklommenheit, dass ihm die Sicht verschwamm. Irgendwie hatte er – ganz klar wurde ihm das erst nachträglich – eine strahlende Helle erwartet, als träte mit Lucy die Sonne selbst in sein Haus. Aber sie war kleiner, als er sie in Erinnerung hatte, und viel dünner. Und sie trug eine schwarze Jacke, die mehr einer Männerjacke ähnelte, und eine schwarze Jeans und schwarze Stiefel, und ihr Gesicht sah so müde aus. Und alt! Aber ihre Augen leuchteten. »Petie«, sagte sie, und er sagte: »Lucy.«

Sie breitete die Arme aus, und er umarmte sie zaghaft; Umarmungen hatte es in ihrer Familie nie gegeben, es war eine Überwindung für ihn. Ihr Scheitel ging ihm bis knapp unters Kinn. Er machte einen Schritt nach hinten und strich sich mit der Hand über den Kopf. »Ich war beim Friseur«, sagte er.

»Sieht gut aus«, sagte Lucy.

Und da wünschte er fast, sie wäre nicht gekommen; es war ihm schon jetzt zu anstrengend.

»Ich hab die Straße nicht gefunden«, sagte Lucy, und sie sah ehrlich überrascht aus dabei. »Ich meine, ich muss mindestens fünfmal dran vorbeigefahren sein, ich dachte, wo *ist* sie denn bloß? Bis dann endlich der Groschen fiel – so was Bescheuertes, wirklich –, weil es natürlich daran lag, dass das Schild weg ist, du weißt schon, wo SCHNEIDER- UND ÄNDERUNGSARBEITEN draufstand.«

»Ach so, ja. Das hab ich vor über einem Jahr weggemacht.« Und Pete setzte hinzu: »Ich fand, es wurde langsam Zeit.«

»Oh, natürlich war es Zeit, Petie. Es war einfach dumm von mir, so darauf fixiert zu sein, und ich … Aber erst mal hallo. Hallo, Pete. Grüß dich.« Sie suchte seinen Blick, und er sah: Sie war es wirklich. Seine Schwester.

»Ich hab extra geputzt«, sagte er.

»Ach, wie lieb von dir.«

Mein Gott, war er nervös.

»Petie, das muss ich dir erzählen.« Sie ging zur Couch und setzte sich hin, mit einer Selbstverständlichkeit, die ihn ver-blüffte – als hätte sie all die Jahre nirgendwo anders gesessen. Er selbst setzte sich in den alten Sessel in der Ecke, langsam, und schaute zu, wie sie aus den schwarzen Stiefeln schlüpfte, die allerdings eher Schuhe waren, wie er jetzt sah. »Das muss ich dir erzählen«, wiederholte Lucy. »Ich habe Abel Blaine getroffen. Er war bei meiner Lesung.«

»Du hast Abel getroffen?« Abel Blaine war ihr Cousin zweiten Grades mütterlicherseits; er und seine jüngere Schwester, Dottie, hatten als Kinder öfter die Sommerferien bei ihnen verbracht. Abel und Dottie waren genauso arm gewesen wie sie. »Wie sah er aus?« Pete hatte jahrelang nicht mehr an Abel gedacht. »Du hast *Abel* getroffen, Wahnsinn. Wo wohnt er denn?«

»Gleich.« Lucy zog die Füße unter sich, beugte sich dann noch einmal vor, um ihre schwarzen Stiefelschühchen zur Seite zu schieben. Pete hatte noch nie solche Schuhe gesehen. An ihren Rückseiten kletterten kleine Reißverschlüsse hoch. »So, jetzt.« Sie wischte über die Vorderseite ihrer schwarzen Jacke und sagte: »Ja, ich saß also da und signierte Bücher, und dieser Mann – so ein Großer mit gut geschnittenen grauen Haaren – stand ganz geduldig ein Stück hinter der Schlange, das fiel mir auf, und als er endlich an der Reihe war, sagte er: ›Hallo, Lucy‹, und die Stimme klang sofort vertraut, ist das zu fassen, Pete? Nach all diesen Jahren *klang* er wie Abel. Und ich sagte: ›Ich glaub's nicht‹, und er sagte: ›Ich bin's, Abel‹, und ich sprang von meinem Stuhl auf, Petie, und wir fielen uns um den Hals. Abel Blaine!«

Pete war selbst ganz aufgeregt; ihre Begeisterung steckte ihn an.

Lucy sagte: »Er wohnt in einem Vorort von Chicago, einem ziemlichen Nobelvorort sogar. Er hat schon seit Jahren seine eigene Klimaanlagen-Firma. Ich habe ihn gefragt, ob seine Frau auch da ist, und er sagte, nein, es hätte ihr sehr leidgetan, aber sie hätte zu einer Sitzung gemusst, irgendein Komitee oder so.«

»Wahrscheinlich hatte sie nur keine Lust«, sagte Pete.

»Du sagst es.« Lucy nickte heftig. »Genau das dachte ich auch, Petie, woher wusstest du das? Irgendwie war es mir sofort sonnenklar, ich meine, ich hatte das Gefühl, dass er lügt, und ich glaube, im Lügen war Abel noch nie gut.«

»Er hat eine Großkopfete geheiratet.« Pete lehnte sich zurück. »Das hat Mommy vor Jahren schon gesagt.«

»Zu mir hat sie das auch gesagt, damals, als ich im Krankenhaus lag und sie mich besucht hat.« Lucy zog ihre schwarze Jacke zusammen. »Sie sagte, dass er die Tochter des Chefs geheiratet hat und dass sie ziemlich hochnäsig ist. Er war sehr gut gekleidet, weißt du. Teurer Anzug.«

»Woran konntest du sehen, dass er teuer war?«, fragte Pete.

»Woran, ja …« Lucy legte gedankenvoll den Kopf schief. »Petie, ich habe Jahre gebraucht, um zu erkennen, welche Kleider teuer sind und welche nicht, aber … Na ja, man bekommt mit der Zeit einfach einen Blick dafür, ich meine, der Anzug saß wie angegossen und war aus einem guten Stoff. Aber er hat sich so gefreut, mich zu sehen, Petie, mein Gott, du glaubst es gar nicht.«

»Was macht Dottie?« Pete stützte die Ellbogen auf die Knie, und als sein Blick kurz durchs Zimmer schweifte, fiel ihm zum ersten Mal auf, dass an den Wänden nicht ein einziges Bild hing. Er saß sonst nie an dem Platz, an dem er jetzt saß, deshalb merkte er das normalerweise nicht so. Er saß immer dort, wo Lucy saß, mit dem Gesicht zur Tür. Die Wände standen einfach da, kahl und schmutzigweiß.

»Dottie geht es gut, sagt er. Sie hat eine Frühstückspension ein Stück außerhalb von Peoria, in Jennisberg. Keine Kinder. Aber Abel hat drei Kinder. Und zwei kleine Enkel. Er schien *sehr*« – Lucy klapste sich leicht aufs Knie –, »*sehr* glücklich über diese Enkel.«

»Ach, Lucy. Das ist schön.«

»Das war's auch. Es war richtig schön.« Lucy fuhr sich durchs Haar, das vorn bis zum Kinn reichte und von einem hellen Braun war. »Ach, und rate, wen ich in Houston gesehen habe? Ich habe Bücher signiert, und diese Frau … ich hätte sie um nichts in der Welt erkannt, aber es war Carol Darr.«

»Ach. So was.« Pete lehnte sich wieder zurück; die nackten Wände kamen ihm in den Ecken dunkler vor. »Stimmt, die ist von hier weggezogen. Lebt sie in Houston?«

»Carol war in meiner Klasse, Petie, und sie hatte mich so auf dem Kieker, oh, sie war dermaßen grässlich zu mir.«

»Lucy, alle waren grässlich zu uns.«

Ihre Blicke trafen sich, als Pete das sagte, und beide lachten sie – fast – auf.

»Tja«, sagte Lucy dann. »Was soll's.«

»War sie in Houston auch grässlich zu dir?«

»Gar nicht. Das wollte ich dir ja eben erzählen. Sie kam mir regelrecht kleinlaut vor, als sie mir sagte, wer sie ist. Carol kleinlaut! Also sagte ich: Ach, Carol, wie nett, dich zu sehen. Und sie stand da und wartete darauf, ihr Buch von mir signiert zu bekommen – aber was schreibt man so jemandem rein? Also habe ich nur geschrieben: ›Mit den besten Wünschen‹ und es ihr zurückgegeben, und sie hat sich runtergebeugt und fast flüsternd gesagt: ›Ich bin so stolz auf dich, Lucy.‹ Und ich sagte: ›Danke, Carol.‹ Ich weiß nicht, Petie, ich dachte, vielleicht ist sie einfach erwachsen geworden und schämt sich ein bisschen wegen damals. Den Eindruck hatte ich jedenfalls.«

»Ist sie verheiratet?«, fragte Pete.

Lucy streckte einen Finger hoch und betrachtete ihn. »Ich weiß es nicht«, sagte sie dann. »Es war kein Mann bei ihr, aber vielleicht hatte sie natürlich einen daheim.« Lucy sah zu ihrem

Bruder hinüber. »Keine Ahnung.« Sie zuckte leicht die Achseln. Dann klopfte sie auf das klumpige Couchpolster neben sich und sagte: »Petie, erzähl mir von dir, bitte erzähl mir, wie es dir geht. Ich bin kaum zur Tür rein und schwalle dir schon die Ohren voll.«

»Das macht nichts. Ich hör's gern.« Und das stimmte. Es machte ihn richtig froh.

»Warum schaffst du dir eigentlich keinen Hund an, Petie? Wo du Tiere doch so gern magst.« Lucy sah um sich, zum ersten Mal bewusst, wie es schien. »Hattest du schon mal einen?«

»Nein. Ich hab's mir überlegt, aber wenn ich arbeite, wäre er den ganzen Tag allein, und das fände ich furchtbar.«

»Dann nimm zwei Hunde«, sagte Lucy. »Oder noch besser drei.« Und dann sagte sie: »Pete, was hast du da am Telefon erwähnt? Du hilfst in einer Suppenküche? Erzähl mir davon.«

»Okay, ja«, sagte Pete. »Erinnerst du dich an Tommy Guptill?«

Lucy richtete sich auf und stellte die Füße auf den Boden; ihre Socken hatten unterschiedliche Farben, bemerkte Pete, eine braun, eine blau. Sie sagte: »Der Hausmeister an der Schule. Den hab ich immer gemocht.«

Pete nickte. »Ja, wir sind ein bisschen befreundet, und einmal die Woche helfe ich zusammen mit ihm und seiner Frau in der Suppenküche in Carlisle aus.«

Lucy schaute anerkennend. »Das finde ich toll, dass du das machst, Petie. Da bin ich echt stolz auf dich.«

»Wieso denn stolz?« Die Vorstellung befremdete ihn.

»Weil das etwas ist, das nicht jeder aushält – in einer Suppenküche arbeiten –, und es macht mich stolz, dass du es kannst. Seit wann gibt es in Carlisle eine Suppenküche?« Lucy zupfte etwas von ihrem Hosenbein und schnippte es in die Luft.

»Seit ein paar Jahren jetzt. Genau weiß ich es nicht. Aber ich bin erst seit zwei, drei Monaten dabei.«

»Und Tommy geht's gut? Ist er nicht schon uralt?« Lucy hob den Blick wieder.

»Doch.« Pete nickte. »Aber noch sehr rüstig, und seine Frau auch. Sie erkundigen sich manchmal nach dir, Lucy. Sie würden sich sicher riesig freuen, dich zu sehen.« Überrascht sah er die Veränderung, die in ihrem Gesicht vor sich ging, eine Art Zuklappen.

»Nein«, sagte sie, »aber grüß sie von mir.« Und dann sagte sie: »Übrigens, nur dass du Bescheid weißt, ich habe Vicky angerufen, dass ich heute hier bin, aber sie meinte, sie hätte zu viel zu tun. Na ja. Wobei ich's schon auch verstehen kann.«

Pete sagte: »Das Gleiche hat sie zu mir gesagt, und ich find's nicht gut von ihr, ich meine, sie ist deine Schwester, Lucy.« Ungewollt rieb Pete mit einem Finger an der Wand entlang, und sofort war die Fingerkuppe schwarz von Staub.

»Ach, Petie«, sagte Lucy. »Du musst es auch aus ihrer Sicht sehen. Ich gehe weg, ich besuche sie *nie*, und dazu das Geld, das ich ihr gebe – wusstest du, dass sie Geld von mir kriegt? Sie bittet mich drum, und ich geb ihr jedes Mal welches, viel verdient sie ja bestimmt nicht in diesem Altersheim, und jetzt, wo ihr Mann auch noch arbeitslos ist, fühlt sie sich sicher … keine Ahnung, toll jedenfalls nicht. Seht ihr euch manchmal? Ist sie glücklich? Gut, dass sie nicht *glücklich* ist, weiß ich, aber ich meine – ist alles so weit in Ordnung?«

»Ja, so weit.« Pete wischte den staubigen Finger an seiner Jeans ab.

»Dann ist's ja gut.« Und Lucy sah plötzlich angestrengt geradeaus, als dächte sie scharf über etwas nach. Nach einer Weile schüttelte sie kurz den Kopf und schaute wieder Pete an. »Ist das schön, hier mit dir zu sitzen«, sagte sie.

»Lucy, ich muss dich was fragen.«

»Was?«

Er meinte einen beunruhigten Ausdruck über ihr Gesicht huschen zu sehen. Er sagte: »Hätte ich dem Mann, der mir die Haare geschnitten hat, ein Trinkgeld geben müssen? Normalerweise schneide ich mir die Haare immer selbst. Aber diesmal war ich in diesem Friseurgeschäft in Carlisle, und der Mann hat mich auf seinen Stuhl gesetzt, mit diesem Schürzen-Dingsda und allem, und ich hab ihn bezahlt, und jetzt quält mich das förmlich. Hätte ich ihm ein Trinkgeld geben müssen?«

»Gehört der Laden ihm?« Lucy zog die Füße wieder unter sich.

»Das weiß ich nicht.«

»Denn wenn er der Besitzer ist, brauchst du kein Trinkgeld zu geben, aber wenn er nur ein Angestellter ist, dann schon.« Lucy fuhr mit der Hand durch die Luft, winkte ab. »Hör auf, dir deshalb Sorgen zu machen. Wenn du noch mal hingehst, gib ihm einen Dollar mehr, aber mach dir keine Sorgen deswegen.«

Er liebte sie dafür, für dieses Wissen, das sie über die Welt hatte und auch über ihn. Sie fand es offenbar nicht peinlich, dass er solche Fragen stellte. Oh, es machte ihn so froh! Vielleicht überhörte er deshalb das Auto in der Einfahrt. Erst das laute Klopfen an der Tür drang zu ihm durch, und er und Lucy zuckten beide zusammen. Er sah ihre Angst; sie erstarrte richtiggehend, und ihr Gesicht verschloss sich; auch ihm schoss die Angst durch die Glieder. Er legte den Finger an die Lippen und beugte sich vor, um das Rollo – ganz, ganz vorsichtig – einen winzigen Spalt aufzubiegen. »Ach«, sagte er. »Ach, es ist Vicky.«

Die Wolken waren weggezogen, und die Sonne schien vom Himmel; ringsum erstreckten sich die Maisfelder. Als Pete in der offenen Tür stand, fiel ihm plötzlich auf, wie dick Vicky war. Gesehen hatte er es natürlich schon vorher, nur nie so bewusst, aber als er ihr jetzt die Tür öffnete, fand er sie wirklich unheimlich dick. Wahrscheinlich auch deshalb, weil Lucy gar so klein und schmal war. Vicky trug eine geblümte Bluse und eine dunkelblaue Hose, vermutlich mit Gummizug um ihre unförmige Mitte. Unter ihrem Arm klemmte eine rote Reißverschlusstasche; die Brille war ihr ein Stück die Nase hinuntergerutscht. Pete und sie begrüßten sich mit einem Nicken, und sie ging an ihm vorbei. Er blieb noch einen Moment draußen auf der Schwelle und sah hinaus auf die Maisfelder; in dem Nachbild, das ihm von Vicky im Kopf zurückblieb, schien ihm etwas in ihrem Gesicht anders als sonst. Als er sich umdrehte, stand Lucy, setzte sich aber gerade wieder; wahrscheinlich hatte sie Vicky umarmen wollen, dachte Pete, und war damit bei Vicky abgeblitzt; Vickys Ausdruck deutete stark darauf hin.

»Was ist das denn?«, fragte Vicky und zeigte auf den Teppich.

»Ach, nur ein Teppich«, sagte Pete. »Hab ich vor ein paar Tagen gekauft.«

»Ich finde ihn sehr hübsch«, sagte Lucy.

Vicky ging um den Teppich herum und baute sich vor Lucy auf. »Hoher Besuch in Amgash, wie?«, sagte sie. »Und, was verschafft uns die Ehre?«

Lucy nickte, wie um zu zeigen, dass sie die Frage verstanden hatte. »Wir sind alt«, sagte Lucy und sah zu ihrer Schwester hoch. »Und wir werden nicht jünger.«

Vicky ließ ihre Handtasche zu Boden fallen und setzte sich auf die Couch, mit so viel Abstand zu Lucy, wie es nur ging. Aber Vicky brauchte viel Platz, und sehr groß wurde der Abstand nicht; die Couch war nicht sonderlich breit. Da saß sie, am äußersten Ende, mit ihrem kurzen, fast völlig weißen Haar, das einen Rand aus Fransen rundum hatte, als hätte sie sich zum Schneiden einen Topf über den Kopf gestülpt; sie versuchte, die Beine übereinanderzuschlagen, aber dazu waren sie zu dick, und Pete musste an diese Frau im Rollstuhl denken, die er gesehen hatte, als er in Carlisle beim Friseur war, eine schon ältere Frau, unsagbar fett, die in einem motorgetriebenen Rollstuhl den Gehsteig entlangschnurrte.

Doch dann sah er: Vicky hatte Lippenstift aufgelegt.

Ihr ganzer Mund war orangerot bemalt, ein kleiner Bogen oben, ein breiter Strich unten. Pete wusste gar nicht, wann er Vicky je vorher mit Lippenstift gesehen hatte. Als er zu Lucy hinüberschaute, sah er, dass ihre Lippen ungeschminkt waren, und ein leiser Schauder durchzuckte ihn, wie Zahnschmerz an der Seele.

»Ach, nach dem Motto, wir sterben alle sowieso bald, da wolltest du wenigstens noch mal vorbeischauen und tschüss sagen?« Vicky starrte ihre Schwester herausfordernd an. »Bist ja eh schon angezogen wie für eine Beerdigung.«

Lucy schlug ein Bein übers andere und schlang die gefalteten Hände ums Knie. »So würde ich das nicht sagen. Dass wir sowieso alle bald sterben, meine ich.«

»Wie würdest du es dann sagen?«, fragte Vicky.

Lucys Gesicht färbte sich eine Spur rosa. Sie sagte: »Ich würde es so sagen, wie ich es gerade gesagt habe. Dass wir alt sind. Und dass wir nicht jünger werden.« Sie nickte kaum sichtbar. »Und ich wollte euch zwei gern mal wiedersehen.«

»Steckst du in irgendwelchen Schwierigkeiten?«, fragte Vicky.

»Nein«, sagte Lucy.

»Bist du krank?«

»Nein … Nicht dass ich wüsste«, schob sie nach.

Darauf trat ein Schweigen ein, das sich eine Weile hinzog. Für Petes Empfinden war es ein endloses Schweigen. Er war Stille gewohnt, aber das hier war keine gute Stille. Er ging zurück zu dem Sessel in der Ecke und setzte sich, langsam, bedächtig.

»Wie geht's dir, Vicky?« Lucy sah ihre Schwester an.

»Bestens geht's mir. Und selbst?«

»Mein Gott«, sagte Lucy, und sie stützte die Ellbogen auf die Knie und ließ das Gesicht für einen Moment in die Hände sinken. »Vicky, bitte …«

»›Vicky, bitte‹? *Vicky, bitte*? Lucy, du bist hier abgehauen und hast dich kein einziges Mal mehr blicken lassen, seit Daddy gestorben ist. Und jetzt sagst du ›Vicky, bitte‹, als hätte ich mich mies verhalten und nicht du.«

Pete rieb wieder mit dem Finger an der Wand entlang und machte sich wieder die Fingerkuppe schwarz. Er probierte es noch zweimal aus, dann wölbte er beide Hände fest über die Knie.

Lucy, den Blick zur Decke gerichtet, sagte: »Ich habe einfach sehr wenig Zeit.«

»Wenig Zeit? Nein wirklich!« Vicky schob sich die Brille höher. Und dann sagte sie: »Oder sollte das einer von diesen wahrhaftigen Sätzen sein, auf die du so viel Wert legst? Grade neulich hab ich dich doch im Internet über wahrhaftige Sätze dozieren sehen. ›Wahrhaftigkeit ist für einen Schriftsteller das oberste Gebot‹, irgend so einen Käse. Und jetzt sitzt du hier und sagst: ›Ich habe sehr wenig Zeit.‹ Tut mir leid, aber das kannst du wem anders erzählen. Du bist deshalb nicht gekommen, weil du nicht kommen *wolltest*.«

Zu Petes Erstaunen entspannten Lucys Züge sich etwas. Sie nickte ihrer Schwester zu. »Völlig richtig«, sagte sie.

Aber Vicky war noch nicht fertig. Sie beugte sich vor und sagte: »Willst du wissen, warum *ich* heute hergekommen bin? Um dir zu sagen – und ich weiß, dass du mir Geld gibst, und du brauchst mir nie wieder auch nur einen Cent zu geben, und wenn, würde ich ihn nicht nehmen, aber ich bin heute hergekommen, um dir zu sagen, dass du mich ankotzt.« Und sie lehnte sich zurück, einen Finger auf ihre Schwester gerichtet; das schmale Lederbändchen ihrer Armbanduhr schnitt in das weiche Fleisch an ihrem Handgelenk wie ein Taleinschnitt zwischen zwei Bergen. »Aber dermaßen, Lucy. Jedes Mal, wenn ich dich im Internet sehe, jedes Mal, wenn ich dich sehe, tust du so lieb und nett, und es kotzt mich an.«

Pete starrte auf den Teppich, der hämisch zu feixen schien. *Schön blöd von dir, mich zu kaufen!*

Nach einer ganzen Weile sagte Lucy gedämpft: »Ob du's glaubst oder nicht, mich kotzt es auch an. Was ich viel lieber sagen würde bei diesen Sachen, die du dir da offenbar anschaust – und warum schaust du dir überhaupt meine Sachen an? –, was ich viel lieber sagen würde, manchmal jedenfalls, ist einfach: Fickt euch doch.«

Pete hob den Kopf. Er sagte: »Wow. Zu wem willst du das sagen?«

»Ach«, sagte Lucy und fuhr sich mit der Hand durchs Haar, »meistens zu irgendeiner Frau, der meine Bücher nicht gefallen und die sich bei einer Lesung hinstellt und das sagt. Oder zu einem Reporter, der mich über mein Privatleben auszuhorchen versucht.«

»Die Leute stellen sich bei der Lesung hin und sagen, dass ihnen deine Bücher nicht gefallen?«, fragte Pete.

»Manchmal.«

Pete rückte seinen Sessel ein Stück vor. »Warum bleiben sie dann nicht einfach daheim?«

»Eben!« Lucy bog die Hand auf, kippte sie leicht. »Idioten.«

»Arme Lucy«, sagte Vicky sarkastisch.

»Genau. Arme Lucy.« Lucy lehnte sich zurück.

»Mommys kleiner Liebling«, sagte Vicky, und Lucy sagte: »Was?«

»Ich habe gesagt, dass du ihr Liebling warst. Deshalb warst du doch immer so fein raus.«

Lucy sah Pete an, und dann sagte sie: »Ich ihr Liebling?« Ihre Überraschung überraschte Pete. »Im Ernst?«, fragte sie, und er zuckte die Achseln. Lucy sagte: »Ich wusste nicht, dass sie so etwas wie einen Liebling hatte.«

»Weil du nichts mitgekriegt hast von dem, was hier abging, Lucy. Du bist jeden Tag einfach in der Schule geblieben, und sie hat dich gelassen.« Vickys Kinn bebte, als sie das sagte.

»Ich hab genug davon mitgekriegt, was hier los war.« Lucys Stimme war scharf. »Und sie hat mich nicht gelassen, ich hab's einfach gemacht.«

»Sie hat dich gelassen, Lucy. Weil du für sie die Schlaue warst. Weil sie ja selbst auch so eine Schlaue war!« Vicky versuchte den Saum ihrer Bluse nach unten zu ziehen; über ihrem Hosenbund sah Pete einen Wulst unbedeckter, bläulich weißer Haut hervorschimmern.

Pete sagte: »Weißt du, wen Lucy getroffen hat, Vicky? Abel! Lucy, erzähl Vicky, wie du Abel getroffen hast.«

Aber als Lucy sagte: »Ich habe Abel getroffen«, zuckte Vicky nur die Achseln und sagte: »Ich konnte seine Schwester nicht leiden. Dottie. Mom hat ihr diese ganzen Kleider genäht.«

»Ja, weil Dottie so arm war«, sagte Lucy.

»Lucy, *wir* waren arm.« Vicky reckte aggressiv den Kopf vor.

»Das weiß ich selber.« Und abrupt stand Lucy auf und ging zum Vorderfenster. Sie zog an der Schnur des Rollos, das nach oben schoss. Sonnenschein strömte ins Zimmer. Sie ging zu dem anderen Fenster und ließ auch dort das Rollo hochschnappen. Und nun sah Pete, dass der ganze Dreck vom Boden einfach in den Ecken gelandet war; das Sonnenlicht zeigte darauf wie ein Finger.

»Isst du eigentlich jemals?«, wollte Vicky von Lucy wissen, und Lucy schüttelte den Kopf, während sie zur Couch zurückkehrte.

»Nicht viel«, sagte Lucy. »Mit meinem Appetit ist es nicht weit her.«

»Mit meinem auch nicht«, sagte Pete. »Dass ich was essen sollte, merke ich nur daran, dass mir schwummrig im Kopf wird.« Die jähe Helligkeit – schon mit einem ersten herbstlichen Goldton darin – setzte Pete zu, am liebsten hätte er die Rollos gleich wieder heruntergelassen. Es war wie ein Juckreiz, er musste an sich halten, um dem Drang nicht nachzugeben.

»Komisch eigentlich«, sagte Vicky, und alles Kämpferische schien aus ihrer Stimme verschwunden. »Oder? Dass ihr zwei so dünn seid und ich die bin, die frisst wie ein Scheunendrescher. Aus dem Klo musstet ihr doch nie essen, oder? Oder schon, und ich hab's nur verdrängt? Keine Ahnung.« Vicky holte tief Luft, stieß sie dann mit geblähten Backen wieder aus.

Mach's nicht, befahl sich Pete stumm. Und meinte damit: Steh jetzt nicht auf und zieh die Rollos runter.

Nach einer Pause fragte Lucy: »*Was* war das eben?«

Vicky sagte: »Ach, dieses eine Mal, wo wir Fleisch hatten.« Sie kratzte sich energisch am Hals. »Leber. Gott, hab ich den Geschmack von Leber gehasst. Mommy dachte, wir bräuchten mehr, was weiß ich, rote Blutkörperchen oder so was, und sie besorgte irgendwoher diesen Flatschen Leber, und es schmeckte so grausig, dass ich die Bissen im Mund behalten und dann heimlich ins Klo gespuckt habe, aber dieses Drecksklo hat nicht gespült, deshalb schwammen die Brocken noch drin, und sie haben sie gefunden, und …«

»Hör auf.« Lucy hob abwehrend die Hand. »Wir können uns den Rest vorstellen.«

Der Einwurf irritierte Vicky. »Ja, Lucy, und wenn du und Petie mal irgendwas so richtig Ungenießbares weggeworfen hattet, haben sie's euch aus dem Müll essen lassen. Ihr musstet da drüben vor dem Mülleimer knien« – ihr Finger stocherte in Richtung Kochecke, zweimal – »und es wieder rausklauben und direkt aus dem Müll aufessen, ihr habt geheult, und … Okay, okay. Ich will ja auch bloß sagen, dass ich verstehen kann, warum euch beiden der Appetit vergangen ist, ich verstehe bloß nicht, warum er mir *nicht* vergangen ist.«

Lucy streckte die Hand aus und rieb Vickys Knie. Aber Pete kam die Geste mechanisch vor, als wäre Vicky ein Kind, das etwas Peinliches gesagt hatte, und Lucy, die Erwachsene, müsste es nun überspielen.

»Wie läuft's denn bei dir in der Arbeit?«, fragte Lucy Vicky.

»Immer gleich beschissen.«

»Ach je, das tut mir leid«, sagte Lucy.

Pete spähte verstohlen zu der Stelle an der Wand, an der er entlanggestrichen hatte, und sah schwärzliche Tapser und Streifen.

»Auch wieder so ein wahrhaftiger Satz, oder wie?« Vicky hievte sich in eine aufrechtere Haltung. »Obwohl, neulich ist mir was Drolliges passiert. Diese eine alte Frau, Anna-Marie, ich kenne sie nur im Rollstuhl, all die Jahre, seit ich dort angefangen habe, und in dieser ganzen Zeit hat sie nie auch nur ein Wort gesagt, die Leute sagen, ach, Anna-Marie kann nicht mehr sprechen, sie rollt immer nur rum in ihrem Stuhl und rammt in jeden rein. Und vor ein paar Tagen stehe ich an der Schwesternstation, und auf einmal spüre ich eine Hand in meiner. Und ich schaue runter, und da ist Anna-Marie in ihrem Rollstuhl, und sie grinst breit zu mir hoch und sagt: ›Hallo, Vicky.‹«

Pete wurde mit einem Mal leicht ums Herz. Freude breitete sich in ihm aus wie eine warme Flüssigkeit.

»Vicky, das ist eine wunderschöne Geschichte«, sagte Lucy.

»Es war mal was Nettes«, gab Vicky zu. »Und nette Sachen passieren da nicht oft, das kann ich euch sagen.«

Pete fiel etwas ein. »Vicky«, sagte er, »erzähl Lucy das mit Lila. Dass sie aufs College geht.«

»Oh.« Vicky kratzte sich schon wieder am Hals; ein roter Streifen bildete sich. Danach betrachtete sie aufmerksam ihre Finger. »Ja. Meine Jüngste geht wahrscheinlich nächstes Jahr aufs College.« Sie schaute zu Lucy hoch. »Ihre Noten sind gut, und die Beratungslehrerin sagt, dass sie ihr ein Stipendium verschaffen kann. Genau wie bei dir, Lucy.«

»Ist das dein Ernst?« Lucy beugte sich vor. »Vicky, das ist ja großartig.«

»Wenn du meinst«, sagte Vicky. Sie drückte sich die Unterlippe mit den Fingerspitzen zwischen die Zähne.

»Natürlich meine ich das«, sagte Lucy.

Vicky nahm die Hand vom Mund weg, wischte sie an ihrer Hose ab. »Klar. Und dann haut sie ab, wie du.«

Pete sah es in Lucys Gesicht zucken, als hätte sie eine Ohrfeige erhalten. Dann sagte Lucy: »Nein, Lila haut nicht ab.«

»Ach, und warum nicht?« Vicky versuchte wieder, sich anders hinzusetzen. Und als Lucy nicht antwortete, flötete sie zuckersüß: »Weil Lila eine andere Mutter hat, Vicky. Deshalb bleibt sie bei dir. Danke, Lucy.«

Lucy schloss kurz die Augen.

»Weißt du, wer ihre Beratungslehrerin ist?« Vicky drehte sich halb zu Pete um. »Patty Nicely. Das war die Jüngste von den drei Nicely-Prinzesschen, erinnerst du dich?«

Lucy sagte: »Das ist die Lehrerin, die ihr hilft, aufs College zu kommen?«

»Jep. ›Fatty Patty‹ heißt sie bei den Kids. Oder hieß jedenfalls so, jetzt hat sie ein bisschen abgenommen«, sagte Vicky.

»Die Schüler nennen Patty Nicely ›Fatty Patty‹?« Lucy runzelte die Stirn.

»Klar, was erwartest du? So sind Kinder eben.« Vicky wartete und sagte dann: »Mich nennen sie in der Arbeit Wabbel-Vicky.«

»Das kann nicht sein«, sagte Lucy.

»Ist aber so.«

Pete sagte: »Das hast du mir nie erzählt. Gut, sie sind alt, und die meisten ticken wahrscheinlich nicht mehr ganz richtig.«

»Nicht die Patienten. Die anderen, die da arbeiten. Gerade erst vorgestern hab ich diese eine Kollegin von mir sagen hören, da kommt unsere Wabbel-Vicky.« Und Vicky setzte die Brille ab; Tränen begannen ihr übers Gesicht zu rollen.

»Ach, Liebes«, sagte Lucy. Sie rückte näher an ihre Schwester heran und rubbelte ihr das Knie. »Das ist abscheulich. Du bist nicht wabbelig, Vicky, du bist vielleicht …«

»Ich bin *grauenvoll* wabblig. Schau mich doch an.« Immer neue Tränen quollen aus Vickys Augen und liefen ihr über den Mund mit seiner Lippenstiftschicht.

»Weißt du was?«, sagte Lucy. Ihr Knierubbeln ging in ein Tätscheln über. »Wein einfach, Vicky, wein dir die Augen aus, wenn du willst. Weinen ist völlig in Ordnung. Mein Gott, wisst ihr noch, wie wir als Kinder nie weinen durften?«

Pete lehnte sich nach vorn. »Lucy hat recht«, sagte er. »Tu dir keinen Zwang an. Diesmal zerschneidet dir niemand die Kleider dafür.«

Vicky sah zu ihm hinüber. »Häh?« Sie wischte sich mit der Hand unter der Nase entlang. Lucy zog ein Kleenex aus ihrer Jackentasche und gab es ihr.

»Ich habe gesagt, niemand zerschneidet dir deine Kleider«, sagte Pete. »Nie wieder.«

»Wovon redest du?«, fragte Vicky.

»Weißt du das nicht mehr? Als du so geweint hast und Mommy heimkam und dir deine Kleider zerschnitten hat?«

»Im Ernst?«, fragte Lucy.

»Echt?« Vicky fuhr sich mit dem Kleenex übers Gesicht, tupfte damit vorsichtig gegen den Mund. »Oh, warte. O Gott, doch, ja. Das hatte ich völlig vergessen.« Sie sah erst Lucy an, dann Pete; ihr Gesicht wirkte jünger ohne die Brille, verquollen. »Warum macht jemand so etwas?« Vicky fragte es mit Staunen in der Stimme.

»Moment mal«, sagte Lucy. »Mom hat dir deine *Kleider* zerschnitten?«

»Hmm.« Vicky nickte langsam. »Ich hatte geweint. Frag mich nicht, warum. Irgendwas, was in der Schule passiert war, und ich heulte und heulte – du hast recht, Lucy, sie sind bitterböse geworden, wenn wir geheult haben, aber sie waren nicht daheim, und ich saß hier und heulte, und du warst auch da, Pete – und ich heulte so, dass ich Mommy nicht reinkommen hörte. Doch, jetzt weiß ich's wieder ganz genau.« Vicky schwenkte die Hand mit dem Kleenex, das jetzt rötliche Lippenstiftschmierer hatte. »Und sie kam zu dieser Tür rein und sagte: ›Hörst du auf zu flennen, Vicky!‹, aber ich … na ja, ich konnte es eben nicht gleich, also hab ich noch ein paarmal geschnieft, und sie sagte: ›Wie du willst‹, und dann hat sie aus ihrer Nähecke die Schere geholt und ist in unser Zimmer gegangen – ich weiß bloß noch, wie ich die Kleiderbügel schaukeln hörte, und dann warst du es, Pete« – Vicky drehte sich halb zu Pete um, das Taschentuch wieder vor dem Gesicht –, »der überrissen hat, was sie da macht, und du gingst hin und hast dich an die Tür gestellt, und dann bin ich auch aufgestanden und hab dir über die Schulter geschaut und geschrien: Mommy, nein, nicht, bitte nicht, Mommy! Aber sie hat einfach ein Teil nach dem anderen zerschnitten und die Stücke auf den Boden und aufs Bett geworfen. Und dann ist sie aus dem Zimmer und die Treppe hoch.« Vicky starrte vor sich auf den Boden. »Mein Gott«, sagte sie. »Dass sie mich so sehr gehasst hat.«

»Aber sie hat *genäht*«, sagte Lucy. »Warum um alles in der Welt sollte sie da deine Kleider zerschneiden?«

»Oh, sie hat sie ja auch wieder zusammengenäht. Mit der Nähmaschine, am Tag drauf.« Vicky machte eine müde Handbewegung. »Sie hat die Stücke einfach wieder aneinandergelegt und zusammengenäht, so dass ich, keine Ahnung, eben noch beknackter aussah.« Den Blick ins Leere gerichtet, saß Vicky da.

Nach einer Weile sagte Pete, immer noch vorgebeugt im Sessel sitzend: »Also, ich hab in letzter Zeit ziemlich viel über sie nachgedacht, und ich sag euch, was ich glaube: Ich glaube, in ihrem Kopf war irgendwas verkehrt geschaltet.«

Seine Schwestern antworteten nicht. Schließlich sagte Lucy:

»Möglich. Plus alles das, was sie mit Daddy ausstehen musste.« Und sie fügte hinzu: »Aber Mumm hatte sie.«

»Wie meinst du das?«, fragte Vicky.

»Sie hat es durchgestanden. Sie hat nicht hingeschmissen.«

»Was blieb ihr denn sonst übrig? Sie hätte ja nirgends hingekonnt.« Vicky sah auf ihren Blusensaum hinab und versuchte erneut, ihn nach unten zu ziehen.

»Sie hätte abhauen können. Sie hätte sich mit ihrer Näherei schon durchgebracht. Wenn sie nur für sich hätte sorgen müssen. Aber sie ist bei uns geblieben.« Lucy brach ab, presste die Lippen zusammen.

»Wisst ihr, was für mich das Allerschlimmste war?« Vicky warf Lucy und Pete einen Blick zu und sagte dann beinahe fröhlich: »Die Sexgeräusche. Wenn Daddy mal nicht durchs Haus lief und an seinem Dödel rumzuppelte, waren sie garantiert oben zugange.« Sie zeigte hinauf zur Zimmerdecke. »Und es grauste mir immer so, wenn ich das hörte, das Bettknarzen und dann diese *Geräusche* von ihm. In meinem ganzen Leben hab ich niemand beim Sex solche Geräusche machen hören.« Sie putzte sich die Nase. »Mann, und da versuch mal, ein normales Liebesleben zu haben, wenn du jahrelang diese Scheiße mitgemacht hast.«

Pete sagte: »Hab ich eh nie. Das versucht, meine ich.« Sein Gesicht fing zu glühen an, o Gott, war es ihm peinlich. Aber Vicky lächelte ihn an, und er fügte hinzu: »Aber ich fand's auch immer furchtbar. Und ich war ja gleich nebendran … Mannomann …« Er schüttelte den Kopf, so rasch, dass es mehr wie ein Schaudern wirkte. »Als ob ich mit bei ihnen im Zimmer wäre.«

»Aber ist dir das aufgefallen?«, sagte Vicky. »Die Geräusche kamen alle von ihm, von ihr hast du nie was gehört.«

Das war ein neuer Gedanke für Pete. »Stimmt«, sagte er. »Jetzt, wo du's sagst. Von ihr kam kein Mucks.«

»Mist«, sagte Vicky und seufzte dann. »Die arme …«

»Jetzt ist gut«, sagte Lucy scharf. »Jetzt ist gut, okay? Das bringt keinem etwas.«

»Aber wenn's doch so war«, sagte Vicky. »Wenn's doch stimmt. Mit wem sollen wir denn sonst über diese Sachen reden? Weißt du was, Lucy, schreib doch mal über eine Mutter, die ihrer Tochter die Kleider zerschneidet. Wenn's dir so um wahrhaftige Sätze geht. Ganz im Ernst jetzt. Schreib darüber.«

Lucy schüttelte den Kopf; sie zog sich die Schuhe wieder an. »So eine Geschichte mag ich nicht schreiben.« Es klang zornig.

Pete sagte: »Wer würde denn so was lesen wollen?«

»Ich zum Beispiel«, sagte Vicky.

»Mein Lieblingsbuch ist ja immer noch das mit der Familie in der Prärie«, sagte Pete. »Erinnert ihr euch an die Bände? Ich hab sie oben.«

»Ich pack's nicht«, sagte Lucy. »Ich pack das einfach nicht.«

»Dann lässt du's eben.« Vicky zuckte die Achseln. »Ich meinte ja nur … Großer Gott, und jetzt fällt mir ein …«

Lucy war aufgestanden. »Hört auf damit«, befahl sie. Auf ihren Backenknochen leuchteten zwei rote Flecken. »Hört auf«, wiederholte sie. »Hört sofort auf.« Sie sah von Vicky zu Pete. Sie sagte – und ihre Stimme war laut und unstet: »*So* schlimm war es auch wieder nicht.« Und noch vehementer: »So schlimm *war's* nicht.«

Schweigen machte sich im Zimmer breit.

Nach einer Weile sagte Vicky sehr ruhig: »Es war noch viel schlimmer, Lucy.«

Lucy schickte einen Blick zur Decke hoch und fing an, ihre Hände zu schütteln, als hätte sie sie gewaschen und könnte kein Handtuch finden. »Ich pack's nicht«, sagte sie heftig. »O Gott, ich pack's nicht, ich pack's nicht, ich pack's …«

Und Pete begriff mit einem Mal, dass das, was sie nicht packte, das Haus war, oder Amgash, dass sich in ihr ein Abgrund der Angst aufgetan hatte, so wie bei ihm, als er in der Stadt zum Friseur gegangen war, nur klaffte Lucys Abgrund noch viel, viel tiefer.

»Ist ja gut, Lucy«, sagte er. Er stand auf und näherte sich ihr. »Jetzt beruhig dich erst mal.«

»Ja«, sagte Lucy. »Ja. Nein. Ich halt's nicht aus. Ich weiß nicht mehr, wie ich …« Ihr Atem ging keuchend. »Ihr zwei, ihr …« Gewaltsam blinzelnd sah sie von einem zum anderen. »Ich halt's nicht aus … o Gott, *helft* mir doch …« Ihre Hände wedelten immer schneller durch die Luft, immer hektischer.

»Lucy«, sagte Vicky. Sie stemmte sich von der Couch hoch und ging ebenfalls zu ihrer Schwester. »Du reißt dich jetzt zusammen.«

»Ich kann nicht«, sagte Lucy. »Ich kann nicht, ich kann nicht … o Gott, warum hilft mir denn keiner.« Sie ließ sich zurück auf die Couch fallen. »Ich halt das nicht aus … o Gott …« Sie sah zu ihrem Bruder auf. »Bitte, lieber Gott, helft mir doch.« Sie stand wieder auf, wild mit den Händen schlenkernd. »Ich halt das nicht aus, ich halt's nicht aus …«

Pete und Vicky warfen sich einen Blick zu.

»Ich habe eine Panikattacke«, sagte Lucy zu ihnen beiden. »Die hatte ich schon ewig nicht mehr, aber das jetzt ist eine schlimme, lieber Gott, lieber Gott, o Gott, bitte … Okay, hört zu, hört ihr mir zu, bitte, Pete, kannst du mein Auto fahren, und ich fahr mit dir mit, Vicky? Macht ihr das, bitte macht ihr das, ich muss … ich muss einfach nur …«

»Wohin willst du denn?«, fragte Vicky.

»Chicago. Ins Drake Hotel. Ich muss zurück, ich muss sofort zurück.«

»Nach *Chicago*?«, sagte Vicky. »Ich soll dich nach Chicago fahren? Das sind so was wie zweieinhalb Stunden.«

»Ja, kannst du das machen? O Gott, es tut mir so leid, es tut mir so leid, ich pack das hier nicht, ich pack das alles nicht …«

Vicky sah auf ihre Uhr. Sie atmete tief durch, zog einen Moment lang die Brauen sehr hoch. Dann drehte sie sich um und hob ihre rote Reißverschlusstasche auf. »Okay, fahren wir nach Chicago«, sagte sie zu Pete.

»O Gott, danke, vielen, vielen Dank …« Lucy riss schon die Tür auf.

Pete sah Vicky an und formte mit den Lippen die Worte: Ich war da noch nie. Und Vicky formte zurück: Ich weiß, aber ich war. Und tippte sich mit dem Finger an die Brust.

Trotz der Sonne war der Tag nicht heiß. In der Luft lag eine Klarheit, in der sich schon der nahende Herbst ankündigte. Das spürte Pete, als er in Lucys weißen Mietwagen stieg und wartete, bis Vicky gewendet hatte; das Wageninnere war sehr sauber und roch neu. Dann bog er hinter seinen Schwestern auf die Hauptstraße. Er konnte es nicht glauben, dass er bis nach Chicago fahren sollte. Ein bisschen dachte er, er müsste sterben. Er fuhr die schmalen Straßen entlang, die anfangs noch vertraut waren, dann folgte er dem Auto seiner Schwester zum Highway. Während die Sonne langsam über den Himmel wanderte, fuhr er stetig hinter seiner Schwester her; mehr als eine Stunde verging. Er sah Vickys breite Schultern, sah, wie sie in regelmäßigen Abständen zu Lucy hinüberschaute, deren Kopf ein Stückchen tiefer über der Beifahrerlehne aufragte. Er fuhr und fuhr. Er fuhr an Eichen und Ahornbäumen vorbei, er fuhr an großen Scheunen vorbei, auf deren Wände die amerikanische Flagge gemalt war, er fuhr an einem Schild vorbei, auf dem FEUERWAFFEN + ANDENKEN stand, er fuhr an einem riesigen Fuhrpark voller John-Deere-Traktoren und Landmaschinen vorbei, an einer Anschlagtafel, die Zahnprothesen in nur einem Tag für 144 Dollar versprach, und an einem aufgelassenen alten Einkaufscenter, auf dessen Betonparkplatz Gras durch die Ritzen wuchs. Petes Handflächen am Lenkrad schwitzten. Sie hatten noch eine weite Strecke vor sich.

Aber plötzlich setzte Vicky den Blinker, wurde langsamer und fuhr auf den Standstreifen. Pete trat hastig auf die Bremse, aber er kam trotzdem erst ein Stück nach ihr zum Stehen.

Als er ausstieg, fegte ein Laster in solchem Tempo an ihm vorbei, dass der Luftstoß ihm einen richtigen Schlag versetzte. Lucy kletterte auf der Beifahrerseite aus Vickys Auto und rannte zu ihm vor. »Mir geht's wieder gut, Pete«, sagte sie. Ihre Augen wirkten auf ihn kleiner als vorher. Sie schlang kurz die Arme um ihn; ihr Kopf stieß leicht an sein Kinn. »Danke dir, danke von ganzem Herzen«, sagte sie. »Jetzt fahrt zurück, den Rest der Strecke schaff ich allein.«

»Bist du sicher?« Er war verwirrt und auch ängstlich, als der nächste Laster an ihm vorbeipeitschte, so schnell, so nah. »Lucy, pass auf dich auf.«

Lucy sagte: »Ich hab dich lieb, Pete«, und dann war sie weg, stieg in den weißen Mietwagen, und er wartete, während sie ihren Sitz höher stellte. Sie reckte den Kopf aus dem geöffneten Fenster. »Geh, geh zurück«, rief sie und ruderte mit dem Arm. Dann rief sie noch etwas anderes, und Pete lief wieder ein Stück auf sie zu. »Sag Vicky, sie soll an Anna-Marie denken, sag ihr das, Pete!«

Also winkte er noch einmal und lief dann zu Vickys Auto

und setzte sich auf den von Lucy noch ganz leicht angewärmten Sitz. Im Fußraum lagen leere Getränkedosen, zwischen denen er einen Platz für seine Füße suchen musste. Pete und Vicky folgten Lucy bis zur nächsten Ausfahrt, wo Vicky abfuhr, um zu wenden. Auf Petes Netzhaut blieb das Bild von Lucys weißem, in der Ferne verschwindendem Auto zurück. Er wusste noch immer kaum, wie ihm geschah.

Wenige Minuten später, als sie wieder Richtung Amgash fuhren, sagte Vicky: »Also, wenn du mich fragst«, sie streifte Pete mit einem Blick, »Lucy hat einen Knall.«

»Im Ernst jetzt?«

»Einen Riesenknall. Sie hat in einem fort geheult und sich entschuldigt, bis ich schließlich gesagt habe, Lucy, hör mit der Entschuldigerei auf, es ist in Ordnung. Aber sie nur immer weiter: Nein, es war falsch von mir, zu kommen, es war falsch von mir, wegzugehen, es war alles falsch, und ich sagte: Lucy, jetzt hör auf, aber ganz schnell. Du hast es raus geschafft aus diesem Loch, du hast dir ein Leben aufgebaut, bleib weg, es ist in *Ordnung*. Sie konnte überhaupt nicht mehr aufhören zu heulen, Pete. Mir ist direkt ein bisschen mulmig geworden. Ich hab sie gefragt, ob sie nicht ihren Mann anrufen will. Und sie meinte, er wäre bei einer Probe oder irgend so was, sie würde ihn später sprechen, und ich sagte, dann versuch's bei einer von deinen Töchtern, und sie sagte, nein, bloß nicht, ihre Mädchen dürften das auf keinen Fall mitbekommen.«

Pete starrte auf das Handschuhfach. Bräunliche Streifen liefen daran herab, als wäre vor langer Zeit Kaffee dagegengeschwappt. »Puh«, sagte er. »Ich weiß nicht, was ich sagen soll.«

»Sag nichts.« Vicky überholte, zog wieder zurück in ihre Spur. »Irgendwann hat sie dann eine Tablette genommen, und dann meinte sie, diese Panikattacken wären – ich weiß nicht mehr, welches Wort sie benützt hat, aber sie ist auf jeden Fall ruhiger geworden, und dann wollte sie, dass ich anhalte, damit wir uns die weite Fahrt in die Stadt sparen. Aber irgendwie war es *traurig*, Pete. Sie ist so klein, und sie ist … Man sieht sie im Netz, und …« Vicky verstummte. Sie setzte sich gerader hin, nahm die linke Hand vom Lenkrad und stützte das Kinn hinein, Ellbogen auf der Armlehne. So fuhren sie eine ganze Weile.

Dann sagte Vicky, den Blick auf die Straße gerichtet: »Nein, sie hat natürlich keinen Knall, Pete. Sie hat es nur nicht aushalten können, wieder hier zu sein. Es war zu viel für sie.«

Bei den Fahrten zu der Suppenküche in Carlisle fiel Pete immer wieder auf, wie liebevoll die Guptills miteinander waren, wie spontan Shirley dem am Steuer sitzenden Tommy zwischendurch über den Arm strich. Das beschäftigte Pete: Wie musste es sein, so frei zu sein, einen anderen Menschen so frei zu berühren? Er hätte Lust gehabt – und doch auch wieder nicht –, seiner Schwester über den Arm zu streichen, dieser Schwester, die Lippenstift aufgelegt hatte für ihr Zusammentreffen mit der berühmten Lucy. Stattdessen saß er nur stumm neben ihr.

Schließlich sagte Vicky: »Ich hätte nicht mit diesem Zeug von früher anfangen dürfen.«

»Nein, Vicky. Woher hättest du das wissen sollen? Und das mit den Kleidern habe ich gesagt.«

Die Sonne brannte schräg zu ihnen herein. Vor ihnen kamen wieder die Scheunen mit den aufgemalten amerikanischen Flaggen ins Bild, nur diesmal von der anderen Seite, und Pete sah, über den Mittelstreifen hinweg jetzt, erneut den riesigen John-Deere-Fuhrpark mit seiner Flotte grüner und gelber Maschinen. Er fühlte sich so wunderbar beschützt mit Vicky im Auto. Er grübelte und grübelte, wie er ihr das sagen konnte, und zuletzt sagte er: »Vicky, ich finde dich spitze.«

Sie schnaubte angewidert und warf ihm einen Blick zu, und er sagte: »Nein, ganz im Ernst. Lucy wollte übrigens noch, dass ich dich an diese Ann-Marie erinnere.«

»Anna-Marie.« Und nach ein paar Sekunden: »Und was will sie mir damit sagen?«

»Ich glaube, sie wollte damit sagen, dass sie dich auch spitze findet, ich glaube, das hat sie damit gemeint.« Pete bewegte die Füße, so dass die Dosen leicht hin und her kullerten.

Viele Meilen hindurch schwiegen sie. Aus dem Augenwinkel beobachtete er seine Schwester; sie war eine gute Autofahrerin, fand er. Sie hatte so etwas Handfestes, Souveränes; sie füllte den Sitz so schön aus. Er wünschte sich, ihr das sagen zu können, etwas anderes über die Lippen zu bringen, als dass sie Spitze war. Er versuchte es mit: »Weißt du, Vicky, eigentlich sind wir doch gar nicht so schlecht geraten.«

Sie verdrehte die Augen. »Sag bloß!« Und nach ein paar Sekunden fügte sie hinzu: »Gut, wir sind keine Massenmörder geworden, falls du das meinst.« Sie stieß ein kurzes Lachen aus; es schien aus irgendwelchen Tiefen ihres Körpers aufzusteigen.

Von ihm aus hätte die Fahrt ewig dauern können. Er wollte nur immer weiter neben seiner Schwester sitzen und fahren und fahren.

Aber die Umgebung nahm bereits vertraute Züge an; die Straßen verschmälerten sich. Er sah einen Ahornbaum, dessen oberste Blätter schon eine rosige Färbung aufwiesen; er sah die Felder um Pedersons Ställe. Und dann waren sie da, Vicky bog in die Straße ein, dann in die Einfahrt, und vor ihnen tauchte das Haus auf, klapprig und klein, die Rollos beide oben. Vicky stellte den Motor ab. Nach einer Pause sagte Pete: »Sag mal, Vicky, willst du den Teppich vielleicht mitnehmen?«

Vicky schob sich die Brille höher, einen Finger am Steg. »Wenn du ihn loswerden willst«, sagte sie. Aber sie machte keine Anstalten, auszusteigen, und so saßen sie nur schweigend nebeneinander und blickten auf das Haus.

Zimmer mit Frühstück

Sie waren von der Ostküste, und sie hießen Small.

Das prägte sich Dottie deshalb so ein, weil der Mann so groß und so massig war und diesen dauerentnervten Zug um den Mund hatte, den Dottie – in Teilen zumindest – für das Produkt all der Jahrzehnte hielt, die er nun schon Kommentare zu seinem Namen parieren musste. Nicht dass er von Dottie einen Kommentar zu befürchten gehabt hätte, Gott bewahre! Mrs Small hatte telefonisch reserviert, daher wusste Dottie bereits, dass sie nicht jung waren. Nicht nur klang Mrs Smalls Stimme nicht jung, die meisten Menschen reservierten heutzutage online. Wobei Dottie sogar noch ein Stück älter als Mrs Small war, aber Dottie hatte mit dem Internet ihr ureigenes Element gefunden, ihr tat es nur leid, dass es nicht schon viel früher in ihrem Leben eingeführt worden war; als jüngere Frau hätte sie bestimmt Erfolg mit etwas haben können, das ihr Hirn stärker auslastete als die Zimmervermietung, die sie seit etlichen Jahren betrieb. Sie hätte reich werden können! Aber Dottie war keine Frau, die seufzte und klagte, das hatte ihre gute Tante Edna – in einem Sommer, der gefühlt und mehr oder weniger auch faktisch hundert Jahre zurücklag – ihr eindrücklich mit auf den Weg gegeben, eine Frau, die seufzt und klagt, ist wie eine Portion Dreck, die man dem lieben Gott unter den Fingernagel schiebt, und dieses Bild hatte Dottie bis heute nicht vollständig abschütteln können. Dottie war klein und adrett, mit der glatten Haut der Frauen aus dem Mittleren Westen, und unter Berücksichtigung aller Umstände (und es wollten viele Umstände berücksichtigt sein) stand sie – aus ihrer eigenen Sicht wie auch der anderer – doch recht gut da. Die Reservierung, die schließlich zustande kam, lautete auf Mr und Mrs Small, und zwei Wochen später trat durch die Tür ein großer – massiger – Mann mit weißem Haar und sagte: »Wir haben eine Reservierung für Dr. Richard Small.« Dr. Smalls Ansage war offenbar gewichtig genug, um seine Frau, die hinter ihm hereinkam, gleich mit einzuschließen.

An der Rezeption stehend, füllte er mit einer veritablen Sauklaue das Anmeldeformular aus, und Gereiztheit strömte ihm aus allen Poren, während Mrs Small – die sehr dünn war und etwas Übernervöses ausstrahlte – die Blicke höflich in der Diele herumwandern ließ, um sich schließlich in die alten Theaterfotos an der Wand zu vertiefen, und besonders gefesselt schien sie von einer Fotografie der Bibliothek, die ebenfalls dort hing. Die Aufnahme zeigte den Ziegelbau in den vierziger Jahren, noch mit dem Efeubewuchs aus der guten alten Zeit, und so konnte Dottie umgehend ihre Schlüsse über diese Frau – und ihren Ehemann! – ziehen. Natürlich verstand es Dottie bei ihrem Gewerbe auch sonst, Schlüsse über Menschen zu ziehen. Und natürlich hatte sie sich in manchen schon gründlich getäuscht. Nicht so in den Smalls: Dr. Small beschwerte sich sofort darüber, dass das Zimmer keine Kofferablage hatte, auf die er seine Reisetasche stellen konnte, und selbstredend erwiderte Dottie darauf nicht: Das kommt davon, wenn man seine Frau anrufen und nach dem billigsten Zimmer fragen lässt. Stattdessen sagte sie, am Ende des Flurs sei noch ein anderes Zimmer frei, das vielleicht mehr seinen Vorstellungen entspreche; es war das Häschen-Zimmer, wie sie es bei sich nannte, wegen der Plüschhäschen, die sie vor Zeiten zu sammeln pflegte. Ihr Mann hatte ihr in jedem Urlaub eins geschenkt, von Freunden waren noch weitere dazugekommen, und irgendwann hatte Dottie sie alle in ein Zimmer gepackt, und es war unglaublich, welche Entzückensstürme das bei manchen Gästen auslöste. Vor allem bei Frauen. Und bei homosexuellen Männern. Sie wurden unheimlich kreativ mit all den vielen Häschen um sich herum – ließen sie mit verschiedenen Stimmen sprechen, solche Dinge. Dottie hatte ein Gästebuch ausliegen gehabt, bis die ersten Leute anfingen, irgendwelchen Unsinn über Geister zu schreiben, die ihnen im Häschen-Zimmer erschienen sein wollten. Aber das Zimmer hatte zwei Betten und eine niedrige Kommode, auf der Dr. Small seine Reisetasche abstellen konnte, und an diesem Abend hörte Dottie durch die Wände einen nicht abreißenden piepsigen Monolog von Mrs Small, den ihr Mann nur ein-, zweimal mit einer knappen Antwort unterbrach. Viel verstand Dottie nicht, aber sie erfuhr, dass er für den Kardiologenkongress angereist war und nicht in dem großen Hotel in der Stadt wohnte, in dem der Kongress stattfand, höchstwahrscheinlich, dachte Dottie, weil er alt wurde und es mit seinem Renommee nicht mehr sehr weit her war. Und das hielt er nicht aus, ertrug es nicht, die jüngeren Kollegen abends miteinander lachen zu sehen, und so war er hier abgestiegen, in Dotties Frühstückspension, wo er unbedeutend sein konnte, ohne aufzufallen. »Ein Dr. *med.*«, würde er beim Frühstück vermutlich betonen, denn das sagten alle Männer mit Doktortitel, wenn sie nicht wollten, dass man sie für Geisteswissenschaftler hielt, denen sich die Mediziner, das hatte die Erfahrung Dottie gelehrt, stets überlegen fühlten. Dottie war es inzwischen herzlich egal, wer sich wem überlegen fühlte, aber in ihrem Gewerbe bekam man so einiges mit; selbst wenn man beide Augen fest zukniff, bekam man unweigerlich einiges mit. Und die Zeit des Dr. Small, seine persönliche kleine Epoche in der Geschichte, seine Karriere, war vorüber, und das ertrug er nicht. Bestimmt veranstaltete er ein ungeheures Tamtam um computerisierte Patientenakten, dachte Dottie, um gestiegene Praxiskosten, die Tatsache, dass er nicht mehr so viel verdiente wie früher. Nun, von ihr konnte er kein Mitleid erwarten.

Aber seine Frau überraschte sie.

Wenn Dottie Paare wie die Smalls sah, empfand sie es oft als tröstlich, dass ihre schmerzhafte Scheidung vor einigen Jahren sie immerhin davor bewahrt hatte, selbst zu einer Mrs Small zu werden – sprich, zu einer nervösen, nörgeligen Frau, die von ihrem Mann ignoriert wurde, was sie naturgemäß noch unsicherer machte. Das sah Dottie allenthalben. Und wenn sie es sah, brachte es ihr zu Bewusstsein, dass sie fast immer – erstaunlicherweise, es erstaunte sie nach wie vor – als stärkere Persönlichkeit dastand ohne ihren Mann, obwohl sie ihn tagtäglich aufs Neue vermisste.

Aber stattdessen fing Mrs Small beim Frühstück – ihr Mann unterhielt sich nicht mit ihr, sondern starrte in einen Ordner, der wohl seine Unterlagen für den Tag enthielt – plötzlich zu singen an. Sie hatte einen Stoß alter Theaterprogramme durchgeblättert, die Dottie in einem Korb sammelte, und während sie auf ihren Toast wartete, rief sie: »Oh, die Operetten von Gilbert und Sullivan liebe ich!« und stimmte einen Refrain aus der *H. M. S. Pinafore* an – obwohl gleich am Nachbartisch zwei andere Gäste saßen. Dottie dachte, Dr. Small würde sie zum Schweigen bringen, aber er sang ein paar Takte mit ihr mit, und das rührte Dottie. Es rührte sie, auch wenn sie sich natürlich wegen der anderen Gäste sorgte, doch die schien es nicht zu stören, oder vielleicht bemerkten sie es auch gar nicht, schließlich waren die meisten Menschen, wie Dottie sehr gut wusste, in erster Linie mit sich selbst beschäftigt.

Porridge für Dr. Small und Vollkorntoast für seine Frau – die ganz in Schwarz gekleidet war, fiel Dottie auf –, und nach ein paar Minuten sagte seine Frau: »Richard, schau. Annie Appleby! Schau nur, hier steht, dass sie vor acht Jahren Martha Cratchit in Dickens' *Weihnachtsgeschichte* war. Schau.« Sie stieß das Programm mit dem Finger in seine Richtung, und er griff endlich danach.

»Alles zu Ihrer Zufriedenheit?«, fragte Dottie, als sie das Frühstück vor sie hinstellte. Fast ein bisschen britisch sagte sie das, dabei war Dottie in ihrem ganzen Leben nicht in England gewesen.

Mrs Small blickte mit glänzenden Augen zu ihr auf. »Annie Appleby war eine Freundin von uns. Na ja, eine Bekannte wohl eher. Sie war jemand, der …« Ihr Mann unterbrach sie mit einer jener kaum merklichen Gesten, die manche langverheirateten Paare untereinander gebrauchen, und sie beendeten die Mahlzeit schweigend.

Etwas später gingen sie gemeinsam aus dem Haus. Darauf lief es immer hinaus: Die Leute kamen, um zu gehen. Alle Gäste von Dottie waren aus Gründen hier, die nichts mit ihr zu tun hatten, beruflichen Gründen wie jetzt die Smalls, oder um jemanden zu besuchen, zumeist ihre Kinder, die am örtlichen College studierten. Was immer es war, das sie in den kleinen Ort Jennisberg im Staate Illinois führte, ihr Ziel lag außerhalb von Dotties Haus. Das Zuklappen der schweren Eichentür, das gleichsam den Schlusspunkt setzte, die schlagartige Gedämpftheit der Stimmen in dem Moment, wo sie hinaus auf die Veranda traten, das unentrinnbare kleine Wispern der Verlassenheit – auch das gehörte zu dem Gewerbe.

Kurz nach Mittag kam Mrs Small allein zurück. Sie band den Schal um ihren Hals auf und blieb noch ein bisschen in der Diele stehen, studierte die alten Fotos an der Wand, während Dottie hinter der Rezeption beschäftigt war. »Ich heiße Shelly«, sagte Mrs Small. »Ich weiß gar nicht, ob ich mich schon richtig vorgestellt habe.« Dottie sagte, es sei ihr eine Freude, sie hierzuhaben, und sah weiter ihre Papiere durch. Zimmer in einem Privathaus, das verunsicherte die Leute oft, sie wussten nicht, wie vertraulich sie sich geben sollten, und das verstand Dottie; sie war zur Nachsicht bereit. Dottie war in ihrer Jugend sehr arm gewesen, und noch viele Jahre später (viel länger als nötig) rechnete sie bei jedem Laden, den sie betrat, egal ob Kleidergeschäft, Metzgerei, Konditorei oder Kaufhaus, damit, taxiert und fortgeschickt zu werden. Dottie nahm sich diese entwürdigende Erfahrung zu Herzen; niemand, der in ihre Pension kam, sollte sich je so fühlen müssen. Und Shelly Small, an der nichts auf Entbehrungen irgendeiner Art hindeutete (obwohl man natürlich nie wissen konnte), war wirklich furchtbar angespannt, das entging Dottie nicht. Nach nur wenigen Minuten brachte Shelly die Sprache wieder auf die Schauspielerin Annie Appleby. Vor den Theaterfotos stehend, sagte Shelly zu Dottie (aber ohne Dottie anzusehen): »Ich muss sehr oft an Annie denken. Viel öfter, als ich sollte, muss man wohl sagen.« Sie schickte ein rasches Lächeln in Dotties Richtung, und bei dem Ausdruck, der dabei über ihr Gesicht glitt, war es Dottie für einen kurzen Moment, als huschte ein kleiner Fisch durch ihren Magen, ein Gefühl, das sie als ein Symptom von, doch, von Mitleid erkannte, obwohl Mitleid eine zwiespältige Sache war und Dottie selbst sich höchst ungern von anderen bemitleiden ließ, wie das in der Vergangenheit natürlich zwangsläufig geschehen war.

Ganz spontan fragte Dottie die Frau, ob sie ihr einen Tee anbieten dürfe, und Shelly sagte: »Ach, das wäre reizend von Ihnen«, und so saßen sie im Wohnzimmer, das jetzt der Aufenthaltsraum war. Shelly Small trank nicht mehr als ein Schlückchen von ihrem Tee, er war nur Staffage, nur ein Requisit, wie man im Theater gesagt hätte, das es ihr ermöglichte, an diesem Herbsttag mit Dottie in Dotties Haus zu sitzen, während das Licht durchs Zimmer wanderte. Diese Tasse Tee, begriff Dottie, erteilte ihr die Erlaubnis zu sprechen.

Und soweit es Dottie hinterher noch rekonstruieren konnte, war dies der Kern von Shellys Erzählung:

Dr. Small hatte vor Jahren in Vietnam gedient, zusammen mit einem anderen Arzt, einem Mann namens David Sewall. Sie waren nie in Gefahr in Vietnam, sagte Shelly, es war im Grunde ziemlich eintönig. Sie arbeiteten in einer Klinik in einem sicheren Gebiet, gegen Kriegsende schon, und konnten das Land mit viel Vorlauf verlassen; sie mussten sich nicht von Helikoptern in das brennende Saigon abseilen oder dergleichen, und auch in der Klinik sahen sie letztlich nicht viele »richtig grausige Sachen« – Dottie dürfe jetzt nicht den Eindruck bekommen, diese Männer wären traumatisiert gewesen, wie so viele andere es waren, die in … na ja, Sie wissen schon. – So weit, so gut. Shelly ließ die Handflächen sachte auf die schwarzbehosten Oberschenkel niederklappen. Und als Richard aus dem Krieg heimkam, lernte er auf der Bahnfahrt nach Boston Shelly kennen, und ein Jahr später heirateten sie, und David war ihr Trauzeuge. David wurde später Psychiater und heiratete eine sehr hübsche Frau namens Isa. Sie bekamen drei Söhne. Die Smalls und die Sewalls waren Freunde – sie wohnten beide in derselben kleinen Stadt außerhalb von Boston und engagierten sich bei Spendensammelaktionen für das Orchester, und, ach, Sie wissen ja, wie das ist, man hat seinen Freundeskreis, und zu ihrem gehörten eben die Sewalls. Die Frau, Isa, war immer eine Spur eigen, undurchschaubar, sehr zurückhaltend, aber nett. David trank zu viel, jeder wusste das, aber er schaffte es, nie mit einer Fahne in die Praxis zu kommen, Ärzte und Priester, das waren die beiden Berufe, wo eine Fahne absolut tabu war – und die Söhne, ach, nicht so wichtig, sie waren, wie Söhne so sind, zwei wohlgeraten, einer nicht ganz so. Isa machte sich fortwährend Sorgen um sie, David war oft sehr streng, aber, um es kurz zu machen: Nach dreißig Jahren Ehe ließen sich David und Isa scheiden. Alle waren geschockt. Es gab andere Paare, auf deren Trennung man hohe Summen gewettet hätte, bevor man jemals die Sewalls in Betracht zog, aber so konnte es gehen. Shelly Small hob die mageren Handgelenke, Handflächen nach oben gewendet, und zuckte ganz leicht die Schultern auf eine Weise, die seltsam beredt war. »Wir hatten unsere eigenen Probleme, wissen Sie«, sagte sie. »Ich hatte bei mir in der Schreibtischschublade jahrelang den Namen eines Scheidungsanwalts liegen. All die Jahre hindurch, bis wir dann endlich angefangen haben, das Häuschen am See zu renovieren, das unser Alterswohnsitz werden soll«, sagte sie. Dottie nickte, einmal nur.

Die Scheidung war von Isa ausgegangen, denn sie hatte einen anderen Mann kennengelernt, ironischerweise bei einem Malkurs, zu dem David sie überredet hatte, weil sie ihm eine Spur depressiv vorkam, und David war außer sich, es warf ihn völlig aus der Bahn. Zeitweise kam er zu den Smalls herüber und weinte einfach, was Shelly, um ehrlich zu sein, schwierig fand. Darin war sie vielleicht sehr altmodisch, aber erwachsene Männer, die weinten, nein, das war nichts für sie. Richard hatte weniger Probleme damit – er war irritiert, fand es anstrengend, aber er drückte ein Auge zu, wie man es bei einem Freund eben tat.

Und dann, nach ein paar Jahren, in denen David die verschiedensten Frauen angebracht hatte, ach, Shelly wollte sich bei ihnen nicht aufhalten, denn um sie ging es nicht. Worum es ging, das war Annie. Annie Appleby. Hier setzte sich Shelly gerader hin, beugte sich ein wenig zu Dottie vor und sagte: »Sie war etwas ganz Besonderes.«

Dottie hörte zu, es fiel ihr nicht schwer.

»Die Sache mit Annie – als Erstes müssen Sie wissen, dass sie sehr groß ist. Fast eins achtzig, und gertenschlank, so dass sie *richtig* groß wirkt, und sie hat langes, dunkles, lockiges Haar, kraus schon fast, ganz ehrlich, ich habe mich oft gefragt, ob da nicht noch was anderes mit reinspielt, Sie wissen schon, noch etwas anderes als ein paar indianische Gene. Sie kommt aus Maine. Ihr Gesicht war entzückend, ganz wunderschön, so zarte Züge und diese blauen Augen und … wie soll ich das sagen? Sie machte einen einfach froh. Sie war so positiv. Und als David sie das erste Mal zu uns mitbrachte …«

Dottie fragte, wie sie sich kennengelernt hätten.

Shelly wurde rot. »Richard würde mich umbringen, weil ich Ihnen das erzähle, aber sie war eine Patientin von David. Es hätte ihn die Approbation kosten können, aber er hat alles völlig korrekt gehandhabt. Er hat ihr gesagt, dass er sie nicht länger behandeln kann – ich meine, so was kann einfach passieren, und ihnen ist es passiert, und er hat sie mit zu uns gebracht –, obwohl es natürlich streng geheim bleiben musste, wie sie sich kennengelernt hatten, sie hatten sich irgendeine Geschichte ausgedacht, dass ihre Mutter ihn vom Studium her kennen würde, was kompletter Unsinn war, Annie kam von einer Kartoffelfarm in Maine, Himmelherrgott. Aber sie war schon mit sechzehn Schauspielerin geworden – ging einfach von daheim weg, was dort offenbar niemanden störte, und obwohl sie siebenundzwanzig Jahre jünger als David war, schien das überhaupt nichts auszumachen, sie waren glücklich miteinander. Es war einfach schön, mit ihnen zusammen zu sein.«

Shelly hielt inne und kaute an ihrer Lippe. Ihr Haar, von diesem blassen Rötlichblond, das rote Haare im Alter gern annehmen, wurde schütter wie das vieler nicht mehr junger Frauen, und sie trug es – »altersgerecht« war das Wort, das Dottie in den Sinn kam – knapp kinnlang; vermutlich war nichts an Shelly in irgendeiner Weise gewagt und war es auch nie gewesen.

»Wissen Sie«, sagte sie, »Richard hatte Zweifel, ob er an den See ziehen will.«

Dottie zog fragend die Brauen hoch, wobei Ostküstler nach ihrer Erfahrung keine Ermutigung zum Weiterreden brauchten, anders als Leute aus dem Mittleren Westen. Mitteilsamkeit stand im Mittleren Westen nicht hoch im Kurs.

»Aber das ist eine andere Geschichte«, sagte Shelly. »Obwohl …«

Aus keinem ersichtlichen Grund, vielleicht nur wegen des Winkels, in dem die Sonne in diesem Moment auf den Parkettboden fiel, fühlte sich Dottie plötzlich zurückversetzt in einen Sommer in ihrer Kindheit, als sie für einige Wochen zu einer Verwandten in Hannibal, Missouri, geschickt worden war, einer Frau, die uralt war und die sie kaum kannte. Sie hatte allein hinfahren müssen – ihr heißgeliebter großer Bruder, Abel, hatte einen Job als Platzanweiser im Kino bekommen und blieb deshalb daheim –, und sie hatte schreckliche Angst gehabt; nach Art mancher Kinder, denen Not ein vertrauter Zustand ist, hinterfragte sie nichts, sondern gehorchte. Warum ihre gute Tante Edna sie nicht nehmen konnte wie sonst auch, wusste Dottie bis heute nicht. Die einzige Erinnerung, die sie von ihrem Aufenthalt mit zurückbrachte, war die an einen Artikel in einem *Reader's Digest*-Heft, das zwischen belanglosen Zeitschriften auf einem staubigen Fenstersims lag, die Geschichte einer Frau, deren Mann in Korea gekämpft hatte. Sie saß mit ihren kleinen Kindern zu Hause, diese Frau – die Verfasserin des Artikels –, irgendwo in den Vereinigten Staaten saß sie und zog die Kinder groß und lebte nur für die Briefe, die ihr Mann ihr schrieb. Schließlich kehrte er heim, und die Freude war groß. Und dann, etwa ein Jahr später, als der Mann in der Arbeit war und die Kinder in der Schule, klopfte es eines Tages an der Tür, und da stand eine kleine Koreanerin mit einem Säugling auf dem Arm. Dottie war, als sie dies las, genau in einem Alter, wo ihr Herz, so naiv trotz allem, was sie bereits über das Leben gelernt oder vielmehr was sie im Leben bereits hatte einstecken müssen, denn der Mensch steckt erst ein und lernt später, wenn er überhaupt lernt – Dottie war genau in dem Alter, wo ihr Herz fast in Stücke sprang, als sie sich in die Frau hineinversetzte, die die Tür öffnete. Dem Mann tat alles sehr leid, er hatte niemandem wehtun wollen, und es wurde beschlossen, dass er sich von seiner treuen Frau scheiden lassen und die Koreanerin heiraten sollte, um das Kind mit ihr großzuziehen, und die treue Ehefrau mit ihrem gebrochenen Herzen tat weiter ihr Möglichstes, sie erlaubte ihren Kindern, ihren Vater in seinem neuen Zuhause zu besuchen, und stand der jungen Frau mit Rat und Tat zur Seite, vermittelte ihr einen Englischkurs, und als der Mann plötzlich starb, nahm die erste Frau die junge Koreanerin und ihr Kind bei sich auf und sorgte für sie, bis sie in ein eigenes Haus ziehen und auf eigenen Füßen stehen konnten, und selbst später, zu der Zeit, als sie den Artikel schrieb, half sie noch mit, das Studium des Kindes zu finanzieren, eine Samariterin, wie sie im Buche steht. All dies hinterließ einen bleibenden Eindruck bei Dottie. Sie schluchzte lautlos und hingebungsvoll, Jungmädchentränen rollten ihr über die Wangen und tropften auf die Seiten des Artikels; die Frau, betrogen und edelmütig, wurde zu ihrem Vorbild: ein Mensch, der allen verzieh.

Als es dann an Dotties eigene Tür klopfte, erinnerte sie sich natürlich an diese Geschichte. Und sie begriff, dass jeder irgendwann entscheiden muss, wie er leben will.

Shelly Small saß im Sessel und blickte unglücklich zu Boden, und Dottie fragte: »Wo liegt das Haus, Shelly?«

»An einem See in New Hampshire.« Shelly richtete sich ein Stück auf, neu belebt. »Wir haben es vor Jahren als Ferienhäuschen gekauft, ein süßes kleines Cottage, wir haben die Wochenenden dort verbracht und im Sommer auch möglichst den ganzen August, und ich fand es immer himmlisch. Allein schon das Farbenspiel von Wasser und Himmel, und im April die blühenden Lorbeerbüsche, einfach wunderschön. Ich wollte, dass wir im Alter dort wohnen.«

»Und warum hätten Sie das nicht tun sollen?«, fragte Dottie.

»Ich sage Ihnen, warum. Weil Richard dagegen war. Und mit den Jahren« – Shelly rutschte vor zur Sesselkante –, »mit den Jahren, verstehen Sie … Ich sag nur so viel, einen Arzt zum Mann zu haben ist kein Honigschlecken. Ärzte nehmen sich ungeheuer wichtig, wirklich ungeheuer. Und ich durfte die Kinder großziehen, und er erzählte mir, was ich alles falsch mache, aber war er etwa da, als die Schule anrief, weil Charlotte die Mädchentoilette mit Schmierereien vollgemalt hatte, wirklich grässlichen Schmierereien? O nein, natürlich nicht.« Sie stieß ein Lachen aus. »Tja, und da habe ich mich zum ersten Mal in unserer Ehe auf die Hinterbeine gestellt und gesagt: Wenn du dieses Cottage nicht zusammen mit mir als Alterswohnsitz für uns herrichtest, dann bist du nicht der Mann, für den ich dich gehalten habe, und nicht der Mann für mich.« Sie schwenkte einen dünnen Arm. »Aber das ist ja zum Glück Schnee von gestern. Ich habe uns ein wunderbares Haus entworfen, die einzige Auflage in den Bauvorschriften war, dass wir uns an die ursprüngliche Grundfläche halten, verstehen Sie, einfach nur die ursprüngliche *Grundfläche*, also habe ich mir ein paar Architekten aus Boston geholt, und es hat fast zwei Jahre gedauert, aber jetzt steht es, ein wunderschönes Haus, wir konnten ziemlich in die Höhe bauen – vier Geschosse hoch – und dazu noch nach unten, indem wir eine Schicht Erde abgetragen haben, so dass es im Prinzip viereinhalb Stockwerke sind, es ist wirklich phantastisch geworden. Und an den Wochenenden kommen uns Freunde besuchen, und bald werden wir ganz hinziehen. Sehr bald. Richard hat die Nase voll vom modernen Gesundheitswesen. Als Arzt zahlt man heutzutage ja nur noch drauf.«

»Erzählen Sie von dem Mädchen, Annie«, sagte Dottie.

Über Shellys Gesicht glitt ein ausweichender Ausdruck. »Mädchen ist natürlich eigentlich das falsche Wort. Aber sie wirkte so. Sie wirkte wie ein junges Mädchen.« Und Shelly redete weiter, leise und stetig. Es war schon dunkel, als die Tür aufging und ihr Mann hereinkam, und Dottie sah gleich, wie wenig es ihm passte, dass seine Ehefrau und die Pensionsinhaberin angeregt plaudernd vor unberührten Tassen mit kaltem Tee saßen. Er ging ohne Verzug weiter in ihr Zimmer, und mit einem raschen, leicht verstohlenen Lächeln zu Dottie hin raffte Shelly ihre Sachen zusammen und folgte ihm.

Annie Appleby war ganz so, wie Shelly sie beschrieben hatte: Dottie stieß auf Interviews und Rezensionen und Blogs und natürlich auch Fotos, und das Mädchen stach wirklich heraus aus der Masse. Sie hatte nicht dieses offenherzige Strahlen, das so viele Schauspielerinnen hatten, als wollten sie dem Betrachter aus dem Foto heraus direkt auf den Schoß krabbeln. Wie kleine Kinder kamen solche Schauspieler Dottie vor, wenn sie diese albernen Interviews mit ihnen im Fernsehen oder auch im Netz sah, aber Annie wirkte anders. Annie wirkte, als könnte man sie bis an sein Lebensende anblicken und doch nichts über sie erfahren, was sie nicht selbst preisgeben wollte. Es war ein sehr reizvoller Zug; Dottie konnte sich lebhaft vorstellen, wie provozierend es für einen Psychiater sein musste, wenn ihn ein solches Gesicht Woche für Woche aus dem Sessel in der Ecke anstarrte oder von der Couch oder wo immer Psychiater ihre Patienten eben hinpackten. Allerdings schien Annie die Schauspielerei schon vor geraumer Zeit an den Nagel gehängt zu haben. Dottie fand keinen Hinweis darauf, was sie jetzt machte.

Shelly hatte erzählt, sie und Annie hätten den See umrundet bei Annies und Davids letztem Besuch, der gleichzeitig ihr erster Besuch in dem neuen Haus war. Das neue Haus hatte im Souterrain eine Gästesuite, in der Annie und David gleich ihre Taschen abgestellt hatten, und Annie hatte gesagt: Ist das schön geworden, Shelly, da hast du wirklich Unglaubliches geleistet! Und dann hatten sie einen Spaziergang um den See gemacht, die Männer vorneweg, die Frauen ein Stück hinter ihnen, und Shelly hatte Annie so einige Dinge anvertraut. Was für Dinge, fragte sich Dottie natürlich. Und natürlich erzählte Shelly es ihr auch ungefragt. »Ich habe zu Annie gesagt, dass ich jetzt älter bin und dass sich das Leben doch anders anfühlt, wenn man älter ist. Ich meine«, Shelly zupfte den Bund ihrer Hose zurecht, »Annie hatte so etwas an sich, das einem das Gefühl gab, ihr alles anvertrauen zu können, und bei diesem letzten Mal, ihrem letzten Besuch am See, habe ich ihr von einer Sache erzählt, ewig ist das jetzt her, ich war noch ein junges Mädchen, da sagte in der Konzerthalle ein Mann im Vorbeigehen zu mir: Du bist ja mal ein flotter Käfer!, das war mir wieder eingefallen, und ich erzählte es Annie. Und ich sagte zu ihr: Das werde ich wahrscheinlich nie wieder erleben, dass ein Mann mich flott nennt.«

Das musste Dottie erst einmal verdauen. »Und was hat sie geantwortet?«, fragte sie dann.

Shelly legte den Kopf schief. »Ich weiß gar nicht mehr. Sie hatte diese Gabe, nicht viel zu sagen, einfach zuzuhören auf so eine Art, dass man sich gut aufgehoben fühlte.«

Dottie dachte bei sich, dass Annie sich ziemlich in die Enge getrieben gefühlt haben musste durch Shellys Geschichte. Laut zu fragen, ob je wieder jemand sie flott nennen würde! An Shelly Small deutete nichts darauf hin, dass sie jemals flott ausgesehen hatte. Zumindest konnte Dottie nichts entdecken.

»Und ich hab ihr noch andere Sachen erzählt«, sagte Shelly. »Ich hab ihr erzählt, dass ich mir Sorgen um die Ehen meiner Kinder mache. Meine jüngere Tochter war, nun ja, recht … übergewichtig geworden, und es war mir ein echtes Rätsel.

Und erst ein Wochenende zuvor waren sie am See gewesen, und ich hatte mitbekommen, wie ihr Mann sie dazu ermunterte, sich nachzunehmen. Ich habe Annie davon erzählt. Ich habe gesagt: Wieso macht er so was? Und Annie sagte, sie hätte keine Ahnung. Und ich erzählte ihr, dass meine andere Tochter so unglücklich mit ihrer Stelle ist … ja, sehr private Dinge eben.«

»Verstehe«, sagte Dottie.

»Aber jetzt kommt's.« Shelly drückte die Knie zusammen und lehnte sich vor, die Hände in ihrem mageren Schoß ineinandergelegt. »Als es zwischen Annie und David zu Ende war, habe ich Annie angerufen und ihr gesagt, dass sie gern auch allein zum See rauskommen könnte, wir würden uns freuen, das habe ich ihr auf Band gesprochen, und sie hat nicht zurückgerufen. Sie hat sich nie mehr bei mir gemeldet. Und als dann David kam, um sich wieder mal bei uns auszuweinen – Rotz und Wasser zu heulen wie damals bei Isa –, hab ich ihm das erzählt, dass Annie mich nicht zurückgerufen hatte, und er sagte: ›Klar hat sie das nicht, was denkst du denn? Für Annie warst du eine Idiotin, Shelly! Eine Witzfigur warst du für sie!‹«

Das stimmt nicht, hatte Shelly geantwortet, und sogar Richard hatte gemeint, David solle mal halblang machen. »Glaub's ruhig«, sagte David. Und Shelly, die natürlich tief getroffen war, sagte: Ach, David, die ganze Sache war ja ohnehin ein bisschen unrealistisch, so gesehen. Allein schon der Altersunterschied. Und David starrte aufs Wasser hinaus, und er sagte: »Der Altersunterschied. Wollt ihr wissen, wie das wirklich ist mit dem Altersunterschied? Die Leute denken immer, junge Frauen fühlen sich zu älteren Männern hingezogen, weil sie einen Vater suchen. Die klassische Theorie. Aber junge Frauen

wollen ältere Männer, damit sie sie herumkommandieren können. Sie haben die Hosen an, das sag *ich* euch. Sie war eine
Hure und sonst gar nichts.«

Das alles war Shelly höchst unangenehm, weshalb sie den
Männern sagte, sie wolle langsam das Abendessen auf den Weg
bringen, und dann zögerte sie und fügte hinzu: »David, ich hab
deine Sachen runter in die Gästesuite gestellt, aber vielleicht
willst du ja lieber nicht da schlafen, wo, du weißt schon …«

»Da wo gar nichts«, sagte David. »Da, wo Annie sich weg-
gedreht und mich angefaucht hat, weil sie dieses riesige neue
Haus einen solchen Alptraum fand. ›Dieses Haus ist Shellys
Penis‹, hat sie gesagt. Wortwörtlich.«

Hier versagte Shelly die Stimme. In ihren Augen glitzerte es
verdächtig.

Um ein Haar hätte Dottie losgelacht. Laut losgeprustet. Es
schien ihr das Komischste, was sie seit langem gehört hatte.
Und dann warf sie einen Blick in Shellys Richtung und merkte, dass Shelly Small hinter dem neutralen Gesicht, das sie,
Dottie, der Welt nach Möglichkeit darbot, Dotties Lachlust
gespürt hatte und nun innerlich schäumte. Völlig zu Recht
schäumte, da machte sich Dottie nichts vor. Immerhin war
das Fazit der Geschichte ihre Demütigung durch Annie. Und
an Demütigung ist nichts komisch, das wusste niemand besser
als Dottie.

Trotzdem.

Dottie zupfte das Häkeldeckchen gerade, das über der Armlehne ihres Sessels lag. In ihr regten sich widerstreitende Empfindungen. Sie fühlte mit Shelly mit. Und gleichzeitig sah sie
an dem Weg, den die ins Zimmer fallenden Sonnenstreifen
zurückgelegt hatten, dass Shelly beinahe zwei Stunden lang
geredet haben musste. Und zwar von sich. Gut, es war um

Annie und David und ihre Töchter gegangen, aber letztlich hatte sie von sich geredet. Hätte Dottie so lange von sich geredet, dann hätte sie sich besudelt gefühlt, inkontinent. Das lag an der unterschiedlichen Sozialisation, wie sie mittlerweile wusste – wobei ihr schien, dass sie Jahre gebraucht hatte für diese Erkenntnis. Und ihr schien auch, dass diese Thematik der unterschiedlichen Sozialisation in ihrem Land heutzutage zu kurz kam. Und die Art der Sozialisation hing vom Milieu ab, worüber hierzulande natürlich erst recht niemand sprach, weil sich das nicht schickte, aber Dottie dachte bei sich, dass die Leute auch deshalb nicht über Milieu sprachen, weil ihnen der Begriff im Grunde nichts sagte. Hätten die Leute zum Beispiel gewusst, dass Dottie und ihr Bruder sich als Kinder aus Müllcontainern ernährt hatten, was würden sie daraus ableiten? Ihr Bruder bewohnte nun seit Jahren eine riesige Villa in einem Nobelvorort von Chicago und besaß eine Fachfirma für Klimaanlagen, und Dottie war gepflegt und adrett und bestens informiert über das Weltgeschehen und betrieb ihre Frühstückspension mit großem Erfolg, was würden die Leute also sagen? Dass sie und ihr Bruder Abel den amerikanischen Traum verkörperten und dass all die anderen, die nach wie vor aus Müllcontainern aßen, es nicht anders verdienten? Sehr viele Menschen wären insgeheim dieser Meinung. Shelly Small mit ihrem bulligen Mann und ihrem schütteren Haar wäre sogar ziemlich sicher dieser Meinung.

Shelly Small war beigebracht worden, von sich selbst zu reden, als gäbe es auf der Welt nichts Spannenderes als sie. Der zuhörenden Dottie nötigte das fast Bewunderung ab. Denn obwohl Shelly ihr – vielleicht – ihren Wunsch zu lachen angemerkt hatte, war sie nicht zu bremsen. Jetzt sprach sie über die Leute in dem Ort, wo ihr Haus am See stand, darüber, wie nett und herzlich sie vor der Renovierung alle gewesen waren. Nun fuhren die Nachbarn vorbei, ohne auch nur zu winken. Einer hatte gestoppt, das Fenster heruntergelassen und sie beschuldigt, das Seeufer mit einem Monsterbau verschandelt zu haben. »Also wirklich«, sagte Shelly. »So eine absurde Behauptung. Wir haben uns exakt an die ursprüngliche Grundfläche gehalten.«

Dottie stand auf und ging zur Rezeption hinüber, wo sie so tat, als müsse sie rasch etwas erledigen, damit Shelly ihr Gesicht nicht sah. »Entschuldigen Sie, aber wenn ich diese Rechnung nicht ganz obenauf lege, vergesse ich, sie zu bezahlen.« Dottie raschelte mit ihren Papieren herum und fügte hinzu: »Ich kann mir nicht vorstellen, dass Annie das wirklich über Sie gesagt hat. Sie klingt nicht wie jemand, der so etwas sagen würde – kein bisschen.«

»Aber sie hat es gesagt!«, wimmerte Shelly aus ihrem Sessel im Wohnzimmer.

»Dass Ihr Haus Ihr Penis ist?« Dottie nahm das Wort »Penis« nicht oft in den Mund, und sie kostete es aus. Sie kam aus dem Schutz der Rezeption hervor und setzte sich wieder zu Shelly. »Klingt das tatsächlich wie etwas, das diese Annie sagen würde? ›David, dieses Haus ist Shellys Penis‹?«

Shelly Smalls Backen glühten dunkelrot. »Ich weiß es nicht.«

»Gut, sicher«, räumte Dottie ein. »Wissen können Sie es nicht. Aber wenn man richtig darüber nachdenkt, ich meine, ist das nicht eher etwas, was ein Psychiater sagen würde – dass ein Haus Ihr Penis ist? Überlegen Sie doch mal, Mrs Small. Wer denkt in solchen Begriffen? Meine Freunde und ich reden auch manchmal kritisch über andere Bekannte, aber wir stellen uns nicht hin und sagen, ihr Haus wäre ihr Penis. Nehmen Sie dieses Haus hier. Das ist mein Haus. Würden Sie heute Abend zu Mr Small – würden Sie zu Dr. Small sagen, dieses Haus, die Frühstückspension von dieser Frau, ist ihr Penis?«

Und just in dem Moment ging die Tür auf und herein kam Dr. Small, umweht von sämtlichen kalten Luftzügen des herbstlichen Illinois. »Abend, die Damen«, sagte er, während er sich den Mantel aufknöpfte. »Shelly?« Als sei es nicht recht von der armen Frau, sich mit der Betreiberin einer Frühstückspension zu unterhalten. Und schon trottete sie hinter ihm her in ihr Zimmer.

Was Dottie sich nicht bewusstgemacht hatte, bevor die Smalls bei ihr abstiegen, war das Maß, in dem die verschiedenen Seelenlagen, mit denen sie es in dem Gewerbe zu tun bekam, in ihr ein Gefühl der Verbundenheit oder des Benutztwerdens weckten. Da war zum Beispiel dieser ungeheuer sympathische Mann gewesen, der eines Abends um die Essenszeit hereingeschneit war – ein Mann annähernd, aber nicht ganz in Dotties Alter – und sein Zimmer bezogen, dann aber beschlossen hatte, dass er doch lieber fernsehen wollte, und sie hatte mit ihm eine dieser britischen Komödien angeschaut, oh, Dottie fand sie jedes Mal urkomisch, aber weil er nicht lachte, verkniff sie sich ihr Gelächter ebenfalls, und dabei wurde ihr immer klarer, dass der Mann litt, richtig litt. Er begann Laute von sich zu geben, wie sie sie noch bei keinem Menschen gehört hatte; sie klangen nicht ganz unsinnlich, diese Laute, aber vor allem sprach aus ihnen ein entsetzlicher Schmerz. Unsagbarer Schmerz, dachte sie später oft. Er formte mit den Lippen Antworten auf die Fragen, die sie ihm leise stellte, und Dottie schien es bemerkenswert, wie gut sie miteinander kommuniziert hatten. Als Erstes fragte sie ihn, ob er einen Arzt brauchte, und er schüttelte den Kopf und bedeutete ihr mit einer Handbewegung, dass dies keine Sache war, bei der ein Arzt helfen konnte. Tränen suchten sich wirre Bahnen durch die tiefen Furchen in seinem Gesicht; arme, arme Seele, dachte sie jedes Mal, wenn er ihr wieder in den Sinn kam. Also gut, hatte sie gesagt und sich neben ihn aufs Sofa gesetzt, und er hatte sie so durchdringend angesehen, so tief, noch nie, glaubte sie, hatte ein Mann so tief in sie hineingeblickt oder sie in ihn, und er war praktisch stumm, dabei hatte er zuvor, als er nach einem Zimmer und dann wegen des Fernsehens gefragt hatte, geredet wie jeder andere Mensch auch. Sie blieb ganz ruhig und sagte Dinge, die er entweder durch Nicken bejahen oder durch ein resigniertes Kopfschütteln verneinen konnte. So sagte sie etwa: »Ich bleibe einfach ein bisschen bei Ihnen sitzen, ja?« Und er nickte, während seine armen, müden Augen in ihren forschten. Sie sagte: »Sie haben anscheinend etwas sehr Schlimmes erlebt, aber ich bin mir sicher, Sie fangen sich wieder.« Und auch dazu nickte er. Sie sagte: »Und solche Dinge machen mir keine Angst, wollte ich Ihnen nur sagen.« Das löste einen noch heftigeren Tränenstrom aus, und er presste ihre Hand so fest mit seiner, dass sie fast fürchtete, sie könnte brechen. Dann hielt er dieselbe Hand hoch, entschuldigend, so interpretierte es Dottie. Sie sagte: »Keine Sorge, ich weiß schon, dass Sie mir nicht wehtun wollten.« Er schüttelte den Kopf, bedrückt, zustimmend. Dottie erinnerte sich nicht mehr an sämtliche Einzelheiten, aber sie fand, dass die Verständigung zwischen ihnen unter Berücksichtigung aller Umstände (und offenbar wollten viele Umstände berücksichtigt sein!) sehr gut klappte, sie brachte durch ihre Fragen sogar heraus, dass er um Mitternacht eine Tablette einnehmen konnte, die ihm zu fünf Stunden Schlaf verhelfen würde. »Sehr gut«, sagte sie. »Aber wirklich nur eine Tablette, ja?« Ein Nicken. Und in dieser Form – es war wirklich eine bemerkenswerte Erfahrung – hatten sie den Abend miteinander verbracht, während er sich vor ihren Augen die Seele aus dem Leib weinte. Um Mitternacht hatte sie ihm ein Glas Wasser geholt und ihn zu seinem Zimmer geführt und ihm gesagt, wo ihr Zimmer lag, für den Fall des Falles, und dann hatte sie den Zeigefinger gehoben und hinzugefügt: »Was nicht als Einladung gedacht ist, wie Ihnen höchstwahrscheinlich klar sein wird, aber sicher ist sicher, sage ich immer«, und da schnaubte er unvermittelt; seine Belustigung war echt, sie sah es auch in seinen Augen, und alle beide mussten sie zwar verhalten, aber ziemlich heftig über Dotties Bemerkung lachen. Um sieben am nächsten Morgen brach er auf, ein hochgewachsener Mann und eigentlich gar nicht unattraktiv, nun, da sein Gesicht sich über Nacht ein wenig geglättet hatte, und er sagte: »Ich danke Ihnen sehr«, befangen und freimütig. Sie fragte ihn nicht, ob er noch frühstücken wollte; sie konnte sich vorstellen, dass es ihm peinlich wäre, wenn ihm eine Frau Eier und Toast servierte, die etwas mit angesehen hatte, was ebenso wenig für ihre Augen bestimmt gewesen war wie für die irgendeines anderen Menschen.

Und so ging er. Wie sie alle gingen.

Sie hob sein Meldeformular auf, wie ein junges Mädchen eine eingerissene Eintrittskarte als Andenken an einen besonderen Tag aufhebt. Klar wie Schmelzwasser im Frühling war ihre Begegnung gewesen. Sie hatte ihn nicht gegoogelt, war keinen Moment lang in Versuchung geraten. Charlie Macauley, so hieß er. Charlie Macauley von den unsagbaren Schmerzen.

Am nächsten Morgen beim Frühstück behandelte Shelly Dottie wie Luft. Nicht einmal ein Danke für den Vollkorntoast.

Darauf war Dottie nicht vorbereitet; ihre Augen brannten, so unerwartet kam dieser Stich. Aber dann begriff sie. Sie hatte einmal ein altes afrikanisches Sprichwort gelesen: »Wenn ein Mann sich satt gegessen hat, wird er scheu.« Shelly ging es vielleicht wie dem Mann in dem Sprichwort; auf die Sättigung folgte die Scham. Sie hatte mehr von sich offenbart, als sie eigentlich wollte, und gab jetzt die Schuld daran Dottie. Während Dottie zwischen Küche und Frühstücksraum hin und her ging, dachte sie darüber nach, und immer mehr erschien ihr Shelly Small als eine Frau, die an dem verbreitetsten Unglück von allen litt: Ihr Leben war nicht so verlaufen, wie sie sich das erträumt hatte. Shelly hatte die Enttäuschungen ihres Lebens genommen und zu einem Haus verarbeitet. Einem Haus, das mittels der richtigen architektonischen Kniffe im Rahmen der gesetzlichen Vorschriften geblieben und doch zu einer Monstrosität geworden war, so himmelhoch wie Shellys unerfüllte Wünsche. Nicht die Fettleibigkeit ihrer Tochter hatte ihr die Tränen in die Augen getrieben. Nein, die Tränen waren gekommen, als sie von dem Angriff auf ihre Eitelkeit berichtete. In der Schlacht um das Haus war sie gegen ihren Mann siegreich geblieben, aber das reichte ihr nicht. Was Dottie ihr nicht gesagt hatte, weil ihr das nicht zustand, war, dass Shelly Small einen Mann hatte, der einstimmte, wenn sie am Frühstückstisch im Beisein Fremder zu singen anfing, und das, so dachte Dottie, war nun wahrlich keine Kleinigkeit.

Richtiges Zuhören ist alles andere als passiv. Richtiges Zuhören ist Arbeit, und Dottie hatte richtig zugehört. Und Dottie fand, dass Shellys Probleme, ihre Demütigungen, nicht allzu schwer wogen, wenn man bedachte, was sonst in der Welt vor sich ging. Wenn man bedachte, dass Menschen verhungerten, grundlos in die Luft gesprengt, von ihrer eigenen Regierung vergast wurden, die Auswahl war groß – da konnte Shelly Small nicht mithalten. Und doch hatte Dottie mit ihren mickrigen kleinen Momenten menschlicher Traurigkeit mitgefühlt. Und jetzt besaß Shelly nicht den Anstand, ihr wenigstens ins Gesicht zu schauen. Auf so etwas reagierte Dottie humorlos, und den wollte sie sehen, dem das nicht so ging.

Als Shelly über die Schulter hinweg fragte, ob noch Marmelade da sei, sagte Dottie, aber selbstverständlich. In der Küche (auch wenn sie es selbst als eine furchtbar unoriginelle Form der Rache empfand) spuckte sie in die Marmelade und verrührte die Spucke und spuckte noch einmal, so viel Speichel, wie sie nur aufbringen konnte, und sah voll Schadenfreude, dass das Marmeladennäpfchen, als die Smalls vom Tisch aufstanden, leer war. Sehr wahrscheinlich spuckten die Menschen schon seit Anbeginn der Zeit ihren Unterdrückern ins Essen. Die Genugtuung, die sie sich damit verschafften, hielt, wie Dottie aus Erfahrung wusste, nicht lange an, aber kaum eine Genugtuung hielt lange an, das gehörte zum Leben.

Den Tag über war Shelly unterwegs, es wurde spät, bis das Paar aus der Stadt zurückkam. An diesem Abend drang – zu Dotties nicht geringer Überraschung – ein solches Gekicher aus dem Häschen-Zimmer, dass sie aus dem Bett aufstand und in ihren Pantoffeln bis zum Ende des Flurs schlich. Um dort durch die Tür mitzuhören, wie Shelly Small sich über Dottie mokierte, in einer Form, die Dottie ungeheuerlich fand. Es ging um gewisse Körperteile von Dottie, die ganz offenkundig schon seit einer Ewigkeit nicht mehr benutzt worden seien, und Dr. Small, weit weniger überraschend, war sehr plastisch in seinen Diskussionsbeiträgen, und sie amüsierten sich beide königlich über Dottie, als ob sie ein Clown wäre, der in einer Zirkusarena über seine zu großen Schuhe stolpert; so derb war ihr Humor. Und erwartungsgemäß folgten dem, um es mit ihrer guten Tante Edna zu sagen, die Geräusche von zwei Menschen, die sich liebhaben. Nur hatte das, was Dottie hörte, nichts mit Liebe zu tun – die Grunzer, die der Mann ausstieß, erinnerten sie eher daran, dass es Frauen gab, für die alle Männer Schweine waren. Dottie hatte Männer nie als Schweine gesehen, aber dieser Mann lieferte eine sehr glaubwürdige Nachahmung; es war ekelhaft und dabei auf schaurige Weise faszinierend. Und Dottie auf ihrem Lauscherposten im Flur hörte auch nicht die Geräusche einer Frau, die sich lustvoll ihrem Mann hingibt. Stattdessen hörte sie die Geräusche einer Frau, der jedes Mittel recht war, um sich einer alten Dame überlegen zu fühlen, die, wie Shelly es nur Minuten vorher ausgedrückt hatte, so prüde war, dass sie sich an praktisch allem störte. Anders gesagt, Shelly Smalls Unglück war eines, dem sie abhelfen konnte, indem sie sich als die sinnliche Frau inszenierte, die Dottie nicht war. Aber sie war keine sinnliche Frau, Dottie durchschaute sie. Shelly verschwand gleich hinterher unter die Dusche, was nach Dotties Meinung nur eine Frau tat, die an ihrem Mann keine Freude hat.

Am nächsten Morgen saß Dr. Small allein am Frühstückstisch. »Und kommt Ihre Frau auch noch?«, fragte Dottie.

»Sie packt«, sagte er und faltete seine Serviette auseinander. »Für mich wieder Porridge, und ihr brauchen Sie nichts zu machen.«

Dottie brachte ihm das Gewünschte und ging dann das andere Paar verabschieden, das bei ihr gewohnt hatte und nun abreiste, und als sie in den Frühstücksraum zurückkam, stand Dr. Small gerade auf und warf die Serviette in sein Porridgeschälchen. Abscheu überkam Dottie – sie fühlte sich benutzt.

Sie legte die Hände auf die Lehne eines Esszimmerstuhls und sagte mit ruhiger Stimme: »Ich prostituiere mich nicht, Dr. Small. Das ist nicht mit im Angebot, tut mir leid.«

Anders als seine Frau, die schnell errötete, wenn sie überrumpelt oder verlegen war, wurde dieser Mann bleich, und Dottie wusste – denn Dottie wusste viele Dinge –, dass das weit Schlimmeres verhieß.

»Können Sie mir vielleicht erklären, was Sie damit meinen?«, fragte er schließlich und konnte sich auch ein gemurmeltes »Himmelarsch« nicht verkneifen.

Dottie hielt die Stellung. »Ich meine genau das, was ich gesagt habe. Meine Gäste bekommen von mir ein Bett, und sie bekommen Frühstück. Sie bekommen von mir keine Therapiestunde, wenn ihr Leben nicht ihren Erwartungen entspricht.« Sie schloss kurz die Augen, bevor sie fortfuhr: »Oder wenn ihre Ehe die Hölle auf Erden ist oder wenn sie am Boden zerstört sind, weil arme Freunde von ihnen ihr Haus als Penisersatz empfinden. Das ist nicht im Preis inbegriffen.«

»Verdammt«, sagte Dr. Small, der jetzt vor ihr zurückwich. »Sie haben sie ja wohl nicht mehr alle.« Er stieß gegen einen Stuhl und wäre fast rückwärtsgetaumelt. Er fing sich gerade noch und sagte, mit dem ausgestreckten Zeigefinger mehrmals in die Luft stechend: »Sie sollten nicht auf die Menschheit losgelassen werden, verdammt.« Er floh ins Wohnzimmer und von dort die Treppe hinauf. »Es wundert mich, dass es noch keine Beschwerden über Sie gibt, aber wahrscheinlich gibt's die längst. Ich werde selbst eine ins Netz stellen, verlassen Sie sich drauf.«

Dottie räumte den Tisch ab. Eine tiefe Ruhe war über sie gekommen. Niemand hatte je einen negativen Kommentar über ihre Pension abgegeben. Und ganz bestimmt würde auch

Dr. Small keinen schreiben, der im Zweifelsfall kaum den Computer bedienen konnte, sie brauchte nur an den Ordner mit Unterlagen zu denken, den er am ersten Morgen beim Frühstück dabeigehabt hatte.

Dottie wartete, bis sie die Smalls die Treppe herunterkommen hörte. Dann hielt sie ihnen die Haustür auf; sie wünschte ihnen keinen guten Flug, denn ihretwegen hätten sie gern ins Meer stürzen dürfen, aber der Anblick von Shellys geröteter Nase, von deren Spitze ein Tropfen hing, stimmte sie kurz traurig. Doch Dr. Small rumpelte mit seiner Tasche an Dottie vorbei und murrte: »So eine hysterische Zicke«, und sofort kehrte das wunderbare Gelassenheitsgefühl zurück. »Auf Wiedersehen«, sagte sie höflich und schloss die Tür hinter ihnen.

Dann nahm sie an der Rezeption Platz. Es herrschte vollständige Stille im Haus. Nach wenigen Minuten sah sie das Mietauto der Smalls davonfahren, und nun holte sie ganz hinten aus der obersten Schublade den Meldebogen mit dem Namen des reizenden Mannes heraus: Charlie Macauley. Charlie Macauley von den unsagbaren Schmerzen. Dottie küsste zwei Finger und drückte sie auf seine Unterschrift.

Schneeblind

Damals war die Straße, an der sie wohnten, noch nicht asphaltiert, und ihr Haus stand ganz am Ende, etwa eine Meile von der Route 4. Das war im Norden, im Kartoffelland, und als die Appleby-Kinder noch klein waren, waren die Winter eisig und schneereich, und in manchen Monaten schien die Straße so schmal, dass an ein Durchkommen nicht zu denken war. Das Wetter war anders damals, wie ein Familienmitglied, dem man nicht auskam. Man nahm es hin, ohne groß darüber nachzudenken. Elgin Appleby montierte einen Pflugaufsatz an seinen stärksten Traktor, und normalerweise bekam er die Straße damit so weit geräumt, dass er die Kinder zur Schule bringen konnte. Elgin kam selbst vom Land, und er hatte Ahnung vom Wetter und Ahnung von Kartoffeln und wusste, wer im Landkreis Steine in seine Säcke schmuggelte, um sie schwerer zu machen. Er war ein sehr zugeknöpfter Mensch, der mit seinen Empfindungen haushaltete, aber seine Familie wusste, wie zuwider ihm jede Form von Unehrlichkeit war. Dann wieder konnte er ganz überraschend aus sich herausgehen. Zum Beispiel ahmte er täuschend echt die alte Miss Lurvy nach, die das winzige Museum des Geschichtsvereins leitete: »Das erste Spülklosett in Aroostook County«, sagte er und stieß die schmalen Schultern zurück, als hätte er einen üppigen Busen,

»gehörte einem Richter, der stadtbekannt war für die regelmäßigen Prügel, die er seiner Frau verabreichte.« Oder er tat so, als wäre er ein hungriger Landstreicher, die Hand bettelnd ausgestreckt, einen flehenden Blick in den blauen Augen, und seine Kinder lachten sich krank, bis seine Frau Sylvia sie zur Ordnung rief. Im Winter ließ er das Auto morgens in der Einfahrt warm laufen und kratzte, umwallt von Schwaden von Auspuffdämpfen, das Eis von den Scheiben, bis die Kinder die von salzzerfressenem Schnee bedeckte Eingangstreppe herabpolterten. Es wohnten noch drei andere Kinder in der Straße, die beiden Daigle-Jungen und ihre Schwester Charlene, die annähernd so alt wie das jüngste der Appleby-Kinder war, ein leicht aus der Art geschlagenes kleines Mädchen namens Annie.

Annie war dünn und lebhaft und plapperte so unablässig, dass ihre Mutter oft gottfroh war, wenn das Kind wieder Stunden am Stück allein im Wald zubrachte, wo es mit Stöcken spielte oder Schneeengel machte. Als Einziges der Kinder hatte Annie den olivfarbenen Teint und die dunklen Locken ihrer frankokanadischen Mutter und Großmutter geerbt, und sie mit ihrer roten Mütze auf dem schwarzen Haarschopf über das verschneite Feld heranstapfen zu sehen gehörte so untrennbar zum Winter wie der Anblick der Kleiber am Vogelhäuschen. Eines Morgens, als Annie fünf war und noch in die Vorschule ging, verkündete sie dem Auto voller Kinder – ihren eigenen Geschwistern, den Daigle-Brüdern und Charlene –, dass der liebe Gott mit ihr sprach, wenn sie draußen im Wald umherstreifte. Ihre Schwester sagte: »Du redest Schwachsinn, wenn du nur den Mund aufmachst.« Annie, die vorn neben ihrem Vater saß, hopste auf ihrem Sitz auf und ab und sagte: »Aber wenn er's nun mal macht! Wenn er nun mal mit mir redet!«

Wie er das denn anstelle, wollte ihre Schwester wissen, worauf Annie sagte: »Er gibt mir Gedanken in den Kopf.« Dann begegnete sie dem Blick ihres Vaters und sah darin etwas, das ihr immer im Gedächtnis blieb, etwas, das nicht zu ihrem Vater passen wollte, da noch nicht, etwas Beunruhigendes. »Steigt ihr schon mal aus«, sagte er, als er vor der Schule anhielt. »Ich muss mit Annie reden.« Und nachdem alle Türen ins Schloss gefallen waren, fragte er seine Tochter: »Was hast du im Wald gesehen?«

Sie überlegte ein wenig. »Die Bäume hab ich gesehen, und Meisen.«

Darauf starrte ihr Vater eine lange Zeit schweigend übers Lenkrad. Charlene fürchtete sich vor Mr Daigle, aber Annie hatte vor ihrem Vater noch nie Angst gehabt. Und sie hatte auch keine Angst vor ihrer Mutter, die der bequemere, aber nicht der wichtigere Elternteil war. »Dann lauf jetzt.« Ihr Vater nickte ihr zu, und Annie rutschte mit quietschender Schneehose über den Sitz, und er beugte sich vor und stieß die Tür für sie auf und sagte: »Vorsicht, Finger«, bevor er sie zuzog.

Das war das Jahr, in dem Jamie seinen Lehrer nicht leiden konnte. »Ich hasse ihn«, sagte Jamie und schleuderte seine Stiefel in den Windfang. Wie sein Vater war auch Jamie wortkarg, und Sylvia, die danebenstand, stieg eine rasche Röte ins Gesicht.

»Ist Mr Potter unfreundlich zu dir?«

»Nein.«

»Was ist es dann?«

»Weiß nicht.«

Jamie ging in die vierte Klasse, und Sylvia liebte ihn mehr als ihre beiden Töchter; ihr Herz zog sich zusammen vor Liebe, wenn sie ihn ansah. Die Vorstellung, er könnte wegen etwas unglücklich sein, war ihr unerträglich. Ihre Liebe zu Annie war eine sanfte Liebe, weil das Kind so sonderbar und so harmlos war. Das mittlere Kind, Cindy, liebte Sylvia mit milder Nachsicht. Cindy war die Farbloseste der drei und gleichzeitig wohl die, die am meisten nach der Mutter kam.

Es war auch das Jahr, in dem Jamie sein ganzes Geld sparte, um seinem Vater einen Kassettenrecorder zum Geburtstag zu schenken. Das ging traurig aus, denn nachdem sein Vater, wie es seine Art war, das Geschenk so sorgsam ausgepackt hatte, dass das Einwickelpapier fast völlig heil blieb, sagte er: »Du bist derjenige, der einen Kassettenrecorder haben will, James. Es ist unanständig, einem anderen etwas zu schenken, das man sich selbst wünscht, auch wenn es leider sehr oft vorkommt.«

»Elgin«, murmelte Sylvia. Es stimmte, dass Jamie sich einen Kassettenrecorder gewünscht hatte, und seine blassen Wangen loderten glutrot. Der Kassettenrecorder wurde ins oberste Fach des Garderobenschranks verbannt.

Von diesem Vorfall erzählte Annie, so redefreudig sie sonst war, keinem Menschen, nicht einmal ihrer Großmutter im Nachbarhaus. Das Haus ihrer Großmutter war klein und quadratisch, und während der langen weißen Wintermonate wirkte es kahl und nackt, die Fenster wie aufgerissene Augen, die zum Farmhaus hinüberstarrten. Die alte Frau stammte aus dem St. John Valley und war zu ihrer Zeit eine Schönheit gewesen, hieß es. Auch Annies Mutter war einmal schön gewesen, auf Fotos sah man es noch. Jetzt war die alte Frau klapperdürr, und winzige Runzeln überzogen ihr Gesicht. »Ich möchte sterben«, sagte sie matt von der Couch her, auf der sie lag. Annie saß im Schneidersitz in dem großen Sessel. Der Finger ihrer Großmutter malte in der Luft herum. »Am liebsten würde

ich einfach die Augen zumachen und nie mehr aufwachen.«
Sie hob ihren weißhaarigen Kopf und spähte zu Annie herüber.
»Ich bin ständig traurig«, fügte sie hinzu. Sie ließ den Kopf auf
die Couch zurücksinken.

»Ich würde dich vermissen«, sagte Annie. Es war Samstag,
und es schneite schon den ganzen Tag; große, dicke, nasse Flo-
cken, die sich im Halbkreis an den unteren Fensterrändern an-
setzten.

»Unsinn. Du kommst doch nur her, weil du auf ein Bonbon spekulierst. Du hast einen Bruder und eine Schwester zur
Gesellschaft. Ich möchte mal wissen, warum ihr drei nie zusammen spielt.«

»Danach steht uns nicht der Appetit.« Das hatte ihr Bruder einmal gesagt, als Annie ihn zum Kartenspielen überreden
wollte: Danach stehe ihm der Appetit jetzt nicht. Sie bohrte
den Finger durch ein Loch in ihrem Strumpf. »Unsere Lehrerin sagt, wenn man auf ein Feld hinausschaut, auf das es frisch
geschneit hat, und die Sonne scheint richtig stark, kann man
davon blind werden.« Annie reckte den Hals, um aus dem
Fenster sehen zu können.

»Dann schau halt nicht«, sagte ihre Großmutter.

Als Annie in die Fünfte kam, verbrachte sie immer mehr Zeit
bei den Daigles. Annie war nach wie vor lebhaft und redete
ohne Pause, aber es hatte ein Vorkommnis mit dem langver-
gessenen Kassettenrecorder gegeben (ein Geheimnis zwischen
ihr und Jamie), und seit diesem Vorkommnis erschien ihre
eigene Familie ihr wie in eine straff anliegende Haut eingeschweißt: die Farm, ihr schweigsamer Bruder, ihre mürrische
Schwester, die lächelnde Mutter, die oft sagte: »Die Daigles
können einem wirklich leidtun. Er ist so ein Griesgram, und

er schreit die Kinder an. Was haben wir für ein Glück, dass bei uns andere Verhältnisse herrschen.« Das Bild, das Annie vor sich sah, war das einer Wurst: eine Wurst, in deren Pelle sie ein Löchlein gepiekst hatte, und durch dieses Löchlein versuchte sie sich ins Freie zu winden. Dass Mr Daigle seine Kinder anschrie, stimmte nicht, im Gegenteil, wenn Annie und Charlene badeten, kam er häufig herein und wusch sie mit dem Waschlappen. Bei Annies eigenem Vater war alles Körperliche tabu; erst neulich hatte er sich furchtbar aufgeregt – richtig gebrüllt hatte er! –, weil Cindy ihre Monatsbinde vor dem Wegwerfen nicht ausreichend mit Toilettenpapier umwickelt hatte. Er hatte sie gezwungen, das Ding wieder aus dem Mülleimer zu holen und ordentlich einzuschlagen. Es machte Annie ganz zittrig innen drin; die Pelle der Wurst war Scham. Ihre Familie war in Scham eingeschweißt. Wie so viele Kinder fühlte sie das mehr, als sie es dachte. Aber sie nahm sich fest vor: Wenn sie selbst erst einmal alt genug war, dass diese Schande auch ihren Körper heimsuchte, dann würde sie alles, was damit zu tun hatte, im Wald vergraben.

Also ging sie nach der Schule mit zu Charlene, und sie bauten hohe Schneefiguren, die Mr Daigle mit dem Schlauch abspritzte, damit sie am Morgen mit einer glasigen Eisschicht überzogen wären. An den Tagen, an denen es zu kalt war, um draußen zu spielen, dachten sich Annie und Charlene Geschichten aus, die sie zusammen aufführten. Wenn Annies Vater Annie abholen kam, stand er mit Mrs Daigle an der Tür und schaute zu. Mrs Daigle malte sich die Lippen rot, es war etwas Angriffslustiges an ihr, und in Elgin Applebys Augen stahl sich ein Zwinkern, wenn er sich mit ihr unterhielt. Wenn er mit seiner Frau sprach, schaute er nie so, und eines Samstagnachmittags sagte Annie abrupt: »Das ist ein blödes Stück, das wir uns da ausgedacht haben, ich will heim.« Auf dem Weg die Schotterstraße entlang hielt sie wie immer die Hand ihres Vaters. Ringsherum erstreckten sich die Felder endlos und weiß, gesäumt von den dunklen Stämmen der Fichten, deren Äste sich bogen, so schneebeladen waren sie. »Daddy«, brach es aus ihr heraus, »was ist dir das Wichtigste auf der Welt?«

»Ihr natürlich.« Sein Schritt geriet nicht ins Stocken. »Meine Familie.« Die Antwort kam prompt und ruhig.

»Und Mama?«

»Die ist das Allerwichtigste.«

Jubel überschwemmte Annies Herz, und in ihrer Erinnerung blieb es viele Jahre lang so: der Nachhauseweg an der Hand ihres Vaters, die Felder, deren Glitzern schon abstumpfte, das Grün des Waldsaums tiefblau verschattet, die Sonne vom selben milchigen Weiß wie der Schnee. Daheim angelangt, klopfte sie leise an die Tür ihres Bruders. Er ging auf die Highschool, und auf seiner Oberlippe sprossen kleine Härchen. Sie schloss die Tür hinter sich und sagte: »Granny ist einfach nur eine böse alte Hexe. Niemand mag sie leiden. Kein einziger Mensch.«

Ihr Bruder hob den Blick nicht von seinem Comicheft. »Ich habe keine Ahnung, wovon du redest.« Aber als Annie sich mit einem Seufzer zum Gehen anschickte, sagte er: »Klar ist sie eine alte Hexe. Und mach dir nicht so viel Sorgen deswegen. Alles musst du so übertreiben.« Das sagte ihre Mutter immer: Annie übertrieb alles so.

Die Farm hatte Sylvias Vater gehört. Elgin hatte drei Orte weiter gewohnt, wobei er ursprünglich aus Illinois kam; er war in einem Trailer aufgewachsen, in einer Familie ohne Geld, Besitz oder Glauben. Aber er hatte von früh an auf Farmen gearbeitet, er kannte sich aus, und nach seiner Heirat mit Sylvia übernahm er, als ihr Vater starb, die Farm. Irgendwann vor dem Einsetzen von Annies Erinnerung war das Häuschen für ihre Großmutter gebaut worden. Davor hatte sie mit dem Rest der Familie im Haupthaus gewohnt.

»Ich muss dir was vorspielen«, hatte Jamie eines Abends vor dem Essen zu Annie gesagt, und sie hatten sich in den Stall verzogen, auf den Heuboden. »Ich hab ihn unter Grannys Couch versteckt, bevor Ma zu ihr rüber ist.« Das Band klickte und sirrte. Dann erklang die scharfe Stimme ihrer Großmutter, die zu ihrer Tochter sagte: »Sylvia, es macht mich ganz krank. Ich liege hier, und es würgt mich richtiggehend vor Ekel. Aber du wolltest es ja nicht anders. Wie man sich bettet, so liegt man.« Gedämpft hörten sie ihre Mutter weinen. Dann eine gemurmelte Frage. Ob sie mit dem Priester reden sollte? Ihre Großmutter sagte: »Ich an deiner Stelle täte mich viel zu sehr schämen.«

So schien es ewig zu gehen, der weiße Schnee rundherum und ihre Großmutter, die in ihrem Austragshäuschen auf der Couch lag und sterben wollte. Annie redete immer noch wie ein Buch. Sie war jetzt fast eins achtzig groß und gertenschlank, mit langen, dunklen Locken. Eines Tages fand ihr Vater sie hinterm Stall, und er sagte: »Ich will, dass du aufhörst, dich im Wald herumzutreiben. Ich weiß nicht, was du damit bezweckst.« Am verdattertsten war sie über seinen angewiderten, zornigen Gesichtsausdruck. Sie bezwecke gar nichts, sagte sie. »Das ist keine Frage, Annie, das ist ein Befehl. Du hörst auf, oder ich sorge dafür, dass du keinen Fuß mehr vor die Tür setzt.« Bist du verrückt?, wollte sie schon sagen, aber der Gedanke streifte sie, dass er vielleicht wirklich verrückt war, und eine Angst schoss in ihr auf, die sie bis dahin nicht für menschenmöglich gehalten hatte. »Ist gut«, sagte sie. Aber es war eine Zusage, die sie nicht einhalten konnte: An Tagen, wenn die Sonne hell schien, zog der Wald sie an wie ein Magnet. Die lichtgetüpfelte Welt dort draußen war ihre früheste Freundin gewesen, ihre Schönheit empfing sie jedes Mal mit offenen Armen und brachte ihr Freude wie sonst nichts auf der Welt. Sie prägte sich die Tagesabläufe der anderen ein, passte auf, wann sie wo waren, und schlich sich in den Wald näher am Stadtrand oder hinter der Schule, wo sie leise und ausgelassen ein Lied sang, das sie vor Jahren erfunden hatte: »Ich bin so froh, dass es mich gibt, einfach so froooh, dass es mich gibt …« Sie wartete.

Und dann wartete sie nicht mehr, denn Mr Potter sah sie in einer Schulaufführung und verschaffte ihr eine Rolle bei einem Sommertheater, und die Leute vom Sommertheater nahmen sie mit nach Boston, und dann war sie weg. Sie war sechzehn, und dass ihre Eltern keinerlei Einwendungen machten oder gar verlangten, dass sie die Schule beendete, kam ihr erst später zu Bewusstsein. Zunächst einmal gab es diverse Männer, viele von ihnen dick und weich und mit schweren Ringen an den Fingern, die sie in der Dunkelheit hinter der Bühne an sich zogen und ihr ins Ohr raunten, wie wunderschön sie sei, wie ein Reh im Walde, und sie schickten sie hierhin und dorthin zum Vorsprechen, vermittelten ihr Übernachtungsgelegenheiten in all den verschiedenen Städten, bei Leuten, die allesamt so unglaublich, so sagenhaft gut zu ihr waren. Dieselbe Verdichtung göttlicher Gegenwart, die sie im Wald zu spüren pflegte, erlebte sie nun in der Gestalt Fremder, die ihr wohlwollten, und sie reiste von Bühne zu Bühne überall im Land, und als sie zu einem Besuch heimkam in das Haus am Ende der Straße, konnte sie gar nicht fassen, wie klein es war, wie niedrig die Decken. Die Geschenke, die sie mitbrachte, Pullover und Schmuck und Brieftaschen und Uhren – Imitate, wie es sie an den Straßenständen der Großstädte zu kaufen gab –, schienen ihrer Familie peinlich zu sein. Annies bloße Anwesenheit schien ihnen peinlich. »Du bist so thespisch«, murmelte ihr Vater mit einer Stimme, die belegt klang vor Abwehr.

»Nein, bin ich nicht«, sagte sie, weil sie dachte, er hätte lesbisch gesagt.

Sein Gesicht wirkte fleischiger, auch wenn er ansonsten so mager wie eh und je war. Er schob ihr über den Tisch eine Armbanduhr hin. »Gib sie wem, der sie brauchen kann. Wann hast du mich je eine Uhr tragen sehen?«

Aber ihre Großmutter, die völlig unverändert aussah, setzte sich auf und sagte: »Du bist ja richtig schön geworden, Annie. Wie kommt's? Erzähl mir alles ganz genau.« Und so saß Annie in dem großen Sessel und erzählte ihrer Großmutter von den Garderoben der verschiedenen Theater und von kleinen Appartements in großen Städten und wie fürsorglich alle zueinander waren und wie sie nie ihren Text vergaß. Ihre Großmutter sagte: »Komm nicht zurück. Leg dir keinen Ehemann zu. Leg dir keine Kinder zu. Das bringt alles nur Herzeleid.«

Lange Zeit kam Annie wirklich nicht zurück. Manchmal überkam sie Sehnsucht nach ihrer Mutter, als rollte über all die Meilen hinweg eine Welle der Traurigkeit von Sylvia bis zu ihr, aber wenn sie daheim anrief, sagte ihre Mutter immer: »Ach, hier gibt's eigentlich nichts Neues« und schien nur mäßig daran interessiert, wie es Annie ging. Ihre Schwester schrieb weder, noch rief sie an, Jamie manchmal, aber sehr selten. Zu Weihnachten schickte sie Pakete voller Geschenke nach Hause, bis ihre Mutter ihr am Telefon seufzend sagte: »Dein Vater lässt fragen, was wir mit diesem ganzen Plunder sollen.« Das kränkte Annie, aber nicht dauerhaft, weil die Leute, mit denen sie zusammenwohnte und am Theater zusammenarbeitete, so nett und teilnahmsvoll waren und so aufgebracht in Annies Namen. Die älteren Mitglieder in jedem Ensemble hielten eine schützende Hand über Annie, und dadurch blieb sie, ohne es zu merken, in vieler Hinsicht ein Kind. »Deine Unschuld behütet dich«, sagte ein Regisseur einmal zu ihr, und sie wusste allen Ernstes nicht, was er meinte.

Ein Spruch besagt, jede Frau sollte drei Töchter haben, denn auf diese Weise wird wenigstens eine sie im Alter pflegen. Annie Appleby war in der ganzen Welt unterwegs, Kalifornien, London, Amsterdam, Pittsburgh, Chicago, und der einzige Ort, wo Sylvia sie noch sah, war ein Klatschmagazin im Drugstore, das ihren Namen mit dem eines berühmten Filmstars in Verbindung brachte. Sylvia genierte sich deswegen; ihre Bekannten in der Stadt gewöhnten sich rasch ab, sie darauf anzusprechen. Cindy lebte im nahen New Hampshire; sie hatte sehr schnell nacheinander viele Kinder bekommen, und ihr Mann ließ sie ungern von seiner Seite. Und so war es Jamie, der auf der Farm wohnen blieb und nicht heiratete. Schweigsam ging er seinem Vater zur Hand, der auch im Alter noch ein kräftiger Mann war. Schweigsam versorgte er seine Großmutter im Nachbarhaus. Sylvia sagte oft: »Was täte ich nur ohne dich, Jamie?« Und er schüttelte den Kopf. Seine Mutter war einsam, das wusste er. Er sah, dass sein Vater immer weniger mit ihr sprach. Sein Vater fing an, seine Tischmanieren zu vernachlässigen, was er früher nie getan hatte. Er kaute laut, mit offenem Mund; Essensbrocken fielen ihm aufs Hemd. »Elgin, du meine Güte«, sagte Sylvia und kam mit der Serviette geeilt, und er stieß sie weg. »Herrgott noch mal, Frau!«

Allein mit Jamie, sagte Sylvia: »Was ist denn bloß los mit deinem Vater?« Aber Jamie zuckte die Achseln, und sie rührten nicht mehr an das Thema, bis Jamie, beim Durchsehen der Bücher, begriff, wie die Dinge standen. Auf einmal ergab alles einen schrecklichen Sinn: die Reizbarkeit seines Vaters, seine wiederholten Fragen nach Annie: »Wo steckt das Kind? Treibt sie sich wieder im Wald rum?« Die Erkenntnis lag ihm schwer im Magen, aber er schwieg; sie war wie ein Stein, der in die Schwärze eines Brunnens fällt. Noch ein Jahr, und sie wurden mit dem Mann nicht mehr fertig; er lief weg, er zündelte in der Scheune, er machte sie wahnsinnig mit seinem unablässigen Gefrage: »Wo ist Annie? Ist sie im Wald?« Und so brachten sie ihn in einem Heim unter, und Elgin tobte. Sylvia hörte auf, ihn zu besuchen, weil er so aggressiv zu ihr war, du fette Kuh, sagte er einmal zu ihr. Die Schwestern wurden verständigt, und Cindy kam für ein paar Tage nach Hause, aber Annie konnte sich nicht freimachen. Sie versprach, im Frühjahr zu kommen.

Als sie von der Route 4 abbog, staunte sie, denn die Schotterstraße war asphaltiert und auch nicht mehr schmal. Auf Höhe der Daigles waren gleich mehrere neue Häuser aus dem Boden gewachsen, stattliche Häuser. Sie erkannte die Gegend kaum wieder. Cindy war in der Küche, die noch kleiner wirkte als bei Annies letztem Besuch, und als Annie sich herabbeugte und ihr einen Kuss gab, stand Cindy einfach mit hängenden Armen da. Ihre Mutter sei oben, sagte Jamie; sie würde herunterkommen, nachdem die Kinder geredet hätten. In Annie regte sich Angst, ein körperlich spürbares, fast schon elektrisches Kribbeln, und sie zog einen Stuhl unter sich, während sie ihren Mantel aufknöpfte. Jamie sprach bedächtig und ohne Beschönigungen. Das Heim weigere sich, ihren Vater noch länger zu behalten; er sei ausfallend zum Pflegepersonal, begrapsche sämtliche Männer, versuche ihnen in den Schritt zu langen und störe auch sonst auf vielerlei Weise den Ablauf. Ein Psychiater habe mehrere Gespräche mit ihm geführt, und ihr Vater habe eingewilligt, dass der Inhalt weitergegeben werden dürfe, wobei Jamie nicht ganz klar war, wie ein Demenzkranker seine Einwilligung erteilen oder verweigern konnte, aber auf diesem Wege hatte Sylvia erfahren, dass Elgin jahrelang eine Beziehung mit Seth Potter gehabt hatte, sie waren ein Liebespaar, Sylvia sagte, sie habe das oft vermutet, und Elgin, Demenz hin oder her, bezeichnete sich selbst als schwulen alten Bock, und er war sehr drastisch in seinen Schilderungen; sie würden ihn höchstwahrscheinlich in einem Heim unterbringen müssen, das weit weniger komfortabel war, zu mehr reichte das Geld nicht, es sei denn, sie verkauften die Farm, und wer kaufte heutzutage schon eine Kartoffelfarm.

»Okay«, sagte Annie schließlich. Ihre Geschwister hatten viele Minuten stumm vor sich hin geblickt, und ihre Gesichter sahen dabei so jung und unglücklich aus, obwohl es Erwachsenengesichter mit Erwachsenenfalten waren. »Okay, wir kriegen das geregelt.« Und sie nickte ihnen aufmunternd zu. Später ging sie nach nebenan, um ihre Großmutter zu besuchen, die erstaunlich unverändert wirkte. Sie lag auf der Couch und beobachtete ihre Enkeltochter, wie sie durchs Zimmer ging und Lampen anknipste. »Nimmst du das jetzt endlich in die Hand mit deinem Vater? Deine Mutter hat die Hölle mit ihm durchgemacht.«

»Ja«, sagte Annie und setzte sich in den großen Sessel bei der Couch.

»Wenn du mich fragst: Dass dein Vater verrückt geworden ist, das kommt von seiner Lebensweise. Seiner Perversion. Ich hab vom ersten Tag an gewusst, dass er ein Homo ist, und von so was kann man den Verstand verlieren, und jetzt hat er ihn verloren, wenn du mich fragst.«

»Tu ich aber nicht«, sagte Annie sanft.

»Dann erzähl mir irgendwas Schönes. Was hast du in letzter Zeit alles erlebt?«

Annie sah sie an. Das Gesicht der alten Frau hatte etwas Kindlich-Erwartungsvolles, und Annie durchzuckte ein ungebetener und kaum erträglicher Stich des Mitleids mit dieser Frau, die seit so vielen Jahren in dem kleinen Häuschen lebte. Sie sagte: »In London war ich zum Essen in der Villa des Botschafters. Die ganze Truppe war eingeladen. Das war ziemlich schön.«

»Oh, erzähl mir alles haarklein, Annie.«

»Lass mich erst mal kurz hier sitzen.« Und in dem Schweigen, das folgte, legte ihre Großmutter sich ins Kissen zurück wie ein kleines Mädchen, das sich in Geduld zu fassen versucht, und über Annie, die sich bis zu diesem Tag immer als Kind gefühlt hatte – weshalb sie auch nicht heiraten konnte, sie konnte keine Ehefrau sein –, kam still und leise das Gefühl, uralt zu sein. All die Jahre hindurch hatte sie sich auf der Bühne nur die Schotterstraße von damals vor Augen rufen müssen, diesen Heimweg an der Hand ihres Vaters und das Jubelgefühl in ihr, während sich ringsum die schneebedeckten Felder ausbreiteten und dahinter der Wald – sie hatte nur an diese Szene denken müssen, und schon weinte sie los: um das Glück, das sie auf diesem Weg erfüllt hatte und das nun verloren war. Und jetzt fragte sie sich, ob es jemals so geschehen war, ob die Straße je schmal und schottrig gewesen war, ob ihr Vater sie je bei der Hand gehalten und behauptet hatte, seine Familie sei ihm das Wichtigste auf der Welt.

»Bestimmt«, hatte sie vorhin begütigend zu ihrer Schwester gesagt, als diese ausrief, wenn es wahr wäre, dann hätten sie es doch gewusst. Nicht hinzugefügt hatte sie, dass es viele Arten gab, Dinge nicht zu wissen; ihre eigene Erfahrung über die Jahre hinweg schien in ihrem Schoß zu liegen wie ein Strickzeug in den verschiedensten Farben, etliche davon dunkel. Annie war jetzt über dreißig, und sie hatte viele Männer geliebt; ihr Herz war viele Male gebrochen worden. Fäden der Treulosigkeit und des Verrats durchzogen alles; die Wege, die sie nehmen konnten, verblüfften sie immer wieder. Aber sie hatte viele Freunde, und auch diese Freunde hatten Enttäuschungen zu verkraften, und Nächte und Tage gingen damit hin, Trost zu spenden und Trost zu empfangen; das Theater war wie eine Sekte, dachte Annie, es heilte mit einer Hand Schmerzen, nur um mit der anderen neue zuzufügen. In letzter Zeit hatte sie allerdings manchmal vom Aussteigen geträumt, von einem »normalen« Leben mit Haus, Ehemann, Kindern, einem Garten. Von der Ruhe, die ein solches Leben versprach. Aber was wurde dann aus all den Gefühlen, die sie überrieselten wie kleine Bäche? Es war nicht das Rauschen des Beifalls, das Annie brauchte – das hörte sie oft kaum –, es war dieser Moment auf der Bühne, in dem sie merkte, wie sie die Welt hinter sich zurückließ und zur Gänze in einer anderen aufging. Ein bisschen glich es dem Hochgefühl, das sie als Kind im Wald erfasst hatte.

Ihr Vater musste befürchtet haben, im Wald von ihr ertappt zu werden. Annie in ihrem großen Sessel veränderte ihre Haltung ein wenig.

»Haben sie dir das von Charlene erzählt?«, wollte ihre Großmutter wissen.

»Charlene Daigle?« Annie wandte ihr das Gesicht zu. »Was ist mit ihr?«

»Die hat eine Ortsgruppe für Inzestopfer gegründet. ›Inzest überleben‹ nennen sie sich, glaube ich.«

»Im Ernst?«

»Anscheinend hat sie nur abgewartet, bis der alte Daigle tot war. In der Zeitung kam ein Artikel über sie. Jedes fünfte Kind wird sexuell missbraucht, stand da. Ich bitte dich, Annie. Was für eine Welt.«

»Das ist ja entsetzlich. Arme Charlene!«

»Sie sah ziemlich gut aus auf dem Foto. Kräftiger. Sie ist kräftiger geworden.«

»Lieber Gott«, sagte Annie leise.

Vorhin in der Küche hatte Cindy gemurmelt: »Wir müssen das Gespött der ganzen Gegend gewesen sein.«

»Nein«, hatte ihr Jamie widersprochen. »Er hat es immer so gemacht, dass niemand etwas mitkriegt.«

Annie hatte die Pein in ihren verschlossenen Gesichtern gesehen. »Ach«, hatte sie gesagt, mit einem mütterlichen, beschützerischen Gefühl für die beiden. »Ist das nicht letztlich egal?«

Aber es war nicht egal. O nein, es war nicht egal!

Beim Abendessen im Haupthaus saß Sylvia mit ihren Kindern in der Küche. »Ich hab das von Charlene gehört«, sagte Annie. »Mein Gott, ist das traurig.«

»Wenn es stimmt«, erwiderte Sylvia.

Annie schaute ihre Geschwister an, doch die hielten den Blick auf das Essen gesenkt, das sie sich in den Mund schoben. »Warum sollte es nicht stimmen? Warum sollte jemand so etwas erfinden?« Jamie zuckte die Achseln, und Annie sah – oder meinte zu sehen –, dass Charlenes Unglück die beiden nicht berührte; ihr eigenes, so kürzlich so brutal aus seiner Verankerung gerissenes Universum war alles, was jetzt für sie zählte.

Sylvia ging schlafen, und die drei Geschwister saßen am Ofen und redeten. Besonders Jamie konnte nicht aufhören zu reden. Aus ihrem einstmals so schweigsamen Vater brach nun, in seiner Demenz, ungestüm alles heraus, was er so viele Jahre vor der Welt verborgen gehalten hatte, und Jamie, sonst selber so schweigsam, schien all das Gehörte bei den Schwestern loswerden zu müssen. »Einmal haben sie dich im Wald gesehen, Annie, und ab da hatte er ständig Angst, dass du sie entdecken könntest.« Annie nickte. Cindy sah gequält zu ihr hin, als sei das zu wenig der Reaktion. Annie streichelte ihrer Schwester rasch über die Hand. »Aber fast das Sonderbarste, was er gesagt hat«, fuhr Jamie fort und lehnte sich in seinem Stuhl zurück, »war, dass er uns deshalb immer zur Schule gefahren hat, um morgens ganz kurz in der Nähe von Seth Potter zu sein. Dabei hat er ihn ja nicht mal zu Gesicht bekommen, wenn er uns abgesetzt hat. Aber er brauchte dieses Wissen, dass er jeden Morgen ganz nah bei ihm war. Dass Seth drinnen im Schulhaus nur ein paar Meter von ihm entfernt war.«

»Mein Gott, das ist so krank«, sagte Cindy.

Jamie starrte mit verengten Augen ins Feuer. »Ich versteh's bloß einfach nicht.«

Sie sahen so verstört aus, dass Annie es kaum ertragen konnte. Sie ließ den Blick durch die kleine Küche wandern, über die Tapete mit ihren streifigen Wasserflecken, den Schaukelstuhl, in dem ihr Vater immer gesessen hatte und in dessen Polster jetzt ein so breiter Riss klaffte, dass die Füllung herausquoll, den Teekessel auf dem Herd, der seit Jahren derselbe war, die Gardine am oberen Fensterrand mit ihrem zarten Spinnwebschleier zwischen Stoff und Scheibe. Dann schaute sie wieder zurück zu ihren Geschwistern. Ihnen mochte die Angst erspart geblieben sein, mit der die arme Charlene Tag für Tag hatte leben müssen. Dennoch, die Wahrheit war immer da gewesen. Sie waren mit steter Scham groß geworden; Scham war der Dünger ihres Bodens. Aber am besten, so schien ihr, verstand sie trotz alledem ihren Vater. Und einen Moment lang beschäftigte sie das: dass ihr Bruder und ihre Schwester, so gute Menschen alle beide, so verantwortungsbewusst und anständig und gerecht, nie die Leidenschaft kennengelernt hatten, die einen Menschen dazu trieb, alles zu riskieren, alles ihm Liebe und Teure blindlings dranzugeben – nur um dem weißen Gleißen der Sonne näher zu sein, das für diese paar kurzen Augenblicke die Erde vergessen ließ.

Geschenk

—◦—

Abel Blaine war spät dran.

Ein Meeting mit sämtlichen Gebietsleitern des Bundesstaats hatte sich hingezogen, den ganzen Nachmittag hatte Abel an dem satt glänzenden Kirschbaumtisch im Konferenzzimmer ausharren müssen, der sich vor ihm erstreckte wie eine dunkle Eisbahn, und je müder die Teilnehmer wurden, desto aufrechter versuchten sie zu sitzen. Eine junge Mitarbeiterin aus dem Raum Rockford – sie hatte sich sichtlich feingemacht für ihre erste Gebietsleiterbesprechung, was Abel rührte – fand und fand kein Ende mit ihrer Präsentation, von den anderen erreichten ihn hilfesuchende Blicke – *Tun Sie was, bitte!* –, denn er war der Boss. Leicht transpirierend erhob er sich schließlich, schob seine Unterlagen in die Aktentasche und dankte dem Mädchen – der Frau, um Gottes willen, der Frau, wehe, man sagte heutzutage noch Mädchen! –, worauf sie sich errötend setzte und gar nicht mehr wusste, wo sie hinschauen sollte, bis die Leute sie im Hinausgehen freundlich für ihren Bericht lobten, auch Abel selbst lobte sie. Dann saß er endlich im Auto, lenkte den Wagen auf die Autobahn und danach durch die schmalen verschneiten Straßen, und wie so oft hob sich seine Stimmung beim Anblick seines großen Ziegelhauses, wo heute Abend in jedem Fenster ein kleines weißes Licht schimmerte.

Seine Frau öffnete die Tür und sagte: »Ach, Abel, du hast es vergessen, gib's zu.« Die Ohrringe, die über dem Kragen ihres roten Kleids wippten, sahen aus wie kleine grüne Christbaumkugeln.

»Ich bin so schnell gekommen, wie ich konnte, Elaine«, sagte er.

»Er hat's vergessen«, sagte sie zu Zoe, und Zoe sagte: »Also, essen kannst du jetzt nicht mehr, Dad, die Kinder hatten ihr Essen schon, und wir müssen sofort los.«

»Ich brauche nichts zu essen«, sagte Abel.

Die Art, wie Zoe die Lippen zusammenpresste, versetzte ihm einen kurzen Stich, aber seine Enkelkinder klatschten in die Hände und riefen: »Grandpa, Grandpa!«, und seine Frau trieb ihn zur Eile an, mach *schnell*, Abel, bitte. Abel war in eine Lebensphase eingetreten, in der er sich damit abfand, dass die Weihnachtszeit für die meisten eine Zeit der blankliegenden Nerven war, wobei er sich von seinem eigenen Bild von Weihnachten – brennende Kerzen, freudige Kindergesichter, prall gefüllte Strümpfe, die vom Kaminsims herabhingen – nach wie vor nicht ganz verabschieden konnte.

Musste er aber auch nicht, merkte er, als sie durch das Foyer des Littleton-Theaters gingen, denn hier war alles, wie es sein sollte: die ganze Stadt versammelt wie jedes Jahr, kleine Mädchen in leuchtend bunten Schottenkleidchen, Buben mit großen Augen und Anzughemden, in denen sie wie Miniaturherren aussahen; der Priester der Episkopalkirche war gekommen – der bald in den Ruhestand treten und von einer Lesbierin abgelöst werden würde, was Abel wacker begrüßte, auch wenn er sich gewünscht hätte, Father Harcroft möge ewig im Amt bleiben; der Direktor des Schulamts war da; und hier war Eleanor Shawtuck, die vorhin mit bei der Besprechung gewesen war und strahlte, als sie Abel nun zuwinkte; alle nahmen sie auf ihren Sitzen Platz, Tuscheln und Pschts, bis es endlich nahezu still war. Ein Stimmchen: »Grandpa, du zerdrückst mir mein Kleid.« Seine süße Sophia, ihr Plastikpony mit der rosa Mähne fest in der Faust; er bog sein ohnehin schon verkrampftes Bein zur Seite, damit sie ihren Rock glattstreichen konnte, und flüsterte ihr zu, dass sie das hübscheste Mädchen im Saal sei, und sie sagte eine Spur zu laut: »Schneeflocke war noch *nie* im Theater«, und ließ das Pony auf ihrem Knie hopsen. Die Lichter gingen aus, das Stück begann.

Abel schloss die Lider, und sofort suchte ihn eine Vision seiner Schwester Dottie heim, zwei Stunden von hier in Jennisberg nahe Peoria – wie würde sie den Weihnachtstag zubringen? Seine Sorge um sie – seine Liebe – war echt, und doch erfüllte ihn das Verantwortungsgefühl, das er ihr gegenüber empfand, mit einem Widerwillen, den er keinem eingestehen konnte. Weil sie allein war und unglücklich, dachte er, und schon waren seine Augen wieder offen. Aber vielleicht war sie ja gar nicht unglücklich, vielleicht war sie nicht einmal allein, immerhin betrieb sie eine Frühstückspension, die sie über die Feiertage doch wohl geöffnet halten konnte, wenn sie wollte. Er würde sie morgen von der Arbeit aus anrufen. Seine Frau hatte wenig übrig für Dottie.

Er drückte Sophias Hand und wandte seine Aufmerksamkeit dem Stück zu, das ihm so vertraut war wie der Sonntagsgottesdienst. Das wievielte Jahr gingen sie nun schon in Dickens' *Weihnachtsgeschichte*? Erst mit Zoe und ihren Brüdern und jetzt mit Zoes eigenen Kindern, seiner süßen Sophia und ihrem älteren Bruder Jake. Einen verwirrten Moment lang erschienen ihm das Leben seiner Schwester, die Jugend seiner Kinder wie eine fremde Welt; in irgendeinem Winkel seines

Innern regte sich ein Erschrecken darüber, welch unbegreif-barer Vorgang das Vergehen der Zeit doch war. Von der Büh-ne tönte ein herzliches, falsch klingendes »Fröhliche Weih-nachten, Onkel!«, dazu schlug eine klapprige Tür, so hohl, als müsste gleich die ganze Wand umfallen. »Pah, Humbug!«, kam Scrooges Antwort.

Ganz plötzlich überfiel ihn der Hunger. Er stellte sich ein Schweinekotelett vor und hätte um ein Haar laut aufgestöhnt; Platten voller Bratkartoffeln materialisierten sich vor seinem inneren Auge, Berge glasierter Zwiebeln. Abel schlug ein Bein über das andere, nahm es wieder herunter, wobei er mit dem Knie die Frau vor ihm anstieß, und er beugte sich vor und wis-perte: »Pardon! Tut mir leid!« Sie schien leicht das Gesicht zu verziehen; er hatte sich zu übertrieben entschuldigt. In dem Dämmerlicht schüttelte er einmal den Kopf.

Das Stück schleppte sich im Schneckentempo dahin.

Er warf einen Blick auf Sophia, die konzentriert zur Bühne sah. Er warf einen Blick auf Zoe, deren Augen mit einer Kälte über ihn hinwegglitten, die er nicht verstand. Auf der Bühne lief Scrooge in seiner Kammer auf und ab, als der kettenrasseln-de Geist Marleys erschien. »Du trägst Fesseln«, rief Scrooge dem Geist entgegen. »Sag mir, warum?«

Ein Gedanke streifte Abel wie eine Fledermaus, die von der Dachtraufe herabstößt: Zoe war unglücklich. Der Gedanke wuchs, nahm Gestalt an, ein dunkles Etwas, das er auf den Knien halten musste.

Aber nein.

Zoe hatte zwei kleine Kinder, die sie ständig auf Trab hiel-ten, so etwas war kein Unglück.

Ihr Mann war heute Abend in der Stadt geblieben, weil er arbeiten musste, was bei einem Anwalt, der kurz vor der Beförderung zum Kanzleipartner stand, nichts Ungewöhnliches war. Zoe fehlte nichts. Sie gehörte jener privilegierten Gesellschaftsschicht an, die man heutzutage als *das eine Prozent* bezeichnete, und das verdankte sie nicht zuletzt dem Fleiß und der Ausdauer ihres Vaters. Ehrliche Arbeit hatte ihn dahin gebracht, wo er jetzt war. Er hatte immer das Vertrauen der Leute genossen, und in der Geschäftswelt war Vertrauen alles. Zoe hatte sich für einen Ehemann entschieden, mit dem sie diesen Besitzstand wahren konnte, und daran war nichts auszusetzen, nicht das Mindeste. Ein einziges Mal nur war er mit seinem Schwiegersohn aneinandergeraten, als der junge Mann ihm mit irgendwelchen Steuerspartricks kommen wollte. »Ich hab nur gedacht …«, hatte der Bursche angesetzt.

»Dass ich Republikaner bin und nicht an Regularien von Staats wegen glaube – und damit hast du recht –, aber meine Steuern zahle ich trotzdem.« Im Rückblick verstand er selbst nicht, warum er derart zornig reagiert hatte.

Abel holte tief und unruhig Atem; er tastete unauffällig nach seinem Puls, der sehr schnell ging.

Auf der Bühne spähte Scrooge durch sein beschlagenes Fenster in die Nacht. Dann kehrte er zum Bett zurück und lauschte dem Schlag der Turmuhr, schließlich sprang er wieder auf und rief erregt: »Aber es ist doch völlig unmöglich!« Und Abel fiel – im Moment, als er das rief – wieder ein, wie ihm seine Frau vor ein paar Tagen beim Frühstück die Zeitung herübergereicht und mit dem Finger auf eine Spalte getippt hatte. Linck McKenzie, der den Scrooge spielte, mochte noch so beliebt beim Theaterpublikum der Stadt und bei den Schauspielschülern sein, die er am Littleton College unterrichtete, bei dem Rezensenten des Stücks war er es definitiv nicht, denn der Mann schrieb, dieser Mr Linck McKenzie sei schon ein seltener Glückspilz, da er als Einziger im Saal seine Vorstellung nicht mitansehen müsse.

Elaine und Abel waren sich einig gewesen, die Kritik war unnötig gehässig. Und danach hatte Abel die Sache vergessen. Aber nun wirkten die Worte in ihm nach. Nun schien ihm, dass Scrooge tatsächlich eine lächerliche Figur war, dass die ganze Aufführung letztlich eine Farce war. Abel hatte den Eindruck, dass alle nur laut ihren Text hersagten, und das löste ein Unwohlsein bei ihm aus, so als müsste er von jetzt an jeden, der ihm begegnete, im Verdacht haben, nur einen Text herzusagen. Und das konnte ja wohl nicht die Wirkung sein, die ein Theaterbesuch auf die Zuschauer haben sollte. Er sah kurz zu seiner süßen Sophia, und sie lächelte zu ihm hoch, das gepresste, flüchtige Lächeln einer höflichen jungen Frau. Er drückte ihr Knie, und da wurde sie wieder zum kleinen Mädchen – zog ein bisschen den Kopf ein und schob dann ihre Hand in seine, die andere Hand fest um das Plastikpony geschlossen.

Auf der Bühne sagte der Geist der vergangenen Weihnacht: »Ein einzelner, von seinen Freunden vernachlässigter Junge ist dort allein zurückgeblieben.« Und Scrooge fing an zu schluchzen. Es klang unecht, lachhaft. Abel schloss die Augen. Sophias Hand schlüpfte aus seiner; er verschränkte die Finger im Schoß, und gleich darauf dämmerte er weg, er merkte, wie seine Gedanken ihren Zusammenhalt verloren, und überließ sich dankbar dem wohligen Erschöpfungsgefühl, das seinen Körper umfing; wie ein gelbes Licht, das durch den Dämmer hinter seinen geschlossenen Lidern schien, kam ihm die Erinnerung daran, wie er letztes Jahr, bei ihrer Lesung in Chicago, Lucy Barton wiedergesehen hatte, die Tochter der Cousine seiner Mutter, Gott, dieses arme Mädchen, und nun las sie hier, eine ältere Frau, und er war in die Buchhandlung gegangen und hatte am Ende der Schlange gewartet, um sich sein Buch von ihr signieren zu lassen, und sie hatte *Abel* gerufen und sich von ihrem Stuhl erhoben, Tränen in den Augen – daran zu denken machte ihn froh, während er sich dem Schlaf entgegensinken fühlte, aber dann konnte er plötzlich seine Mutter nicht finden, er fuhr in einem Aufzug, der nicht anhielt, egal, welchen Knopf man drückte, er tappte einen schmalen Korridor entlang und suchte nach ihr, irrte erst in eine Richtung, dann in eine andere, spürte sie irgendwo in der Dunkelheit – und dann nicht mehr; selbst tief in den Fängen seines Traums erkannte er die uralte, unstillbare Sehnsucht, von der es zur Panik nur ein Schritt war … Er wurde davon wach, dass viele Kehlen erschreckt nach Luft schnappten.

Das Licht war ausgegangen. Die Bühne lag im Dunkeln. Die Schauspieler hatten ihr Spiel unterbrochen. Nur über den Türen schimmerten matt die AUSGANG-Schilder. Und auf dem Boden strahlten die Lichtreihen der Notbeleuchtung wie helle Knöpfe. Abel spürte die Furcht rundum aufsteigen wie schwarzes Wasser. Sophia begann zu weinen, und auch andere Kinder weinten. »Mommy?« Abel schob die Arme unter ihren kleinen Körper und zog sie herüber auf seinen Schoß. »Scht«, machte er und wölbte die Hand um ihren warmen Hinterkopf. »Ist ja gut, ist doch nichts passiert.« Aber das Kind weinte weiter. Von ganz nah sagte Zoes Stimme: »Ich bin hier, Schatz.«

Wie lange es dunkel blieb, hätte Abel nicht zu sagen vermocht, im Zweifel nicht mehr als ein paar Minuten, aber am verstörendsten während dieser sonderbaren Zeitspanne war für ihn die Anzahl der Familien, die umgehend zu streiten anfingen, seine eigene eingeschlossen. Elaine sagte: »Abel, bring uns hier raus. Pass auf die Kinder auf!« Und wirklich stolperten schon die Ersten durch das Dunkel auf den Gang zu, manche leuchteten mit dem Display ihrer Handys, so dass körperlose Handgelenke und Manschetten aufglommen wie Irrlichter. Zoe sagte: »Spinnst du, Mom? Willst du unbedingt, dass sich die Leute hier zu Tode trampeln? Dad, halt Sophia fest, ich habe Jake.«

»Ich will hier *raus*, Abel«, forderte seine Frau. »Und wenn du …«

Im Lauf einer langen Ehe werden Dinge gesagt, Szenen spielen sich ab, und das Ganze summiert sich. All das jagte nun durch Abels Herz, seit Jahren schon war die Zärtlichkeit zwischen Mann und Frau bei ihnen im Schwinden begriffen, und vielleicht würde er für den Rest seines Lebens ohne sie auskommen müssen. Ein Laut entfuhr ihm.

»Dad? Alles in Ordnung?« Der fahle Schein von Zoes Handy schwenkte in seine Richtung.

»Alles gut, Liebes«, sagte er. »Wir warten einfach. Genau wie du sagst.«

Eine Stimme von der Bühne her rief das Publikum dazu auf, Ruhe zu bewahren, und dann sprangen die Lichter wieder an und fielen auf Familien in verschiedenen Stadien der Zerworfenheit. Die Blaines waren an ihren Plätzen geblieben – anders als so manche andere –, und sie harrten aus, als das Stück endlich weiterging, aber ganz löste sich die Anspannung nicht mehr, und als schließlich der Vorhang fiel, war der Beifall in erster Linie erleichtert.

Im Auto schweigen sie, und erst als sie schon fast zu Hause waren, sah Abel in den Rückspiegel und fragte Sophia, ob es trotz der Panne schön gewesen sei. »Was ist Panne?«, wollte Sophia wissen.

»Wenn etwas schiefläuft«, erklärte Zoe. »Wie mit dem Licht vorhin.«

»Aber wieso ist es denn ausgegangen?«, fragte Jake.

»Das wissen wir nicht«, sagte Abel. »Manchmal brennt eine Sicherung durch. Völlig harmlos.«

»Die Schilder über den Ausgängen sind durch Generatoren beleuchtet.« Das war Elaines Beitrag. »Gott sei Dank schreibt der Gesetzgeber vor, dass die Notbeleuchtung aus einer separaten Energiequelle gespeist wird.«

»Mom, könnten wir jetzt mit dem Thema aufhören?«, sagte Zoe entnervt. Vielleicht sah Zoe, wie so viele erwachsene Kinder das taten, die Ehe ihrer Eltern mit kritischen Augen, hatte das Abflauen der Zärtlichkeit über die Jahre beobachtet, und das erzeugte Ressentiments in ihr: *Meine Ehe wird nie so wie eure, Dad.* Schön, hätte er dann zu ihr gesagt, das ist schön, Liebes.

Trotz seines Hungers blieb er bei seinen Enkeln sitzen, als sie schon im Schlafanzug waren. Er machte Scrooge für sie nach, brachte sie zum Kichern, um auch die letzten Reste ihrer Angst zu vertreiben. Mittendrin rutschte Sophia plötzlich von seinen Knien und schrie auf. Es war ein gellender Jammerschrei, sie rannte hinüber in das Zimmer, in dem die Enkel immer schliefen, wenn sie bei den Großeltern zu Besuch waren; aus dem Schreien wurde Schluchzen.

Schneeflocke war nirgends zu finden.

Mit der gebotenen Eile und Gründlichkeit wurde das Auto durchsucht. Nirgends eine Spur von einem Plastikpony mit rosa Mähne. »Sie muss es im Theater vergessen haben, Dad.« Zoe sah ihn entschuldigend an, und Abel nahm den Autoschlüssel und sagte zu Sophia: »Ich hol dir dein Pony.«

Ihm schwindelte vor Müdigkeit.

»Noch eine Panne«, sagte Sophia mit kleiner Stimme. »Oder, Grandpa?«

»Du legst dich hin und schläfst.« Er gab ihr einen Kuss. »Und wenn du morgen früh aufwachst, ist alles wieder gut.«

Auf dem Weg durch die dunklen Straßen und weiter über die Brücke in die Innenstadt fragte er sich, wie er überhaupt ins Theater hineingelangen sollte. Er parkte auf der Straße und fand den Haupteingang verschlossen und das Foyer dahinter leer und dunkel. Als er nach seinem Handy greifen wollte, stellte er fest, dass er es in der Hektik daheimgelassen hatte. Er fluchte kaum hörbar, fuhr sich dann mit der Hand über den Mund. Aus einer Seitentür kam ein junger Mann. »Warten Sie!«, rief Abel. Der Junge musste ein Schauspielschüler sein, dachte Abel, denn er lächelte Abel an und hielt ihm die Tür auf, und als Abel sagte: »Meine Enkelin hat ihr Spielzeugpony drin vergessen«, sagte der Junge: »Der Inspizient müsste noch da sein, vielleicht kann der Ihnen ja weiterhelfen.«

Zumindest war er jetzt drin. Aber es war dunkel, und er fand sich nicht gleich zurecht, da er zu einem Seiteneingang hereingekommen war, der offenbar hinter die Bühne führte. Probeweise tastete er an der Wand nach einem Lichtschalter, doch da war keiner. Aber dann, nach den ersten zaghaften Schritten – ha! Er legte ihn um, sah aber nur entfernt ein trübes Lämpchen aufleuchten, genug immerhin, um den schmalen Gang vor ihm zu erhellen. Die Ziegelwände zu beiden Seiten waren gelb gestrichen und mit Graffiti beschmiert. Er klopfte an die erste Tür, die er sah, aber sie war abgesperrt. »Hallo?« Er rief das Wort munter, erhielt jedoch keine Antwort. Der Geruch hier hinten war vertraut, ein unverwechselbarer Theatergeruch.

Hungergeplagt, wie er war, empfand er den Gang als endlos lang. Dort vorn, zwischen zwei schwarzen Vorhängen, musste die Bühne sein. Über sich sah er schwarze Reihen von Bühnenleuchten; wie riesige Käfer hockten sie da, wartend. »Hallo«, rief er erneut, und auch diesmal blieb die Antwort aus, obwohl er jetzt deutlich die Nähe von jemandem spürte. »Hallo? Ich suche den Inspizienten, hallo? Meine Enkelin hat ihr ...«

Er schaute nach rechts, und da, ein ganzes Stück über ihm, baumelte das Pony in einer Wäscheleinenschlinge, die um den Hals einer nackten, kalten Glühbirne gelegt war. Schneeflocke, die Plastikfüße vor sich ausgestreckt, die rosa Mähne senkrecht von ihrem Kopf wegstehend, hing dort als Bild immerwährender Bestürzung: die Augen weit aufgerissen, die langen dunklen Wimpern kokett gebogen.

Unvermittelt öffnete sich hinter ihm eine Tür, und Abel drehte sich um. Da stand Linck McKenzie, Scrooge, ohne die Perücke jetzt, aber noch für die Bühne geschminkt, was ihm einen halbirren Ausdruck verlieh. »Hallo«, sagte Abel und streckte ihm die Hand hin. »Meine Enkelin hat ihr Pony hier vergessen ...« Er nickte zu dem an der Glühbirne schaukelnden Pferd hoch. »Da hat sich wohl einer von den Schülern einen Spaß erlaubt, aber ich muss es nach Hause bringen, sonst falle ich bei der Kleinen auf ewig in Ungnade.«

Scrooge ergriff die Hand. Seine war knochig und kräftig und sehr trocken. »Kommen Sie herein«, sagte Scrooge in einem Ton, als würde er ihn in sein Büro bitten, aber es war, wie Abel beim Eintreten feststellte, ein quadratisches kleines Kabuff, das offenbar als Lagerraum diente; Abel sah Abdeckplanen, alte Lampen, ein Tischchen, dem ein Bein fehlte.

»Ich bräuchte eine Trittleiter oder einen Stuhl«, sagte Abel. »Ah, da ...« In der Ecke stand ein altmodischer Sessel mit geschwungenen Armlehnen.

Scrooge schloss die Tür hinter ihm und sagte: »Ja, diesen einen Stuhl gibt es hier immerhin, setzen Sie sich.«

»Oh, nein, nein, ich muss doch nicht …«

Scrooge ruckte den Kopf in Richtung Stuhl. »Sie sollen sich hinsetzen.«

Abel begriff, dass er es mit einem Fall von psychischer Labilität zu tun hatte, aber seltsamerweise verstärkte das seine Enerviertheit nur unwesentlich, und nach einem Augenblick sagte er höflich: »Ich glaube, ich stehe lieber, vielen Dank. Kann ich Ihnen in irgendeiner Weise behilflich sein?« Und er lächelte Scrooge, der sich gegen die Tür gelehnt hatte, freundlich an. Am liebsten hätte er gefragt: Wie viel Zeit veranschlagen Sie? Dass er das dachte, machte ihm klar, dass er auf eine merkwürdige, scharf abgegrenzte Weise neben sich stand.

Scrooge sagte: »Ich würde gern ein paar Dinge loswerden, wenn's recht ist. Wenn ich fertig bin, können Sie gehen. Das ist zumutbar, oder? Sie kommen mir wie der Typ alter Mann vor, der sich für gut in Form hält, weil der Herzinfarkt bis jetzt noch aussteht.« Ein freudloses Lächeln spielte über Scrooges Züge, während er Abel musterte. »Sie tragen teure Kleider.« Er nickte. »Eine treusorgende Sekretärin nimmt Ihnen alles Organisatorische ab. Im Grunde wird von Ihnen nichts mehr verlangt, Sie sind eine Galionsfigur. Eine gewisse Führungsstärke haben Sie noch. Aber körperlich, so wie ich Sie einschätze, sind Sie in keiner so guten Verfassung. Also setzen Sie sich lieber.«

Abel rührte sich nicht, aber er fühlte sich kraftlos. Alles, was dieser unangenehme Bursche gesagt hatte, traf (bis auf das mit dem Herzinfarkt, der noch ausstand) zu. Der Herzinfarkt war ein knappes Jahr her und hatte Abel gründlich den Boden unter den Füßen weggezogen. Er ging die zwei Schritte bis zu dem Stuhl und setzte sich; der Stuhl wippte nach hinten, er erschrak.

»Schwach in den Knien.« Scrooge nickte. »Ich dagegen bin zäh wie Leder. Aber ich bin am Ende. Und mit einem Mann, der am Ende ist, ist nie gut in einem Raum sein.« Er lachte, dass seine Plomben zu sehen waren, und zum ersten Mal regte sich in Abel echte Furcht. Er fragte sich, wie lange er wohl wegbleiben musste, bis seine Frau – oder Zoe – ihm nachfuhr.

»Das Pony gehört Ihrer Enkelin?«

»Ja«, sagte Abel. »Sie hängt sehr daran.«

»Ich hasse Kinder«, sagte Scrooge. Er ließ sich an der Wand herunterrutschen und setzte sich im Schneidersitz auf den Boden. Er war nicht mehr jung, Abel staunte über seine Gelenkigkeit. »Kinder sind klein, Kinder wuseln herum, Kinder sind *extrem* intolerant. Sie wirken überrascht?«

»Diese ganze Sache kommt etwas überraschend für mich.« Abel versuchte zu lächeln, aber Scrooge lächelte nicht. Mit trockenem Mund fuhr Abel fort: »Schauen Sie, es tut mir wirklich leid, aber könnten wir …«

»Was tut Ihnen leid?«

»Na ja, ich nehme an …«

»Ein Irrer hält Sie in einer Rumpelkammer fest, und Sie entschuldigen sich?«

»So kann man's natürlich auch sehen. Also, ich würde dann gern gehen, wenn Sie glauben, dass …«

»Ich *glaube*, dass ich gern ein paar Dinge loswerden möchte. Wie schon gesagt. Zuallererst möchte ich loswerden, dass ich das Theater leid bin, unsagbar leid. Ich bin nur zum Theater gegangen, weil es jeden aufnimmt, gerade Schwule aus meiner Generation brauchten das, es nimmt dich auf und gibt dir ein

Gefühl von Geborgenheit – aber dieses Gefühl ist falsch, unecht, dumm. Und als Zweites möchte ich loswerden, dass das mit dem Licht vorhin ich war. Mit Hilfe meines Handys, das ich unterm Nachthemd versteckt hatte. Das finden Sie alles im Internet, wissen Sie, bald werden Sie mit dem Handy das ganze Land in die Luft jagen können. Ich hab einfach die Anweisungen befolgt, und ich muss sagen, ich war beeindruckt. Ich wollte Chaos auslösen, und das ist mir gelungen. Aber jetzt fehlt mir doch ein bisschen das Publikum. Ich war ziemlich stolz auf mich, aber letztlich ist es ein schaler Sieg.«

»Ist das Ihr Ernst?«

»Das mit dem schalen Sieg?«

»Das mit dem Licht.«

»Absolut. Der Hammer, wie die Kids heute sagen würden.« Scrooge schüttelte langsam den Kopf. Und indem er seine Worte mit dem auf Abel gerichteten Zeigefinger akzentuierte, fuhr er fort: »*Alle* wollen wir ein Publikum. Wenn wir etwas tun, aber keiner weiß es? Tja, dann könnte der Baum im Wald genauso gut noch stehen.« Er schaute leicht verwundert. »So. Jetzt ist es ausgesprochen, jetzt ist es offiziell, jetzt bin ich zufrieden. Wenn auch offen gestanden nicht so zufrieden, wie ich gehofft hatte. Und was machen wir mit Ihnen? Sie spazieren hier raus und verständigen die Polizei oder erzählen es Ihrer Frau, und am Ende ist Linck McKenzie erst recht eine Witzfigur. Dann kann die Stadt das Spektakel seines endgültigen Abstiegs genießen.«

»Davon hätte ich nichts«, sagte Abel.

»Das sehen Sie morgen vielleicht schon anders. Oder übermorgen.«

»Ich will meiner Enkelin ihr Pony zurückbringen, sonst gar nichts.«

Nach einer langen Pause sagte Scrooge: »Schon komisch. Wenn Sie das so sagen, komme ich fast um vor Neid. Weil Sie insgeheim denken: ›Wenn du selber ein Enkelkind hättest, du spinnerte dürre Theatertucke, dann wüsstest du, was es heißt, so zu lieben.‹«

»Ich habe nichts dergleichen gedacht. Nicht im Entferntesten habe ich so etwas gedacht. Ich habe an Sophia gedacht. Die daheimsitzt und auf ihr Pony wartet. Ich hoffe nur, sie schläft irgendwann ein.«

Scrooge runzelte die Stirn. »Sophia. Ich nehme an, die junge Dame ist weich gebettet?«

Abel wartete einen Moment, ehe er sagte: »Das ist sie, ja.«

»In ihrem Alter, waren Sie da reich?«

»Ich war alles andere als reich.«

»Und mussten Sie hart arbeiten, um reich zu werden?«

Wieder zögerte Abel. »Doch, ich arbeite hart«, sagte er. »Ich habe mein Leben lang hart gearbeitet.«

Scrooge schlug die Hände zusammen. »Hört, hört! *Ich* wette ja, Sie haben reich *geheiratet*! Kein Grund, rot zu werden, mein Guter. Das ist wunderbar, das ist uramerikanisch. Kein Grund, sich zu schämen. Oje, da hab ich offenbar einen wunden Punkt getroffen. Schnell, schnell, wechseln wir das Thema. Diese Sophia – glauben Sie, dass sie auch einmal hart arbeiten wird? Ich bin da skeptisch. Mir scheint, die Menschen wissen gar nicht mehr, was harte Arbeit bedeutet. Und die Jugend von heute – ich habe von diesem Erstklässler gehört, dem ein Preis verliehen wurde, nur weil er eine volle Woche nicht gefehlt hat! Ach Gottchen, Sie glühen ja wie eine Tomate.«

Scrooge sah sich um und entdeckte, was er offenbar gesucht hatte, eine Plastikflasche mit Wasser; er lief hin und brachte sie Abel. Abel erhob keine Einsprüche. Ihm war grauenvoll warm geworden unter dem Wollstoff seines Anzugs. Er trank und bot die Flasche dann Scrooge an, der den Kopf schüttelte und sich wieder am alten Platz auf den Boden setzte.

»In welcher Branche sind Sie?«, fragte Scrooge. Ein Zahnstocher lag auf dem Tischchen; er nahm ihn und bohrte sich damit in den Zähnen herum.

»Klimaanlagen.« Flüchtig stand Abel das Mädchen aus dem Konferenzraum mit seiner übergenauen Präsentation vor Augen; sie kam aus Rockford, wo er selbst aufgewachsen war. »Viele Menschen arbeiten auch heute noch hart«, sagte er.

»Klimaanlagen. Da verdienen Sie sicher einen Batzen.«

»Von dem ich jedes Jahr nicht zu knapp für die schönen Künste spende.«

Scrooge legte den Kopf schief und fasste Abel ins Auge. Seine Lippen waren farblos und rissig. »Also bitte«, sagte er leise. »Nicht diese Nummer.«

Abel schwieg. Scham durchbohrte ihm die Brust wie ein Nagel; ihm brach der Schweiß aus. Vorhin hatte er sich über Leute erhoben, die einfach nur ihren Text hersagten, jetzt gehörte er selbst zu ihnen.

»Schauen Sie«, fuhr Scrooge fort. »Ich möchte nur, dass Sie mich anhören, dann können Sie gehen.«

Abel schüttelte den Kopf. Ein Anflug von Übelkeit kreiselte durch ihn, Speichel füllte ihm den Mund. Die Einsicht stellte sich ein, fertig ausgeformt: Zoe *war* unglücklich.

»Jetzt hab ich Sie erschreckt«, sagte Scrooge, in einem Ton, als hätte er sich ebenfalls erschreckt.

Abel sagte leise: »Meine Tochter ist unglücklich.«

»Wie alt ist sie?«, fragte Scrooge.

»Fünfunddreißig. Mit einem sehr erfolgreichen Anwalt verheiratet. Zwei wunderbare Kinder.«

Scrooge stieß den Atem kontrolliert durch die Zähne. »Klingt wie das Grauen schlechthin.«

»Warum?«, fragte Abel ganz aufrichtig. »Es sollte perfekt sein.«

»Der perfekte Alptraum. Ein erfolgreicher Anwalt ist nie zu Hause. Sie liebt ihre Kinder, aber es ödet sie an, diese ständigen Kinderpflichten. Und sie ärgert sich über das Kindermädchen und über die Zugehfrau, und ihr Mann ist nur genervt von dem Thema – und deshalb hat sie keine Lust mehr, mit ihm ins Bett zu gehen, das ist für sie jetzt auch eine Pflicht. Und sie schaut auf den Rest ihres Lebens und denkt: O Gott, was mache ich hier? Die Kinder werden aus dem Haus gehen, und dann guckt sie endgültig in die Röhre, und sie kauft sich ein neues Armband und danach neue Schuhe, und das hilft vielleicht für fünf Minuten, aber sie wird immer unruhiger und nervöser, und früher oder später bekommt sie Valium oder Antidepressiva verschrieben, weil das seit Ewigkeiten die Antwort unserer Gesellschaft auf das Unglück ihrer Frauen ist …«

Abel hielt eine Hand hoch, um ihn zum Schweigen zu bringen.

Scrooge nickte. »Ich weiß schon, Sie wollen gehen. Und das werden Sie, das werden Sie. Entspannen Sie sich einfach.« Scrooge sperrte den Mund weit auf, stocherte eine Weile zwischen zwei Zähnen und manövrierte mit einem lauten Seufzer einen Brocken hervor. »'tschuldigung«, sagte er. »Nicht ganz die feine Art.«

Abel nickte kaum wahrnehmbar zum Zeichen, dass er damit kein Problem hatte.

Anfang des Monats hatte er einen Geburtstag gefeiert, der ihn unumstößlich zum Mittsechziger machte. Du siehst prima aus, sagten die Leute. Du siehst phantastisch aus. Niemand sagte: Deine Jacketkronen – auf die du einmal so stolz warst – werden jedes Jahr größer, kann das sein? Niemand sagte: Schon bitter, das mit deinen Zähnen, Abel. Und vielleicht dachte es ja auch niemand.

»So was Hirnrissiges«, sagte Scrooge. »Einem Menschen zu sagen, dass er sich entspannen soll. Wann entspannt man sich je, weil jemand es einem befiehlt?«

»Ich weiß es nicht«, sagte Abel.

»Im Zweifelsfall nie.« Scrooges Ton war umgänglich geworden, zwanglos, als wäre Abel ein alter Bekannter von ihm.

Wenn er mehr Energie gehabt hätte, dann hätte Abel diesem seltsamen, gepeinigten Mann vielleicht erzählt, dass er vor vielen Jahren Platzanweiser im Lichtspielhaus in Rockford gewesen war, nur wenige Schritte vom Rock River, und das war es, was er vorhin beim Hereinkommen gerochen hatte, diesen alten Theatergeruch. Er hatte die Stelle noch als Schüler angenommen. Sechzehn Jahre alt. Im selben Jahr, als die Lehrerin seine kleine Schwester, die damals in die Sechste ging, nach vorne rief, auf den Fleck hinten an ihrem Rock zeigte und ihr vor versammelter Klasse erklärte, niemand sei je zu arm, um Monatsbinden zu kaufen. Dottie hatte danach nicht mehr zur Schule gehen wollen, und Abel hatte sie mit irgendetwas bestochen, womit, wusste er gar nicht mehr. Was er noch wusste, das war die Macht dieser Gehaltsschecks. Mit sechzehn hatte er die unglaubliche Macht des Geldes kennengelernt. Das Einzige, was er für Geld nicht bekam, waren Freunde für Dottie (oder für sich, was aber keine solche Rolle spielte), aber er bekam dafür ein funkelndes Armband, das war es, was er ihr geschenkt hatte! Und das hatte ihr ein Lächeln entlockt. Hauptsächlich hatte er von dem Geld Essen gekauft.

Und das erinnerte ihn wieder an Lucy Barton – wie bettelarm auch sie gewesen war, und wie sie als Kinder, wenn er für die Sommerferien zu den Bartons kam, zusammen den Müllcontainer hinter Chatwin's Café nach Essensresten durchsucht hatten. (Oh, Lucys Gesicht, als sie ihn letztes Jahr in der Buchhandlung wiedererkannt hatte, nach all der langen Zeit! Sie hatte seine Hand mit beiden Händen ergriffen und gar nicht mehr loslassen wollen.)

Was Abel am Leben immer wieder verblüffte, das war, wie viel man vergaß, aber dennoch nicht loswurde – so ähnlich mussten sich Phantomgliedmaßen anfühlen. Denn er hätte beim besten Willen nicht mehr sagen können, was er empfunden hatte, wenn er im Müll auf etwas Essbares stieß. Freude wahrscheinlich, wenn ein halbgegessenes Steak dabei war, von dem sich der Dreck abkratzen ließ. Man denkt da furchtbar pragmatisch, sagte er seiner Frau viele Jahre später. Und darauf ihr Entsetzen, nur notdürftig kaschiert: *Hast du dich gar nicht geschämt?* Und die Antwort – die Erkenntnis – so augenblicklich, dass sie ihm kam, noch ehe ihr Satz fertig ausgesprochen war: Du weißt eben nicht, was Hunger ist, Elaine. Er sagte es nicht. Aber seitdem schämte er sich. Die Reaktion seiner Frau hatte bewirkt, dass er von der Scham eingeholt wurde. Er hatte ihr versprechen müssen, ihren Kindern niemals zu erzählen, dass ihr Vater einmal so arm gewesen war, dass er aus Mülltonnen gegessen hatte.

»Es hat mich krank gemacht«, sagte Scrooge. »Das glaube ich ernsthaft. Ich unterrichte diese kleinen Teufelsbälger jetzt schon seit achtundzwanzig Jahren.«

»Das Unterrichten macht Ihnen keinen Spaß?« Abel war sich einer gewissen Verzögerung in seinem Denken bewusst, und er hoffte, dass er die richtige Frage gestellt hatte.

»Ach, es ist derart pervers.« Scrooge machte eine unwirsche Handbewegung. »Wir nehmen nur Schüler mit Geld, müssen Sie wissen. Es sei denn, es ist kein reicher Schlosshund dabei. Und der muss immer dabei sein, jemand, der auf Kommando losheulen kann. Schlosshunde denken immer, sie wären überdurchschnittlich sensibel, überdurchschnittlich begabt, dabei sind sie als Einziges überdurchschnittlich gaga.« Scrooge wirkte erschöpft; er lehnte den Kopf an die Wand und sah hoch zur Decke.

»Ich glaube ja, dass …«, begann Abel, aber dann musste er innehalten und nach Worten suchen. »Ich glaube, Sie kränken sich über diese Kritik in der Zeitung …«

»*Stoppstoppstopp.*« Mit einem Satz war Scrooge auf den Beinen. Er zeigte mit dem Finger auf Abel. »So weit kommt's noch. Eins können Sie mir glauben, Mr Gutbetucht, ich bin schon länger am Ende, als irgendwer sich vorstellen kann.« Er zog eine Zigarette aus der Hemdtasche. Er zündete sie nicht an, sondern klopfte sich damit ans Bein. »Ich hab Ihnen gleich zu Anfang gesagt, dass mir nach Reden zumute ist. Und das haben wir bis eben. Geredet. Okay? Mir ist nach *Reden.* Wir haben *geredet.*«

Abel nickte. »Wir haben geredet.«

»Na also.« Scrooge stieß einen langen Seufzer aus und ließ sich mit dem Rücken an der Wand hinabgleiten, bis er wieder auf dem Boden saß. »Wo waren wir stehengeblieben? Ach ja, Sie waren gerade dabei, sich hochzuheiraten.«

»Grundgütiger!« Abel zwang sich dazu, sich aufrechter hinzusetzen. »Meine Frau lassen wir bitte aus dem Spiel.« Er sagte es fast flüsternd. Seine Gedanken schwirrten wild durcheinander. Die Müdigkeit lag auf ihm wie ein schweres Tuch.

»Auch recht. Lassen wir sie aus dem Spiel.« Scrooge schwieg einen Moment, dann … »Aber ich bin einsam«, sagte er.

Abel sah ihn an, diesen Mann, der nun das Gesicht zu ihm emporhob, die Kopfhaut noch streifig von den grauen Kleberückständen der Perücke. »Das verstehe ich«, sagte Abel.

»Das verstehen Sie?«, fragte Scrooge.

Abel lächelte fast, aber wo der Impuls dazu herkam, wusste er nicht. Und dann fühlte er sich zu seiner Überraschung – seinem Entsetzen! – dem Weinen nahe. Er unterdrückte es mit knapper Not, aber in seiner Stimme schlug es trotzdem durch. »Weil ich – es auch bin.« Scrooge nickte, in schlichtem, unverstelltem Begreifen, so schien es Abel, und Abel sagte: »Mann, ich könnte Ihr Schlosshund sein.«

»Nicht gaga genug«, sagte Scrooge. »Aber Sie sind ehrlich. Oh, den *Göttern* sei Dank. Ich wollte mit einem Menschen reden, und hier sind Sie, ein echter Mensch, Sie ahnen ja nicht, wie schwer das ist – einen echten Menschen zu finden.«

Beide ließen sie ein paar Sekunden verstreichen, als müsste eine solche Feststellung erst einmal einsickern. Dann fragte Scrooge: »Mochten Sie Ihre Mutter?« In seiner Stimme schwang – für Abel – fast etwas Kindliches mit.

»Ja, ich habe sie gemocht.« Abel hörte es sich sagen wie aus der Entfernung. »Ich habe sie geliebt.«

»Kein Daddy da?«

Die Wendung berührte Abel ganz sonderbar, wie ein Echo auf die Spottrufe seinerzeit auf dem Schulhof, obwohl nun kein Spott mitschwang. Dennoch wurde ihm heiß. Nein, sein Daddy war gestorben, als Abel noch klein war. Ein einziges Mal hatte es danach kurz – konnten es nur Tage gewesen sein? – einen Mann gegeben, und Abel wusste das vor allem deshalb noch, weil Dottie, als der Mann fort war, ein neues Kleid aus dem Laden bekommen hatte und Abel eine neue Hose. Die Hose war ihm schnell zu kurz geworden, und so war es fast ein Jahr geblieben. Aber diese Hose war es, der er seine Stelle als Platzanweiser verdankte, nachdem die Cousine seiner Mutter – Lucy Bartons Mutter –, die sich aufs Nähen verstand, ihm während der Ferien dort die Hosenbeine verlängert hatte.

»Ach je, jetzt habe ich Ihre Gefühle verletzt«, sagte Scrooge. »Ich kann furchtbar unsensibel sein. Und dann fühle ich mich von anderen auf den Schlips getreten, weil ich ja ach so sensibel bin. Ich hasse sensible Leute, die nur bei sich selber sensibel sind.«

»Entschuldigen Sie«, sagte Abel und zwinkerte mit den Augen, da er nur verschwommen sehen konnte. »Es ist – mir ist gerade nicht ganz wohl. Ich hatte vor einem Jahr einen Herzinfarkt, und ...«

Im Nu war Scrooge wieder auf den Füßen. »Um Gottes willen, warum haben Sie das denn nicht gleich gesagt? Ich hole Ihnen Hilfe.«

»Nein, keine Umstände«, sagte Abel. »Aber könnten Sie mir vielleicht das Pony von meiner Enkelin da runterholen?«

Scrooge sah ihn so eindringlich an, dass Abel den Blick abwandte; es schien Jahre her, dass jemand so intensiv – so intim – in seinem Innern geforscht hatte. »›Keine Umstände‹?«, sagte der Mann mit einer Stimme, die beinahe zärtlich war. »Wer *sind* Sie?«

»Ein Mann, der sich gut kleidet«, sagte Abel und spürte abermals diesen bizarren Drang zu lächeln. »Ein Mann, der brav seine Steuern zahlt.« Und auch jetzt wieder – der bizarre Drang, fast zu weinen.

»Gut gekleidet sind Sie wirklich.« Scrooge öffnete die Tür und verschwand aus Abels Blickfeld. Abel hörte seine Stimme: »Ich sehe es, wenn ein Anzug maßgeschneidert ist. Ich hole Ihnen jetzt dieses Pony, und Sie warten solange hier. Bleiben Sie ruhig, und rühren Sie sich nicht vom Fleck!«

Abels Schneider war ein Mann namens Keith gewesen, aus London, und zweimal im Jahr hatte Abel ihm im Drake Hotel einen Besuch abgestattet, in einer Suite, die einen überwältigenden Ausblick auf den See gewährte. In diesen überheizten Räumen, wo die Radiatoren zischten, ließ Abel Keith an sich Maß nehmen, ließ sich von ihm mit Bewegungen, die so sparsam waren, so sicher und flink, den Musselin an die Schultern, die Brust, die Arme legen und mit Schneiderkreide markieren. Die Stoffbahnen waren im Nebenzimmer ausgerollt, und fast immer folgte Abel bei seiner Auswahl Keiths Empfehlungen. Nur ein- oder zweimal wandte er ein, die Farben dürften vielleicht eine Spur gedämpfter sein, oder fragte, ob die Streifen nicht – möglicherweise – ein klein wenig breit geraten seien. »Ich will schließlich nicht wie ein Gangster aussehen«, scherzte Abel, und Keith antwortete: »Oh, auf gar keinen Fall.«

Als die Nachricht kam, dass Keith an Krebs gestorben war, empfand Abel Erstaunen. Dieses Erstaunen hatte mit dem Tod als solchem zu tun, mit der Auslöschung eines Menschen, der Verwirrung darüber, wie ein Mensch einfach weg sein konnte. Das Einfach-weg-Sein war natürlich nichts Neues für Abel; er war kein junger Mann mehr, er war schon oftmals mit dem Tod konfrontiert worden, angefangen mit dem Einfach-weg-Sein seines eigenen Vaters. Aber abgelöst wurde das Staunen von einer brennenden Scham, ganz so, als hätte sich Abel all diese Jahre hindurch unsittlich verhalten, indem er sich von Keith seine Kleider anfertigen ließ. Er ertappte sich dabei, wie er beim Autofahren, allein in seinem Büro oder auch morgens beim Anziehen hörbar die Worte vor sich hin murmelte: »Es tut mir leid. Mein Gott, es tut mir so leid.«

Trotz der Tatsache, dass er konservativ wählte, trotz der Tatsache, dass er sich vom Aufsichtsrat seinen alljährlichen Bonus bewilligen ließ und in den besten Restaurants von Chicago aß, trotz der Tatsache, dass sein Verstand festhielt an seinem langjährigen Credo – Ich entschuldige mich nicht für meinen Wohlstand –, trotz alldem entschuldigte er sich, aber bei wem, hätte er nicht zu sagen vermocht. Wellen der Scham spülten unversehens über ihn hinweg, ähnlich den Hitzewallungen, von denen seine Frau über Jahre geplagt worden war, so dass ihr Gesicht plötzlich glühte und Schweißbächlein ihre Schläfen hinabliefen. Sie hatte diese Anfälle nie mit Humor nehmen können, so wie er das von einigen der Frauen in der Firma kannte. Aber das Gefühl hilflosen Ausgeliefertseins, das sie dabei empfunden haben musste, meinte er besser nachvollziehen zu können, nun, da er selbst hilflos einer Scham ausgeliefert war, die, wie er durchaus wusste, jeder realen Grundlage entbehrte. Keith hatte einen Beruf ausgeübt. Er hatte gute Arbeit geleistet. Er war gut bezahlt worden für diese Arbeit. (So gut war er auch wieder nicht bezahlt worden.)

Aber als Abel eines Tages in der Herstellung ein Gespräch zwischen zwei Männern mithörte, von denen der erste eine sarkastische Bemerkung über die »knallharte kapitalistische Profitgier« machte, die der Antriebsmotor der Firma sei, und der zweite die Augen verdrehte und sagte: »Das ist wieder dieser blöde jugendliche Zynismus!«, war es der zweite Mann, gegen den sich Abels Zorn richtete, so heftig, dass er zu ihm sagte: »Wir *brauchen* den Zynismus der Jugend, er ist gesund. Würdigen Sie das Ringen der Menschheit nicht herab, indem Sie es blöde nennen, ich bitte Sie darum!« Hinterher bereute er seinen Ausbruch, denn die Arbeitswelt war nicht mehr das, was sie weite Teile seines Berufslebens hindurch gewesen war, sie war nun eine Brutstätte potenzieller Gerichtsverfahren, und Abels Rechtsabteilung hatte alle Hände voll zu tun, wenn auch zugegebenermaßen weniger als die anderer Firmen. Abel war ein Mann, der geachtet wurde. Er war ein Mann, der geliebt wurde. (Von seiner langjährigen Sekretärin sogar heiß und innig.)

Doch so oder so – das Schuldgefühl ging nicht weg; es war eine Bürde, die auf Dauer schwer wog.

»Mich hochgeheiratet ist untertrieben«, sagte Abel laut, und aus irgendeinem Grund saß ihm ein Kichern in der Kehle. »In schwindelnde Höhen hab ich mich geheiratet. Mir erschien sie so strahlend schön wie ein Lichterbaum. Nicht, dass sie wie ein Baum ausgesehen hätte, sie verkörperte nur all die …«

»So, da wären wir.« Linck McKenzie kam zurück, die Hand vor sich ausgestreckt.

»Danke«, sagte Abel. Er sah Linck McKenzie im Türrahmen stehen, er hörte Linck sagen: »Sie sind ein guter Mensch, wissen Sie das?«

Aber nun zog eine Dunkelheit an den Rändern seines Sichtfelds herauf, und ein jäher Schmerz fuhr ihm durch die Brust; er konnte sich kaum auf seinem Stuhl halten. Er hörte Linck in ein Telefon sprechen, *Schnell!*, sagte Linck, und das brachte ihm etwas zuvor Gehörtes in Erinnerung, mach schnell, Abel, bitte, aber er konnte es nicht zuordnen, und dann tönten alle möglichen Geräusche durcheinander, Türen öffneten sich, und er sah etwas Längliches, Orangefarbenes, auf das er offenbar gelegt werden sollte.

Eine Frau, die so groß und so muskulös war, dass er sie erst für einen Mann hielt, sie hatte Haare so kurz wie ein Mann, stand in einer Uniform da und kümmerte sich – »ein Mann-weib«, hätte man dazu früher gesagt, ging es Abel durch den Kopf. Welch wundervolle Autorität sie umgab, als sie ihm auf diese orange Trage half, ihn fragte, ob er ihr seinen Namen sagen könne. Anscheinend sagte er ihn, denn jetzt redete sie ihn damit an. »Versuchen Sie wach zu bleiben, Mr Blaine.«

»Es tut mir leid«, sagte Linck mehrmals dicht an seinem Ohr. Oder vielleicht war es Abel, der das sagte. »Steuern«, wollte er sagen. Er wusste nicht, ob er es sagte, aber er wollte diese wundervolle Frau, diese Frau mit der Kraft eines Mannes, wissen lassen, dass sie der Grund war, warum er seine Steuern gern zahlte.

»Mr Blaine, ich habe hier das Pony von Ihrer Enkelin. Wissen Sie, wie das Pony von Ihrer Enkelin heißt?«, fragte die große und starke Frau.

Auch diesmal musste er die richtige Antwort gegeben haben, denn sie sagte: »Sie halten Schneeflocke jetzt ganz fest, wir bringen Sie in die Klinik. Können Sie mich verstehen?« In seine Hand wurde etwas Hartes aus Plastik gedrückt.

Lincks Gesicht sah zu ihm herein, bevor die Türen des Krankenwagens sich schlossen; er schien etwas zu sagen.

Abel schüttelte den Kopf. Jedenfalls glaubte er das, so recht wusste er es nicht, aber er wollte Linck McKenzie sagen – es war so grotesk, dass es die reine Befreiung darstellte –, dass er die Zeit mit ihm sehr genossen hatte, was natürlich unsinnig war und doch auch wieder nicht. Eine kühle Flüssigkeit strömte durch seine Adern, vielleicht hatten sie ihm einen Zugang gelegt und gaben ihm jetzt Medikamente, er fand nicht die Worte, mit denen er hätte nachfragen können … Und auch später, als der Krankenwagen mit ihm dahinraste, empfand Abel keine Angst, sondern ein seltsames, entrücktes Hochgefühl, das köstliche Bewusstsein, dass ihm die Dinge nun endlich und unumkehrbar aus der Hand genommen waren, dass sie sich auffächerten, öffneten. Und gleichzeitig schimmerte dahinter noch etwas anderes, als würde knapp außerhalb seiner Reichweite ein Licht brennen, ein Weihnachtslicht in einem Fenster; das verwirrte ihn und freute ihn, und in seinem Zustand müden Beglücktseins schien es ganz nah an ihn heranzukommen. Linck McKenzies Stimme: »Sie sind ein guter Mensch.« Abel konnte nicht anders, er musste lächeln, obwohl auf seiner Brust ein Gebirge lastete. Die ruhige Stimme der wundervollen großen Frau sagte: »Durchhalten, Mr Blaine, halten Sie durch«, vielleicht deuteten sie sein Lächeln ja als Schmerzensgrimasse, aber was tat das schon, er entfernte sich rasch und mühelos von ihnen, ließ sie hinter sich, flog (und wie schnell er nun flog!) über Felder grüner Sojabohnen hinweg in der wärmenden Gewissheit: Er besaß einen Freund. Das hätte er ihnen gesagt, wenn er gekonnt hätte, er hätte es gesagt, aber es war nicht nötig; wie seine süße Sophia, die ihre Schneeflocke liebte, besaß auch Abel einen Freund. Und wenn ein solches Geschenk zu einem solchen Zeitpunkt den Weg zu ihm fand, dann hieß das, dass alles – liebes Mädchen aus Rockford, so schön zurechtgemacht für das Meeting, dahinfliegend über dem Rock River –, er schlug die Augen auf und, ja, da war es, das untrügliche Wissen: Alles war möglich, für jeden.

Danksagung

Die Autorin dankt für ihre Hilfe bei diesem Buch Jim Tierney, Kathy Chamberlain, Susan Kamil, Beverly Gologorsky, Molly Friedrich, Lucy Carson, Frank Connors (ein Geschichtenerzähler für sich!) und dem unvergleichlichen Benjamin Dreyer.

Elizabeth Strout

Die Unvollkommenheit der Liebe

Roman

208 Seiten, btb 71657
Aus dem Amerikanischen von Sabine Roth

**Eine Geschichte über Mütter und Töchter und über
die Liebe, die, so groß sie auch sein mag,
immer nur unvollkommen sein kann.**

Als die Schriftstellerin Lucy Barton längere Zeit im Krankenhaus
verbringen muss, erhält sie unverhofften Besuch von ihrer
Mutter, die sie seit Jahren nicht mehr gesehen hat. Zunächst ist
sie überglücklich. Doch mit den Gesprächen werden
Erinnerungen an ihre Kindheit wach, die sie längst hinter
sich gelassen zu haben glaubte ....

»Meisterhaft. Leidenschaftlich, heftig, klar.
So gut, dass ich Gänsehaut bekam.
Eine der besten Schriftstellerinnen Amerikas.«

Sunday Times

btb

Elizabeth Strout

Das Leben, natürlich

Roman

400 Seiten, Broschur, btb 74840
Aus dem Amerikanischen von Walter Ahlers und Sabine Roth

In einer Kleinstadt in Maine zu leben mag romantisch klingen,
aber die Wirklichkeit sieht meist anders aus. Die Brüder Jim
und Bob Burgess sind deswegen so bald wie möglich nach
New York gezogen. Als ihre Schwester Susan sie um Hilfe bittet,
weil ihr 19-jähriger Sohn sich in ernste Schwierigkeiten gebracht
hat, kehren die Brüder widerstrebend in ihre Heimatstadt zurück.
Mit ungeahnter Macht holt sie dort jedoch die Vergangenheit
wieder ein …

**Eine aufwühlende Familiengeschichte, vollkommen
unsentimental und dabei tief berührend – eine echte Strout.**

»Für mich ist die Geschichte der Burgess-Brüder
eines der besten Bücher des Jahres.«
Christine Westermann, WDR 2

btb